Enough to Kill a Horse

Elizabeth Ferrars

論創海外ミステリ
Ronso Kaigai MYSTERY
165

カクテル・パーティー

エリザベス・フェラーズ

友田葉子○訳

論創社

Enough to Kill a Horse
1955
by Elizabeth Ferrars

目次

主要登場人物

ファニー・ライナム……………………元女優。アンティーク・ショップの店主
バジル・ライナム……………………ファニーの夫。ロンドンの大学講師
クレア・フォーウッド…………………ファニーの旧友。元女優で作家
キット・レイヴン……………………ファニーの異母弟
ローラ・グリーンスレイド……………キットの婚約者。ジャーナリストで子持ちの未亡人
ジーン・グレゴリー…………………ファニーの隣人で資産家
コリン・グレゴリー…………………ジーンの夫
トム・モーデュ………………………元教師。口が悪く、村の嫌われ者
ミニー・モーデュ……………………トムの妻
スーザン・モーデュ…………………トムとミニーの娘
サー・ピーター・ポールター…………元新聞社主。ファニーの店の顧客
マクリーン医師………………………村に住む医師
マクリーン夫人………………………マクリーン医師の妻
トーレス夫人…………………………村の居酒屋兼宿屋〈ワゴナーズ〉の店主

カクテルパーティー

第一章

来客を知らせる店のドアの鈴が微かに耳に届き、週末の件について具体的に考えようとしていたファニー・ライナムは、その思考を遮られた。舌打ちしながら、沈み込んでいた肘掛け椅子から、どっしりした体を持ち上げる。いきなり膝から追いやられてしまった猫のマーティンは、床に滑り落ちて腹立たしそうに鳴いた。ドアへ向かう飼い主を訝《いぶか》しげな黄色い瞳で追うマーティンの傍らで、犬のスパイクが暖炉の前の敷物から頭をもたげ、一応は来客に気づいたと言いたげな、眠そうな声を上げた。

ファニーは急ぐ様子もなく、テーブルの脇に立ち止まって煙草《たばこ》をもみ消すと、鏡の前でもう一度足を止めて、白くなりかけてきた、ボサボサの短い髪を手早く撫《な》でつけた。金縁の枠で飾られた鏡は年代物の貴重な品で、ひびの入った、くすんだ厚いガラスの奥に映し出された彼女の顔からは、血色がことごとく消し去られている。近眼の瞳は、どこか虚《うつ》ろで陰険な目つきに映り、肉づきのいいがっしりした顎は、やけに長く、やつれて見える。鏡の中のそんな自分の姿を目にしても、ファニーは特に気にかけなかった。

店へつながる廊下をゆっくりと歩きだすと、緩みきったフェルトのスリッパが、石でできた床でパタパタと音をたてた。二年前にはぴったりだったスラックスが、今ではウエストのボタンをはめるのもやっとの状態だった。上に着ているのは、形の崩れたセーターだ。再婚した二番目の夫、バジル・

ライナムのためにファニーが自分で編んだものなのだが、やはり自分が着ようと借りることにしたとき、バジルは一言も嫌だとは言わなかった。ハイネックの襟元は、上質なヴィクトリア朝の小粒真珠のネックレスで飾られている。ファニーは背丈がやや低く、五十歳で、動きの緩慢な女性だった。しかも、このときは、ぼんやりとして何か考え事をしているようだった。

「いらっしゃいませ」店に入るなり、彼女は機械的に決まり文句を口にした。

店内には、陽の光が燦々《さんさん》と降り注いでいた。村の通りに面した細い窓から入る陽射しが、テーブルの艶やかな表面や、背の高い少年の像、書き物机、彫刻の施されたたんすの上の埃《ほこり》を照らし出している。空中いっぱいに漂う埃までが、はっきりと浮かび上がって見えた。

毛皮のコートと小さな帽子を身に着けた女性客が、棚にあった錫《すず》製の蓋《ふた》付きジョッキを取って、手袋をはめた手の中で引っくり返していた。

営業用の笑顔を作って近づきながら、ファニーは声をかけた。「そのマグ、すてきでしょう？ お目が高いですわ。あとの二つは複製品ですから」

「おいくらですの？」と、女性が尋ねた。

「確か三〇シリングだったかと。ちょっと、見せてくださいね。ええ、やっぱり三〇シリングです。本当はセットなんですけど、うちでは、ばら売りにしてるんですよ」

「イニシャルが入っているのね。できれば、ないほうがいいわ」

「取るのはお安いご用ですよ。五シリングほどいただければ、二、三日でできます」

「二、三日も、いられませんの。車で通りかかっただけですから」と、女性は言った。

「ご配送も承りますけど」

「いえ、それには及びませんわ。あちらの小さな磁器の水差しは、おいくらかしら？」

この質問こそ、女性が店に足を踏み入れた理由だと、ファニーはピンときた。

「ああ、あれですか。あちらは、少しお高くなります。何しろ、正真正銘のチェルシー焼きなもので」

「おいくら？」

「六ポンドです」

すると、女性客は素っ頓狂《すとんきょう》な笑い声を上げ、別の小物の値段を一つ、二つ尋ねてから、この時期にしてはいいお天気ですわね、と話をそらし、店を出て行った。

もともと売れるとは期待していなかったし、朝からずっと気になっていることがどうしても頭から離れずにいたファニーは、くるりと向きを変えて、石敷きの廊下を居間へと戻っていった。

居間は、天井の低い広々とした部屋で、片側の壁のほとんどを大きな暖炉が占領していた。暖炉には、すぐにでも火がつけられるように薪《まき》がセットされていたが、このとき部屋を暖めていたのは、電気ヒーターだけだった。ヒーターは、先ほどまでファニーが座っていた椅子のそばに置いてあり、椅子の上には猫のマーティンが陣取っている。石造りの床の大部分は濃いグレーの絨毯《じゅうたん》で覆われ、安楽椅子がいくつかと横長の書棚が置かれていて、壁には、鳥や花を描いた何点かの古い版画と、金縁の鏡が掛かっている。

いつものようにファニーは、鏡の前を通りながら、暗い淵から浮かび上がってこちらを見つめ返している溺死体のような奇妙な顔に、ちらりと目をやった。それから部屋を横切って、深めの出窓になっている小さな窓辺へ行き、スイセンの花をいっぱいに差したスポード焼きの鉢の隣に立ててある写真に見入った。その写真は三日前からそこにあるのだが、ファニーは、いまだにそれをどう捉えればいいか判断に迷っていた。

気取って写っている写真から、いったい何がわかるだろう。写真は、絶大な説得力のある嘘を平気でつけるものだ。どんな絵画よりも巧みに人をだますことができる。

幸か不幸か、ファニーはその朝、友人のクレア・フォーウッドに電話をしなければならず、答えの出ない問いに悩まされながら写真を見ている暇は、そうはなかった。朝食後すぐにかけるつもりでいたのだが、つい、煙草を立て続けに吸って物思いにふけってしまっていた。先ほどの店の鈴に呼び覚まされてわれに返ったファニーは、すでにかなり遅くなっていることに驚いた。不安げなため息をついて窓から離れ、マーティンを追いやって椅子に座ると、まず煙草に手を伸ばし、それから受話器を取った。

ハムステッドに住むクレアの番号を押す。応答を待っている間、猫がしきりに喉を鳴らしながらファニーの膝に跳び乗り、居心地のいい位置を探そうと、ぐるぐる動きまわった。いささか頭にきたファニーは、猫を膝から押しやった。窓枠の写真から意識的に目をそらし、代わりに鉛筆と使い古しの封筒を取り出して、丸や四角を描きだした。

ほどなく、電話口から冷淡な声が返ってきた。とげとげしさを含んだ声だ。クレア・フォーウッドは、執筆をしている午前中に電話を鳴らされることを毛嫌いしているのだった。

ファニーが切りだした。「例のポールターさんのことだけどね、クレア……」

とたんに、クレア・フォーウッドの声から苛立ちが消えた。

「どうしたの?」と、たたみかけるように訊く。

「あなたのために、段取りしたわよ。土曜日に、カクテルパーティーに来てくれることになったの。まだ会いたいと思ってるのなら、週末にこっちへ来てくれさえすればいいわ」

「いったい、どうやったの？」と、クレアが尋ねた。

「昨日、彼が店に来たのよ。私が二年も抱え込んでた、たいしたことないコーナー用の食器棚を買ってくれてね。ちょっと話をしたの。木食い虫へのいい対処法がないか、知りたかったみたい。そのうちに話が弾んだから、思いきってパーティーに招待してみたってわけ。とても喜んでくれたところを見ると、前からそういうことを望んでいたんだと思うわ。今度の週末、来られそう？」

「ええ、もちろんよ。どうもありがとう、ファニー。ただ、何となく……」クレアの声が再び変化し、ためらいがちな、慎重な口ぶりになった。「彼に会ってみたいってあなたに話してから、ずっと考えていたんだけれど、やっぱり、何だかばかげたことなんじゃないかって気もするの。ほら、私って、かなりの人見知りだから」

「つまり、もう会いたくなくなったってこと？」と、ファニーが訊いた。

「いいえ、会いたいわ。ただ、いざとなると、ちょっと不安になって――私がどういう性格か、よく知っているでしょう？」

「いいこと？」と、ファニーは諭した。「私がポールターさんを誘ったのは、あなたが会いたいって言ったからなのよ」

「わかってるわ。でも、自分でもまさか、本当に実現してもらえるとは期待していなかったんだと思うの」

「お返しと言ったら何だけど、私のほうも、あなたにやってもらいたいことがあるのよ。だから、今さらやめるなんて言わないで」と、ファニーは語気を強めた。「実は、キットが突然、婚約してね。相手の女性にはまだ会ってなくて、写真でしか知らないんだけど、今週末に来る予定なの。それで、あなたの車で彼女を拾って、一緒に連れてきてもらえないかしら」

「なるほどね」と言ってから、クレアは少しの間、黙り込んだ。「いいわ。ところでファニー、私がパーティーに来るとか、特別に会いたがっているとかいったことを、ポールターに話したの？」

「全然」

「じゃあ、気が進まなかったなら、こちらから話しかけなくても大丈夫なのね？」

「一言もしゃべらなくたって構わないわ」

「よかった。で、相手の女性っていうのは誰なの？」

「名前は、ローラ・グリーンスレイド。ジャーナリストよ。いろいろ扱ってるけど、主に、あちこちの新聞に科学関連の記事を書いてるんですって。バジルによれば、全体的に見て、なかなかの出来だそうよ。奇遇にも、昔バジルが教えた学生だったの。彼、名前を聞いてすぐに思い出したわ。まあ、彼女にまつわる何か奇妙な点があったはずだってこと以外、詳しいことはあまり覚えてなかったんだけど。そもそもバジルったら、その人が自分のおばあさんを殺したっていうのと、耳を自由に動かせるっていうのを聞いたとしたら、耳のほうに興味を持つような人でしょ。でも、私が何よりも奇妙だと思うのは、彼女がキットと結婚したがってることだわ。写真で見る分には並外れて美人だし、頭がよくて、高収入ときてるのよ。どれを取っても、キットとは正反対でしょう」

「婚約に不安を抱えているみたいに聞こえるけれど、そうなの？」と、クレアが尋ねた。

「あら、そんなことないわよ。本当に、心から喜んでるわ」と、ファニーは答えた。「キットも、そろそろ結婚したほうがいい年ですもの。だから、家を改築して、二世帯住宅にしたらどうかって考えてるところなの。幸い、以前は二つの家だった物件だから、分けるのは難しくないし。ただ、半分に分けると、彼らには少し狭いかもしれないっていうのだけが気がかりでね。娘が一人いるから。ローラは、前に結婚してたのよ。ご主人が戦死して、子供は自分の母親に預けてるらしいんだけど、再婚してきちんとした家に住むとなれば、当然引き取りたいと思うでしょうからね」

「なるほどね」

「何なの、その『なるほどね』っていう言い方」と、ファニーが不満げに言い返した。

「どんな言い方だった？」

「何だか、奥歯にものの挟まったような感じ」

「決して、そんなつもりじゃないのよ。ただ、どうもまだ、あなたが不安そうに思えて」

「そりゃあ、落ち着かない気分だわよ。それもあって、あなたにぜひ来てもらいたいの。確かに人見知りかもしれないけど、あなたって、妙に人を見る目を持ってるじゃない。彼女を乗せて連れてきてくれる間に、どんな人間なのかわかるかもしれないと思って」

「私やあなたが彼女のことをどう思うかで、何か変わるの？」

ファニーは、やや強いしぐさで煙草を灰皿に押しつけた。

「もちろん、何も変わりゃしないわ。それでも、あなたがどう思うか知りたいのよ。それって、当たり前じゃない？」

「何時にそっちへ着けばいいの？」と、クレアは尋ねた。

「土曜日のランチに間に合うように来られる？……よかった。じゃあ、一時頃来てちょうだい。それと、ポールターさんに会う件は、心配しなくても大丈夫よ。すごく温和なご老人だから。とても、新聞社を何社も持っていた人とは思えないわ」

　ファニーは電話を切った。これを吉兆と捉えた猫のマーティンが、再度ファニーの膝に跳び乗り、今度はそのままいさせてもらえた。ファニーの片手が、毛並みのよいマーティンの背中をゆっくりと撫で始め、さっきまで煙草を持っていたほうの手は、無意識のうちに使い古しの封筒に四角や丸を描いている。そしてすぐに、何やらメモを書きだした。「スタッフドオリーブ（詰め物をしたオリーブ）、塩味アーモンド、チーズストロー（粉チーズを生地に混ぜて焼いた棒状のパイ菓子）、ソーセージ、アンチョビ、ビスケット、ロブスター……」

　そこまで書くと手を止め、今書いたメモをじっと見つめたかと思うと「ロブスター」の下に何度か線を引いた。

　そのとき、ふいにドアが開いて、ファニーは作業を中断された。部屋に入ってきたのは、腹違いの弟、キット・レイヴンだった。

　キットは、ファニーより二十歳年下だ。ずいぶん前に他界した彼の母親は、二十三歳の若さでファニーの父と結婚したのだった。ちょっと鈍いところのある、気のいい女性で、いつもファニーに好意を持って接してくれたが、最初の結婚をする前あたりからのファニーの生活が、奔放で秩序に欠けていると感じていたらしく、絶えず心配そうな顔をしていた。彼女が、年の離れた夫の死からわずか二年後に亡くなったとき、継母がいなくなったことに対する悲しみの強さに、ファニーは自分でも驚いたくらいだった。近頃では、もしクリスティーンが生きていて、バジル・ライナムとの再婚で自分がどれだけ変わったかを知ったなら大喜びするだろうと、苦笑いしながら人に話すことがある。再婚を機にファニーは舞台を降り、田舎に住んですっかり太り、犬と猫を飼い、アンティークを売り、婦人会に参加するようになっていた。それこそ、クリスティーンが見たら、わが目を疑うに違いない暮らしぶりだった。

キット・レイヴンは三十歳、中背のがっしりした、肩幅の広い若者で、筋肉質の長い腕と、大きく厚みのある、職人のような手をしていた。髪はイエローブロンド、目は朗らかなブルーで、皮膚は血色がいい。肉づきのよい頬としっかりした顎は姉譲りで、そのうちに姉同様、体重が増えていきそうな感じはあるが、今のところ、まだウエストは細く、足どりも軽やかだ。顔には人柄のよさがにじみ出ており、常識とユーモアを感じさせる表情をしている。ただ、ほんの時たま、その青い目に、当惑と自己不信の色が浮かぶ瞬間があった。美男子ではないにしても、何年も前からファニーが思っているとおり、女性にかなりもてるタイプだった。

「やあ」と言って、キットはファニーの座る椅子の肘掛けから、姉が書いていたメモを取り上げて目を通した。「パーティーの計画を立ててるのかい?」

「そうよ。あんたが今朝、注文してくれるかもしれないと思ったから」

「そんな時間はないよ。例のチェドベリーでの販売に行かなくちゃならないんだ」

「こんなの、ほんの数分でできるじゃない」

キットは、家事に関わるのが大嫌いだった。

「どのくらい欲しいのか書いてないじゃないか」と、反論する。「これじゃあ、何を頼んでいいか全然わからない。それに、ロブスターだけど、いつものロブスター何とかってやつを作るんだろ? 生が欲しいの? それとも缶詰?」

「もちろん、生のやつよ」

「缶詰じゃないロブスターなんて、どうやって買うのか知らないよ」と言って、キットは封筒を突き返した。「そんなに急がなくたっていいじゃないか。まだ三、四日あるんだし。誰が来るの？」

「ポールターさんよ」

「それは知ってるよ。で、クレアは？」

「来るわ。本当に段取りしたって言ったら、ちょっと腰が引けたみたいだったけど」

「何でクレアは、そんなにポールターに会いたいんだろうね」キットは、好奇心を隠さなかった。

「彼が持っていた新聞社の一つで、記事でも書かせてもらおうっていう腹なのかな」

「まさか！　クレアは、自分の風変わりな家族にまつわる物語しか書かないの。同じ話を何度も繰り返し書いていて、そのたびに、どんどん深くて優れたものになってるわ」

「だけど、金銭面では苦しいんじゃないかな」と、キットが言う。「著作では、そんなに稼げないだろう」

「思ったよりは売れてるのよ。そんなことはないと思うけど、万が一、お金に困ってるとしても、彼女の場合、ジャーナリズムの道を考えるくらいなら、その前に海かどこかに身を投げるでしょうよ」

「じゃあ、どうしてポールターに会いたがるんだろう」

「クレアの考えることは、誰にもわからないわ。とにかく、午前中にローラを拾って連れてきてくれることになったから、手紙で知らせておいてちょうだい」

「わかった。ほかには誰を誘ったの？」

「まだ、誰も。もちろん、グレゴリー夫妻は誘うつもり。それとやっぱり、マクリーン夫妻でしょうね。あとは――モーデュ家かしら」最後の名前のところで、ファニーは一瞬言いよどんだ。

キットが、わずかに顔をしかめた。

「モーデュなんか呼んだら、誰も来やしないぜ」

「わかってるわよ。だから、悩んでるんじゃない。でも、呼ばないわけにはいかないでしょう?」ファニーの視線が、スイセンの黄色いラッパのような花びらが影を落としている、ローラ・グリーンスレイドの写真に舞い戻った。相変わらず、膝の上に丸まった猫のしなやかな体を撫で続けている。

「ほかのみんなは我慢できないかもしれないけど、私は、あの人が嫌いじゃないのよ。ミニーのことも好きだし。それに、スーザン――あの子のことは、とても好きよ」

「ミニーは、おそろしく悲観的で、自分を哀れみっぱなしなんだ」と、キットが言った。「どうしても、あの人たちを呼ばなけりゃならないのかい?」

「誘わなかったら、ミニーがひどく傷つくわ。スーザンもね」

「もういいよ!」キットは、ドアに向かった。「姉さんがいいと思うようにすればいいさ」

「キット――」ファニーが慌てて呼び止めた。

振り向きはしなかったが、キットは足を止めた。広い肩をやや丸め、太めの首を肩の間に埋めたようにしている。それは、頑《かたく》なに自分を防御しようとする人の姿勢だった。

ファニーが切りだした。「あなたが彼らを呼んでほしくないのは、トムとミニーのせいじゃないんでしょう?」

「言ってるじゃないか」と、キットが不機嫌な声で言った。「思うとおりにしなよ」

「一応、招待の連絡をしてみて、あの人たちに事情を話したら――」

「何を話すっていうんだ」言葉を探して口をつぐんだファニーに、キットが詰問した。

「だからその、ポールター家の人とか、クレアやローラなんかが来るってことを伝えたら、招待を受けるかどうかは自分たちで決めるでしょうし、そうすれば少なくとも、ほかのみんなみたいに私まで彼らと縁を切りたがってるって、ミニーが思い込むことだけはないと思うの」

「ポールターが来るなんてトムが知ったら、喜んでやって来て、すぐさま喧嘩《けんか》を吹っかけるに決まってるさ。でも、姉さんの好きにすればいい。僕にはどうでもいいことだ」

キットは、部屋を出て行った。

指で髪の毛をかき上げて深いため息をつくと、ファニーは再び電話に手を伸ばした。

まず隣に住むグレゴリー家にかけてみたが、ジーンもコリンも留守だった。次に、地元の医師の妻、マクリーン夫人にかけた。夫人は、キットのフィアンセにぜひ会いたいと言い、ここ二日間の晴天のおかげで開花した自分の庭の花々について、二十分ほど話し込んだ。マクリーン夫人は村いちばんのガーデニング好きで、一度その話を始めたら何時間でもしゃべり続ける人だが、今回は、どうにか電話を切ってくれた。ファニーは、いかにも渋々といった様子で、モーデュ家の番号をダイヤルした。電話口には、ミニーが出た。ファニーの予想どおりだ。この時間、娘のスーザンはいつも仕事に出ていたし、トムは、いつかけようと受話器を取ることは決してなく、ベルの音がうるさいと怒鳴るだけだった。ミニーが伝言を間違えたりすると、彼女にもさんざん悪態をつくのだった。

トムは教師を引退し、しがない年金をもらって、村から三マイルほど外れにある小さな田舎家に住んでいる。衣食住についてはきわめて不便で、人並み外れた体力を持ちながらも心はひどく疲れきっている、ボサボサ頭で悲しげな目をした妻のミニーが、家のことをすべてこなしていた。夫の手助けは一切なく、薪を割るのも石炭を運ぶのも、全部一人でやる。口ではしょっちゅうこぼしているくせに、内心では当たり前のことと思っているらしく、大学講師で、彼女の目には夫のトムよりも明らかに知性に富んで見えるバジル・ライナムが、洗い物や買い物、時には料理までするのを見て、妻としてファニーは非難に値し、夫の愛情を失っても仕方がないと思っている節があった。それでも、ファニーに対しては好意を抱いており、ファニーのほうもここ何年か、口論好きなトムを面白がる態度を保っていたので、ミニーの友人としてトムから認めてもらえていた。

だが今日は、土曜日のカクテルパーティーへのファニーの誘いに、ミニーは言葉を濁した。トムと、それから、もちろんスーザンにも相談しなければ返事ができないというのだ。

予期してはいたことだったが、このミニーの対応に、ファニーは暗い気分に陥った。げんなりとした口調で、来られないとしても、それは仕方がないと言った。

ミニーは、その言葉にほっとしたようだった。

「わかってくれると思ったわ。説明しなくても察してもらえるのって、ありがたいわよね。たぶん伺えるとは思うんだけど。私は、ぜひとも行きたいのよ。でも、スーザンがどう思うか……ほら、あなたも知ってるとおり、あの子はとても引っ込み思案で、本当は今どう感じているのかがわからないの。といって、無理強いするのは嫌だし……ね、わかるでしょう？　だから、口出ししたくないのよ。お相手の、そのミス・グリーンスレイドって方——」

「ミセス・グリーンスレイドよ」と、ファニーが訂正した。「未亡人なの」

「とにかく、そのグリーンスレイドさんって方のことを、あなたは気に入っているのよね？　キットは、その人と結婚して本当に幸せになれると思う？」

「私は、まだ会ってないの。少なくとも、キットは、彼女をとても愛してるみたいだわ」

「そう、ならよかった」ミニーの声は、やや震えていた。「結婚すれば、彼もしっかりした人間になるでしょう。ご招待くださって、ありがとう。トムと相談してから、もちろんスーザンともだけど、伺えるかどうか、あらためてお電話するわ。キットによろしくね。三人とも、彼の幸福を心から祈っているって伝えてちょうだい」

ファニーは受話器を置き、もう一度、部屋の向こう側にあるローラ・グリーンスレイドの写真をしげしげと見つめた。

確かに美人だわ、と彼女は思った。それに、知性が感じられる――でも、ほかには？

猫を膝から追いやって立ち上がると、パーティーに必要な品をメモした封筒をポケットに入れて、ドアへ向かった。

廊下のフックから古いコートを取り、スリッパを脱ぎ捨ててゴム長靴に足を突っ込んだ。そして、廊下の先にある店を抜けて外へ出ると、店のドアを離したその手で、素早くドアに掛かっている札を裏返した。外から見ると「すぐに戻ります」と書かれている。

封筒に書いた品のほとんどは今すぐ注文しなくても構わないのだが、ミニーと話してみて、言いたいと思っていたことの半分も言えなかったせいで、落ち着かない気分になってしまったのだった。それに、野菜と魚を商っているハリスに、ロブスターのことを訊いてみるのもいいかもしれない。

第二章

ファニーが通りへやって来ると、〈ワゴナーズ〉のバーの中から、どんなに店内が賑《にぎ》やかなときでも耳に入る、トム・モーデュの甲高い耳障りな声が聞こえてきた。「俺の意見を聞きたいっていうのか？　この俺がどう思うか、知りたいんだな？　よし、デイヴィンさんよ、それなら教えてやろうじゃないか。だが、気に入らなくても文句はなしだぜ。俺は、絶対に自分の意見を曲げない人間なんだ。そんなことをする暇があるほど、人生は長くないからな。言わずに黙っておくことはあっても、いざ言うとなったら、腹の内を正直に話すのさ。で、たった今、あんたのほうから俺の意見を尋ねたわけだ。いいかい、俺の考えじゃ、あんたは間抜けなカモだ。それだけのことさ。まんまとだまされちまう大ばか者だよ。この国の、いや、ほかのどの国だって、九九パーセントの国民がそうだ。ああ、そうさ、だまされやすいばか野郎以外の何者でもない。国費で受けた教育がまったくの無駄だったたってことだ。明晰《めいせき》な思考力のかけらも学んじゃいないんだからな。ほとんどの教育が無駄だってことは、この俺が誰よりもよく知ってる。俺の好きにさせてくれるなら、教育なんか廃止するね。文字の読めない時代に戻すんだ。そうすりゃ、少なくとも、もっともらしい偽薬の処方を考えつくペテン師に搾取されちまう、あんたみたいな人間がいなくなるだろうよ。ペテン師も印刷する金だけはあったとみえて、その仰々しい紙きれで、すっかりあんたを信用させたんだからな」

「そこらでやめておけよ、トム」コリン・グレゴリーが、トムの耳元でつぶやいた。「それ以上続けると、もめ事になるぞ」

「もめ事だと？」トム・モーデュは、ますます声を張り上げた。「こいつのほうから、俺に意見を求めたんだろうが。俺が静かに座ってビールを飲んでいたら、腰痛が和らいだとかいうばかげた売り薬についてどう思うか、わざわざ訊いてきたんだぜ。じゃあ、どう言えばいいってんだ。そりゃあよかったな、とでも言って、そいつが苦労して手に入れた金を、何の価値もない色付きの水に注ぎ込むよう勧めろってのか？　俺には、そんなことはできないね。人に意見を押しつけることはしない――」

店内の誰かが、冷笑をかみ殺すように息をついた。

トム・モーデュは、負けじともう一度言った。「俺は、絶対に他人に自分の考えを押しつけはしない。だが、向こうから訊かれたときには、率直に嘘偽りない意見を言わせてもらう。臆することも、ご機嫌を取ることもなしにだ」

「その代わり、余計なこっ酷い侮辱とともに、だろう」と、フレッド・デイヴィンが不機嫌そうに言い、スツールを立って出口へ向かった。デイヴィンは、ずんぐりした、動きの鈍い初老の男で、金物屋を営んでおり、どういうわけか客にきちんと代金を請求できないことで有名だった。村の人間は、おおかたが正直者だったから、かかった金額をちゃんと払わせてくれと自分から申し出ることが多かったのだが、そうなるとデイヴィンは昼も夜も台帳と首っ引きで勘定に追われなければならず、〈ワゴナーズ〉で過ごす時間が大幅に削られることになってしまうのだった。

「あの薬は、本当に効いたんだ」戸口で振り向いてトム・モーデュを睨《にら》みつけ、彼はきっぱりと言った。「腰痛が三日で治ったんだからな。マクリーン先生にもらった、どの薬よりも効いた。マクリーン先生を悪く言うわけじゃない。あの人はいい人だし、一生懸命やってくれてる。だが、あの薬のおかげで、俺の腰痛が三日で治ったのは事実だ」

デイヴィンは、店を出て行った。

「あんまりだわよ、モーデュさん」と、カウンターの内側に立っているトーレス夫人が非難した。「相手がフレッド・デイヴィンじゃなかったら、騒ぎになってるところだよ。でも、あの人がどんな気持ちだったかは一目瞭然だね。この二年で、閉店前に帰ったなんて初めてなんだから」

「もうちょっとそうしてれば、あんな売り薬より、よっぽど腰にいいだろうよ」と、トム・モーデュが言った。

「そろそろ黙れよ。みんなが嫌な気分になるじゃないか」と、コリン・グレゴリーが諭した。

その言葉に、モーデュは高笑いで応えた。

トム・モーデュは、小柄な、皺《しわ》だらけの赤ら顔の男で、大きな頭はほとんど禿《は》げ上がっており、落ち着きのない、抜け目のなさそうな小さい目の上には、太く白い眉が居座っている。極端に唇の薄い口はぴったり閉まらず、笑うと大きくて不格好な入れ歯が丸見えだった。いつもぴんと背筋を伸ばして座ってはいるが、じっとしていることはなく、貧乏揺すりをするか、握り合せた両手の指をせわしなく組み替えていた。

少しして、トムが言った。「お前は、俺のたった一人の友達だよ、コリン——いや、お前とファニー・ライナムの二人だな。俺は、ファニーのことは好きなんだ。彼女に神のお恵みあれ」ビールのジョッキでファニーに乾杯を捧げ、一気に呷《あお》った。

「それにしても、何であんなことをするんだ、トム」と、コリン・グレゴリーが尋ねた。「せっかくデイヴィンの親父さんが、あの薬が効くと思っているんだから、そう思わせておけばいいじゃないか。そうすれば、ずっと調子がいいままでいられるかもしれないぜ」

「俺は、自分に嘘がつけないのさ」と、トム・モーデュは答えた。「ごまかしや偽善は、我慢ならない。そんなのを俺に求めても無駄だ。それができれば、人生がずっと楽になるだろうってことはわかっている。もっと金持ちになって、みんなから慕われたり頼られたりするかもしれん。だが、人には、自分じゃコントロールできないことっていうのがあるもんだ。性に合わなくたって、こればっかりはどうすることもできない」

「騒ぎを起こす機会を逃すほうが、あんたの性に合わないんじゃないのか」と、コリンが言った。

コリン・グレゴリーは、すらっとした長身の、怠惰な雰囲気を漂わせた三十三歳の男だった。陽焼けした顔はハンサムと言っていい細面で、やや猫背の幅広い肩と、遠慮がちなグレーの目を持ち、どこか物憂いが、気さくな笑みの持ち主だ。長い脚を組んでパイプをくわえ、目の前のテーブルに一パイントのビールジョッキを置いて座っていた。すぐそばの暖炉に、赤々と火が燃えている。暖炉の上の壁にはキツネ、ドアの上にはアナグマの頭部が飾られており、棚から、錫《すず》製の鍋が一列にぶら下がっている。店内には、ほかに六人ほどの客がいた。

トム・モーデュは、次の攻撃対象を探すかのように、落ち着きのない視線をしきりに客たちに注いだが、みんな申し合わせたように彼を無視していた。一様に背を向け、声をひそめている。敵意こそ感じられないが、頑なに拒絶している空気が伝わってくる。

急にそれに耐えられなくなったのか、トムはスツールから立ち上がり、コリンに向かって「じゃあ、また明日な、コリン」とつぶやくと、出口へ向かった。

速足で歩く姿はぎくしゃくとしていて、背筋をぴんと伸ばし、腕は両脇に垂らしたまま少しも揺れることがない。

戸口まで来て、大声で「ごきげんよう」と言うと、店にいたほぼ全員から儀礼的な挨拶《あいさつ》が返ってきた。

陽射しの注ぐ通りに出てせかせかと歩き始めたトムは、初め、やや自分の言動を省みているような様子だったが、すぐに、いつものうぬぼれた傲慢な雰囲気を取り戻した。彼は、一足違いでファニー・ライナムに会いそびれた。トムが通り過ぎた直後に、パーティー用のロブスターを注文し終えたファニーがハリスの店から出てきて、〈ワゴナーズ〉に向かったのだ。

店内に足を踏み入れてコリンを見つけると、ため息をつきながら隣にどっかりと腰を下ろし、抱えていたいろいろな荷物を目の前のテーブルに置いた。

「ここにいるんじゃないかと思ったわ」と、ファニーは口を開いた。「あなたの家に電話をしたら、あの仕事熱心な口の堅い家政婦が、あなたのいそうな場所のヒントさえくれようとしないのよ。仕方がないから、自分で考えて当たりをつけたってわけ。ジーンはどこ？」

「何かの会合さ」と、コリンが答えた。「何を飲む？」

「ジントニックをお願い」

コリンは注文すると、彼女に言った。「つい今しがた、面白いことがあったんだよ」

「また、トムが騒ぎでも起こした？」

「ご名答」

ファニーは煙草に火をつけた。どこか上の空の様子だ。

「困ったもんよね。昔から、あんなにひどかったかしら。それとも、引退したせいでああなったんだと思う?」

「ずっと、あんなふうだったと思うよ。ただ以前は、大勢の生徒にいつでも怒りをぶつけられたからね。幼い男の子たちっていうのは、人間性に対する見方が出来上がっていないから、僕ら大人よりも、トムの言動にうまく耐えられたのかもしれないね」

「あなたと私は、素晴らしくよく耐えてるわよ」と、ファニーは言った。「私が我慢してるのは、ミニーがかわいそうだからだけど、あなたは、わざわざぶつかりたくないのよね」

「まあ、要するに僕ら二人とも、知らず知らずのうちに、あいつのことが好きになっているんだよ。トムのおかげで、単調な生活に刺激を与えてもらえるからかな」コリンはジョッキを軽く持ち上げて、ビールのお代わりを催促した。「言われてみれば、最近、前より少しひどくなっているかもな。何ていうか——そう、ぴりぴりしてる気がする」

「ええ、わかってるわ」コリンに咎《とが》められでもしたかのように、ファニーが弁解めいた口調で応えた。それに気づいて、コリンは言った。「気にすることはないさ。君にできることはないんだから」

「だけど、そのせいで、土曜日の私のパーティーがいっそう難しくなってしまってるのよ。今は、トムもミニーもひときわ神経質になってるから、私が何をしたって怒らせてしまいそうな気がするんだもの」

「何のパーティーだい?　僕も招待してもらえるの?」

「もちろんよ。あなたとジーンをね。だから、捜してたの。土曜にカクテルパーティーを開くのよ。キットの婚約者が、週末に訪ねてくることになってね。とても美人で聡明な女性だから、精神的に頼りになる人に、私のそばにいてもらったほうがいいような気がして」

「キットの婚約者？」コリンの思案ありげな目が、一瞬、ファニーのこころもち赤らんだ顔に向けられた。「君の家の窓枠に置いてある写真の美人かい？」

「ええ。ローラ・グリーンスレイド──ミセス・グリーンスレイドよ。未亡人で、子供が一人いるの」と、ファニーは言った。「キットが継父になるなんて、想像できる？」

「できないかい？」

「だって、あの子はまだ若すぎるし……まあ、実際には、それほど若いとは言えないんだけど、どうも未熟でしょ？」

「僕は、特にそうは感じないけどな」

「たぶん、私は偏った目で見てるんだわ。身内のことは、なかなか客観的に見られないものよね。それで、あなたとジーンは来てくれるんでしょう？」

「ぜひとも伺いたいね」

「サー・ピーター・ポールターもお呼びしたのよ」と、ファニーは満足げな口ぶりで言った。「これには、彼女も感心するはずだわ。それに、クレア・フォーウッドが車で拾って連れてきてくれることになってるの。それなら彼女にも、自分の結婚相手が有名人たちと知り合いなんだってことがわかるでしょ」

「そりゃあ、そうだとも！」コリンの口調は愉快そうだったが、グレーの瞳は少しも笑っていなかった。「ファニー、どうして、彼女を感心させなきゃならないんだい？　何か問題でもあるの？」

ファニーは、煙草の灰を床に落とした。コリンの視線を避けるように顔を背けている。

「問題なんてないわよ。バジルが昔、彼女をちょっと知っていて、何か奇妙な点があったはずだって言うんだけど、きっと何でもないと思うわ。そうよ、チャーミングで、知性があって、性格のいいお嬢さんで、みんな大好きになるはず。ただ……」

「ただ？」

「あのね、コリン、そんな美人で聡明な女性が、うちのキットなんかと結婚したがると思える？」

「キットは、とても魅力的だよ。君もそろそろ、その事実を認めてもいいと思うけどね」

「ええ、でも、そうはいっても結婚となると……」

だしぬけに、コリンが笑いだした。

ファニーはそれには反応せず、飲み物を前にして、眉根を寄せて座っている。コリンの笑い声は、ファニーを元気づけるどころか、ここ二日ほど彼女の胸に重くのしかかって、どうしようもなくなりつつある憂うつな気分をますます募らせた。だがファニーは、それをコリンにも、ほかの誰にも気取《けど》られたくはなかった。キットの婚約を心から喜んでいると、キット本人とバジル、それに友人たちにも公言していたし、何よりも自分自身にそう言い聞かせていた。どんなことがあっても、うれしそうにしていようと心に決めていたのだった。グラスを指でいじり、しかめ面のまま、ぼんやりとそのグラスを眺めながら言った。「今の私はね、舞台を控えてあがっている状態と同じなのよ。言ってること、わかる？」

「もちろんさ」と、コリンは答えた。「ごく自然なことだよ」

「でも、そもそも私、あがらないたちなのよ。もう少し緊張感があったなら、もっといい女優になっていたでしょう。みんな、そう言うと思うわ。それなのに私ときたら、舞台に立つのをいつも楽しんでたの。まあ、もう昔の話で、あれから私もずいぶん変わったけど。あの生活には、何があろうと絶対に戻らないわ」

ファニーは、ふと口をつぐんだ。コリンに何を言おうとしているのか、自分でもよくわからなかった。どういうわけか、彼に対しては、いつもしゃべりすぎてしまう。

そうなるように、コリンがとりたてて何かをするわけではない。自分が人生の大半をともに過ごした人々に、現在の友人や隣人の誰よりも彼がよく似ているせいではないかと、ファニーは思っていた。俳優のコリンは、容易に想像できる。さほど才能はないが、そのルックスと、働き者の献身的な女房の稼ぎのおかげで、そこそこの暮らしができている役者。それは、ファニーの最初の結婚のパターンだった。今、当時を思い出して、世の中にはバジル・ライナムのような人間が何人もいるというのに、青春時代の情熱のすべてをくだらない男のために無駄にしてしまったことを考えると、怒りがこみ上げてくるのだった。それなのに、お酒を一、二杯飲むと、ついコリン・グレゴリーにあれこれ余計なことまで話してしまうのは、ファニーにとって、どうにも不可解で当惑する事実だった。

妻に養ってもらっていることを、どう見ても気にしていなさそうだという点以外、コリンが彼女の最初の夫とそんなに似ているわけではない。妻のジーンは、妊娠しているかもしれないとわかったときに仕事を絞ったため、彼の現在の生活は彼女の配当金によって成り立っていた。その後、ジーンは出産し、コリンが妻子を心から愛しているのは間違いないと、ファニーは感じていた。そして、幸運にもこの大変なご時世には珍しく豊富なお金を持った人と結婚したというのに、その富を彼なりに享受しようとしないのが、ファニーには不思議でならなかった。

「やっぱり、舞台前の緊張と同じよ」と、ファニーがまた言った。「ローラが美人で頭がよくて、私がもうついていけなくなった世界の人だからだわ」

「成長して、足を洗った世界とも言えるんじゃないか？」と、コリンがフォローした。

ファニーは、晴れやかな笑顔を見せた。「あなたってほんとに優しいわね、コリン。けど、私、時々考えてしまうことがあるのよ。バジルのこと。彼は、女優と結婚したつもりだったわけでしょう？　あの頃の私は、体重が五三キロ弱で、毎週きちんと美容院へ行って、いつもハイヒールを履いて、闇市のナイロン製ストッキングに当然のように大金をはたいてたわ。それが、今じゃ七〇キロ近くあって、たいていは自分で髪を切って、ゴム長靴で歩きまわってるのよ。もし、バジルが本当は前の私のほうが好きだとしたら……。言いたいこと、わかるでしょ？　彼は、あんなふうに物静かな知識人タイプだから、昔の私の華やかさに惹かれたのかもしれないし、だとしたら、私はあの人をひどくがっかりさせているんじゃないかって……」

「僕が思うに」と、コリンが口を挟んだ。「バジルは、君がやることに、何一つケチをつけようなんて考えていないんじゃないかな」

「でも、もし……」

「まあ、もう一杯飲んで、元気を出しなよ。偉大なるサー・ピーターを君のパーティーに呼んだんじゃないか。それに、クレア・フォーウッドも」

「ええ。特製のロブスター・パイも作るつもりよ。私が、唯一ちゃんと作れる料理だから。料理は下手だけど、これだけは得意なの」

「じゃあ、すべて首尾よくいきそうで、何も心配することはないじゃないか」

「でも、コリン、私が心配してるのはパーティーのことじゃないのよ」

「わかってるよ。ローラのことなんだろう？　だけど、くよくよ考えたって仕方ないさ。遅かれ早かれ起きることだよ。キットだって、いつかは結婚するんだから」

「あなたにしては、ずいぶんありきたりのことを言うじゃない！」ファニーの顔が曇って、急に不機嫌になった。「そりゃあ、いつかはそうなってもらわなきゃ困るけど、どうして、その相手がローラ・グリーンスレイドじゃなくちゃいけないわけ？」

「それも、運命さ。運命からは逃げられないんだ」いつになく硬い表情で、コリンがさらに言った。「僕らの誰もね」

ファニーは、荷物をまとめだした。

「とにかく、パーティーのこと、ジーンに伝えてちょうだい。土曜日までに会わなかったら、次は当日ね」

コリンは、わかったというように、気さくな顔に戻って頷《うなず》いた。

ファニーは立ち上がって、通りへ出た。

春の陽射しには、日々膨らんでいく暖かさが感じられて、彼女はドアの外で足を止め、顔に日光を浴びてその心地よさを受け止めた。木々はまだ芽吹いていないものの、田舎家の庭々にはキズイセン、ムスカリ、クロッカスといった花々が咲いていた。なぜ、さっき急にコリンに腹が立ったのか判然としなかったが、今は考えたくなかった。それで、少しすると、両手で荷物を抱え直し、鼻歌を歌いながらきびきびとした足どりで歩きだした。長靴が、草の生えた道路端を柔らかく踏みしめる。道幅の広い通り沿いを、二列のニレの木立が飾っている。木立の背後に奥まって立ち並ぶ家々は、大半がアン女王朝様式かそれ以前の古いもので、中に一、二軒、近年一般的に人気のあるヴィクトリア朝様式の建物が交じっている。ここは、夏になると観光客が押し寄せる有名な村だ。

自分が目をそらしたがっているいちばんの気がかりは、ローラがもたらす変化なのだと、歩きながらファニーは思った。考えてみると、おかしなものだ。昔は、絶え間ない変化こそが、人生を耐えられるものにしてくれる唯一の要素だったのに。

庭門のところで、ミニー・モーデュに出くわした。

ドアをノックしても返事がないので、ちょうど帰ろうとしたところだったミニーは、ファニーの姿を見て驚いたように立ちすくんだ。

ファニーが歩み寄ると、ミニーが勢い込んで彼女の腕をつかんだものだから、持っていた荷物がいくつか地面に落ちてしまった。

「あまり時間がないんだけどね、どうしても中で話しておきたいことがあるの……」と、息もつかずに慌てた口調で言う。屈《かが》んで荷物を拾いながら、さらに言葉を続けた。「トムを車で連れて帰らなくちゃいけないから、長居はできないのよ。でも、あなたに伝えておきたくて。今晩スーザンと話すまでは返事ができないと思っていたんだけど、少なくともトムは、土曜のパーティーに出席しちゃいけない理由はないって思ってるの」

拾い上げた荷物を抱えて、ファニーの後ろを速足でついてきた。ミニーは、長身の不格好な容姿の女性で、年はわずかにファニーの一つか二つ上だったが、くたびれてうらぶれた、年寄りめいた彼女の雰囲気と比べると、ファニーの血色のよさとがっしりした体つきは、はつらつとした若者のように見える。片足を引きずって歩き、髪は肩まで伸ばしていて、不安げなハシバミ色の大きな瞳の周囲が青みがかっているために、人並み外れた体力があるにもかかわらず、いつでもひどく疲れて見えた。

形の崩れた、手作りの丈夫な服を身に着け、常に大きな革かばんを持って歩く。かばんには、よくわからない紙がいっぱい入っていて、櫛《くし》やハンカチやお金といったものを取り出そうとしても、しばらく引っかきまわさなければ出てこなかった。

ファニーのあとについて居間へ入り、椅子の端に腰かけてもなお、ほんの少ししかいられないのだと繰り返した。だがファニーのほうは、ミニーのこうした一時的な慌ただしい雰囲気には慣れっこで、実際には一時間は居座るかもしれないことも承知していた。少なくとも今朝は、スパニエルの血が混じったブルテリアのスパイクといつもの会話をする時間はあるようで、お気に入りの彼女の膝に顎を乗せてしきりに見上げている犬に向かって、本当にあなたはいい子で可愛いわね、とつぶやいていた。

ただ、今日のその声には、犬の素晴らしい性質と満足度の低い人間とを比べて嘆いているかのような、深い悲しみが感じられた。その口調が、ファニーの神経を逆撫でした。嫌味ったらしく、暗に自分を責めているように聞こえたのだ。突然、ファニーは腹立たしげに言い放った。「言っとくけど、私のせいじゃないわ！　私だって、あなたと同じくらい悲しんでるのよ。あなたたちが望んだのと同じように、私もキットとスーザンが結婚してくれたらって、いつも思ってたわ。でも、これぱっかりは、周囲の人間がどうこうできるものじゃないじゃない」

「でもスーザンは……あの子が、あまりに不憫《ふびん》だわ！」ミニーの口調には、いつになく激しさが込められていた。「私にはわかるの。あの子は、本当にキットを愛しているのよ。そして、彼も自分を愛してくれていると確信していたんだと思うわ。ほかでもない、あなただから打ち明けるんだけど」

「スーザンのためを思ったら、そんなこと、誰にも言わないほうがいいわ」

「もちろん、そのつもりよ。それでもね、ファニー、あの子が笑って水に流そうと心に決めて、そのグリーンスレイドさんって人に会うのが楽しみで、キットが幸せになってくれるといいと思うって口にするのを見るのは、つらいの。キットのことは大好きだし、頭の中では、彼を責めても仕方がないってことはわかっているのよ。世の中にはよくあることで、どうしようもないんだってね。でもやっぱり、今は……」ミニーの大きなささくれだった手が、スパイクのスパニエルらしい垂れ下がった耳をずっといじっていたが、一瞬、長い指に力が入り、鉤爪《かぎ》のように犬を脅かした。驚いたスパイクは、思わず頭を引っ込めた。「まだ今は、スーザンがかわいそうでたまらないのよ。だから、土曜日のパーティーのことを迷ってるの」

ファニーは頷いた。「わかるわ」

「トムは、出席するべきだって考えているの」と、ミニーは続けた。「スーザンもそうしたいだろうって。私も、そんな気がするわ。プライドの高い子だから、みんなに、自分は全然傷ついてなんかいないんだっていうところを見せたがりそうでしょ。けど、わざわざ、そんなつらいことをさせなくてもいいんじゃないかと思ったりして」彼女の視線が、部屋の向こうの窓枠に置かれた写真に注がれた。

「あれが、ローラ?」

ファニーが、再度頷く。

二人の女は、物思わしげに写真を見つめ続けた。

しばらくして、ミニーが言った。「そうね、もし、実物どおりに写っているのだとしたら、とてもきれいな人で、キットが恋に落ちるのもわからないではないけど、私、あの顔には何か奇妙な印象を感じるわ。どうしてそんなふうに思うのか、うまく説明できないけれど」

「奇妙ですって?」ファニーが、ヒステリックな声を上げた。

「あなたは感じない？」と、ミニーが興味深げに訊く。「本当は、そう思っているんじゃない？　だって、あなた、確か言ってたじゃ――」

「バジルが言ったのよ」と、ファニーが遮った。「私は、ちっとも奇妙なものなんて感じない。感じるもんですか。私は――私には、ただただ美しくて、魅力的で、聡明な女性に見えるわ！」

第三章

午前中をほぼ費やした教会修復資金委員会の会合を終え、自宅に向かって歩いていたジーン・グレゴリーは、〈ワゴナーズ〉から出てきた夫とばったり出くわした。

ジーンは、華奢《きゃしゃ》な体つきをした、三十歳の女性だった。小さくて形のいい頭部が、幅の狭い撫で肩の上に、すらりと伸びている。目鼻立ちは小ぶりで整っており、肌はきめ細かくて美しい。軽くカールした茶色の髪はかなりのショートで、大きな茶色の瞳は、情緒豊かで真面目な印象だ。常に、思いつめた厳粛さのようなものが漂い、どこか修道女を思わせる雰囲気がある。

この雰囲気は、ちょうど今日のように、彼女が身に着ける服装によるところも大きかった。小さな丸い襟が肩口から垂れ下がった、グレーのコートの首元までボタンを留め、ほっそりとした長い指をした両手は、ポケットに突っ込まれていて見えない。足元は、黒のフラットシューズだ。

コリンに会った彼女は、夫の腕に自分の腕を絡め、並んで家路をたどりながら、委員会の会合の話を始めた。

いつもなら、コリンは村での妻の活動の話を面白がって聞いた。ジーンは、たいてい自分を卑下したおどけた調子で説明したが、本当は、彼女にとって村での活動はとても重要な意義を持つものだった。ことのほか控えめな性格のジーンは、自分が裕福なせいで、いつも良心が咎めていたからだ。コリンは、よくそのことを茶化したが、ひどく傷つきやすいジーンのことを思ってちゃんと手加減をし、決して言いすぎるようなことをしなかったので、二人は、とてもうまくいっていた。実際、彼女は、自分自身や自らの仕事が取るに足らないものであることを思い出させてくれる気がして、夫にからかわれるのを楽しんでいたのだった。

ところが今日は、コリンは茶化すことをしなかった。一向に面白がる様子もなく、そのうちにジーンは、夫が関心すら持っていないのではないかと感じ始めた。そう思って見ると、彼の顔は、いつもと違ってぼんやりしている。

少し待ってから、彼女は尋ねた。「どうしたの、コリン?」

「モーデュ家のことさ」と、コリンは即座に答えた。

「もしかして、キットの婚約の件?」

「ああ。トムは相当頭にきていて、目に余る振る舞いをするようになっているんだ。今日はフレッド・デイヴィンに、しなくてもいい喧嘩を吹っかけてたよ」

「トムは、スーザンが可愛くて仕方がないのよ」と、ジーンがとりなすように言った。

「わかってるさ。スーザンは、かわいそうだよな。トムがもう少し、虐げられた哀れなミニーに愛情を注いで、娘のスーザンに好きに恋愛させてやればいいんだが」

「あら、彼はミニーのことだって愛しているわ」

「だとしたら、ずいぶん変わった愛し方だね」

「本物の愛は、すべてと言っていいくらい、変わった形を取るものよ」

コリンは、妻の小さくて真剣な顔つきを、物珍しそうに見つめた。

「まあ、ミニーをそばに置いておくのはいいとしても、スーザンは何とか解放してあげたいね」

「ねえコリン、あなた、どうしちゃったの？」ジーンは、大げさに驚いてみせた。「いつも、人が他人にしてあげられることはない、運命は自分で切り開かなくてはならないもので、できるとすれば、その人が自らの道を進もうとするのを見守ってあげることくらいだって言ってるじゃない？」

「そうだっけ？」コリンの目は、妙によそよそしかった。それは、気さくで、常に人を楽しませようとする夫の態度の裏に、ひょっとしたら自分の知らない何かが隠れているのではないかと、時折、彼女を不安にさせる目だった。「確かに、ファニーの気持ちを晴らそうと思って、彼女にはそう言ってるな」と、コリンは認めた。「ファニーは、トムに負けないくらい、今回の婚約の件が気に入らないみたいなんだ。スーザンのためばかりじゃないけどね。いずれにしても、美人のグリーンスレイド女史がこの村に腰を落ち着ける前に、遠く離れたところへ移り住むようスーザンを説得できたら、周囲の同情の的になることもなくて、彼女のためにはとてもいいと思うんだ」

「でも、スーザンには仕事があるわ」と、ジーンは自信なさげだ。「それに、世話をしている子供たちのことを、心から大切に思っているでしょうし」

「世話を必要としている子供は、よそにも大勢いるはずだよ。実は、ちょっと心当たりがあって――」

「ジョーとミリアムのことを考えているのね！」と、ジーンが声を上げた。

「ああ、実を言えばそうなんだ。彼らには、どうしたって子守が要るんじゃないかな」

「それはそうだけど――もう見つかった可能性もあるわよ。ともかく、電話して訊いてみたら？　うまくいけば、誰にとっても好都合かもしれないわ」

「目先を変えるには、いい案だろう？」

「あなたが、ちょっと骨を折ることにはなるけれどね。ねえコリン、ファニーのことをもう少し聞かせてちょうだい。彼女から見て、この婚約の何が問題なの？　私に話してくれたときには、とても喜んで楽しみにしているようだったわ」

「そう思えるときも、あるにはあるんだと思うよ」と、コリンは言った。「でも、すぐにまた嫉妬心が湧いてきて、相手のことが気に食わなくなるんだ。それはそうと、土曜日にカクテルパーティーに招待されたよ」

「ローラを紹介するため？」

「それに、クレア・フォーウッドと、サー・ピーター・ポールターもね」

ジーンが驚いた顔をし、コリンは頷いてみせた。ジーンの表情が曇った。

「なるほど、確かに焼きもちを焼いているように思えるわね。そんなにローラにいいところを見せようとするなんて。そりゃあ、クレア・フォーウッドはファニーとは旧知の仲だから、招待してもおかしくはないけれど」

「サー・ピーター・ポールターまで呼ぶのは、さすがに行きすぎだって言いたいんだろう？」

「いいえ、そんなことはないわ。そうじゃないけど、ただ……」

コリンは、妻の手を優しくたたいた。「ファニー自身が、そう思っているんだ。全部、僕に話してくれたよ」

「焼きもちを焼いていることも？」

「まあ、何となくね。ファニーが思わず本音を漏らすときには、見事なまでに正直になるんだ。ただ、キットよりもバジルに焼きもちを焼いているように思わせたかったみたいだけど。そのほうが聞こえがいいと思っているんだろう」

ジーンは、訝しげな、真剣なまなざしで夫を見つめていたが、やがて諦めたように微笑んだ。

「あなたって、ずいぶん意地が悪いのね」

「それが、僕の怠惰な生活を楽しむ術《すべ》なんでね」

二人は、自宅の門に到着した。門に手を掛けたコリンは、ふと動きを止め、しばし妻の目を見つめた。

「ジーン」と、コリンが切りだした。「なあ、ジーン、君は、僕がぶらぶらしているのが嫌なんじゃないかい?」

「いいえ」と、ジーンが答える。「今、その話はやめて。お願い」

ジーンは、先に立ってそそくさと門の中に入った。

ライナム家に隣接する彼らの家は、比較的新しかった。ジョージ王朝様式のレンガ造りは、隣のライナム家に比べればモダンな感じさえする。上げ下げするタイプの背の高い窓から春の陽射しが射し込み、白く塗られた羽目板と、美しく磨かれたマホガニー材に降り注いでいた。物静かなその家は、長きにわたって、その場所にひっそりと立ち続けていたかのごとき佇《たたず》まいだ。妙な影も差さなければ、隣家のような一般的な家に見られる、予想していない建物の不備のようなものは一切ない。隅々にまで燦々と陽が射しているにもかかわらず、そこには、何か厳格めいた雰囲気があった。住人に一定の規範を課す、厳めしさが漂っている。

ジーンには、それが当然のことだった。彼女は、ふさわしい暮らしをする基準を、この家に求めていた。絶えず彼女の人生に重い責任としてのしかかっている豊富な金銭では、手に入れることのできないものだ。ここで暮らすには、品のいい趣味と、適応する感性が不可欠だった。そこに住む人を映し出すように、部屋の隅に埃がたまっていたり、部屋が散らかり、廊下が曲がりくねり、薄暗い食器棚やがたついた階段があったりする家では、彼女は少しもくつろげないのだった。

ダイニングには、ジーンとコリンのための昼食が用意されていた。主に缶詰を使った、冷たい軽食だ。ジーンは食べるものにあまり関心がなく、彼女にとって、食事にお金と時間と思考を費やすことは、罪の意識を感じる筆頭とも言えるものだった。それでも年代物のウースター磁器の皿には、白い上着を着た雇い人の手で刻んだハムとサラダが盛られていた。しかも、庭で大きな四輪の乳母車に収まっている赤ん坊が泣き声を上げたのを聞きつけて、様子を見にキッチンから飛び出していったのは、雇い人の妻だった。

ジーン本人が、どうしても他人に仕えてもらいたがっているわけではない。裕福でさえなかったら、自分で料理をし、わが子をあやしに駆けつけることもできただろう。だが、そうした願いをかなえるためには、年配で難民の、際立って有能なわけではないけれど、彼女と夫に常に親切に接してくれるブロッキー夫妻をクビにしなければならなくなってしまう。

庭門で口にした話題には触れないでほしいというジーンの頼みを、すんなり受け入れたかのように、昼食の間、コリンは他愛もないおしゃべりを続けた。ところが、食後のコーヒーが出てきたところで、また、その話を持ち出した。二人の煙草に火をつけ、短い沈黙があったのちに、コリンが唐突に口火を切った。「正直に言ってくれ、ジーン。君は耐えられないいんじゃないかい?」

ジーンは、何の話かわからないふりをすべきかどうか迷うように口ごもり、それから肩をすくめた。

「何て言ったらいいか、わからないわ。だって、しょっちゅう言っているじゃない――」

「過去のことは、忘れてくれ」と、コリンが口を挟んだ。「今の君の本心が聞きたいんだ。これまでと違うことを言ってくれていいんだよ。もしも、僕がぶらぶらしているのを見るのが嫌だというなら、僕は……僕は、君が心からしてほしいと思っていることを何だってするから」

ジーンは、深いため息をついた。「でも、働きたくないのに働かなければならない理由がないわけでしょう？　それはもう何度も話し合って、合意したはずよ」

「だが、君が我慢できないのは、僕が働きたがらないことだ。君は懸命に努力してくれているが、自分の意見に本当は納得していない。だから、そこから話そうじゃないか。僕がいつまでも、ただの満足しきった男でいることに耐えられないのなら、何をしてほしいのか率直に言ってもらいたいんだ」

ジーンは眉をひそめて、灰皿の上の小さな灰の山を見つめた。

「あなた、本当に満足しているの？」

「ああ、とても」

「だったら、どうして、またこの話題に戻るの？　あなた自身が本当にやりたいことは、何？　自分が何かするように、私に背中を押させたいわけ？」

「そうかもな」と、コリンが言う。

「もし、そうなら……いえ、でも、それはあなたが自分で決めることだわ。私にはできない。とても無理よ」

「君が、僕なんかよりずっと強くてもかい？」コリンは、皮肉っぽい笑みを浮かべた。「自分の財産のせいで僕に力を及ぼしているってことを、君がもうちょっと気にせずに、ただ素直に僕がすべきだと思うことを言ってくれたほうが、二人にとっていい方向に向かうとは思わない？」

「つまり、あなたは、あまり幸せではないってこと？」

「僕は幸せだよ。でも、君は違うだろう」

夫婦は、こわばった顔つきで見つめ合った。互いの顔に浮かんでいた表情は、深い不信感の表れのようにも思えた。が、ややあって、二人は同時に笑いだした。

立ち上がったコリンは、ジーンのカールした短い髪に手を置いた。

「いいだろう。僕が、ごくたまに思い出したように良心に目覚める、根っからの怠け者だってことは、二人ともよくわかってる。それでも、僕は君を愛しているよ。恵まれた財産も含めて、君のすべてを愛している。それに、とても幸福だ。男に、これ以上言えることがあるかい？　あと、もう一つ。もしかすると、今週、ジョーとメリアムに会いに出かけるかもしれない」

「スーザンの仕事があるかどうか、確かめるため？」

「ああ、そうだ。それと、ジョーはそういうことに詳しいから、どうしたら、僕が定職に就いているように見えるか相談してみるよ。そうすれば、君も、僕に関する言い訳を考えなくてよくなるだろうからね」

ジーンの指が、優しくコリンの頬に触れた。

「あなたには、ほかの人にはないよさがあるわ。あなたが思っているより、私は平気なのよ。でも、もし彼らに会いに行くのなら、ファニーのパーティーには間に合うように帰ってきてね」

ジーンはドアのほうへ歩きだし、庭へ出た。

赤ん坊の様子を見に行ってみると、大きな乳母車の中でシーツにくるまれて、すやすやと眠っていた。ジーンは、ほんのちょっと見ただけでその場をあとにし、再び家の中に入って、机と椅子、本箱、書類用キャビネットが置かれた二階の小さな部屋へ向かった。そこは冷たい感じの殺風景な部屋で、仕事よりも考え事をするのによく使われていた。本人の意志に反して、現在は彼女自身、それほど多くの仕事を持ってはいなかったからだ。

今日は、返事を書かなければならない手紙が何通かあった。いったんは手をつけたものの、すぐに頭がほかのことにそれ、そのうちに何を書いているのかわからなくなってしまった。コリンの怠惰な生活のことを夫婦で話し合ったあとは、いつもこうなる。問題は、その件に関する自分の本当の気持ちも、夫の真意もわからないことだった。彼は、心底怠け者というわけではなかった。育ちのよい子供の誰もがするように、いつも熱心に何かに取り組んでいた。庭の手入れをしたり、バードウォッチングに行ったり、さまざまな種類の昆虫を採集したりする。見事な写真も撮るし、本もたくさん読んだ。ただ、彼が時間を費やすことに、誰も賃金を払ってはくれないのだった。実際のところ、まだ三十三歳だというのに、コリンは隠居した老人のような生活をしていた。

確かに、引退生活はとても楽しいものだとは思う。だが、道義的に何も悪くないのだと、ジーンが納得しきれていないと主張するコリンの見方は当たっていた。確信はなかったが、すべては戦争と、彼が負った大けがが原因ではないかと、ジーンは漠然と考えていた。何カ月も入院する羽目になり、その病院で、彼を担当した若き看護婦のジーンと出会ったのだが、コリンはあのとき生命の危機に直面し、とてつもなくつらい思いをしたせいで、全力で生きるのはもう十分だと思ってしまったのかもしれない。

何も心配することはないのだと、彼女はたびたび自分に言い聞かせていた。コリンは、自分のことも子供のことも愛してくれている。その点は疑いようがなく、それだけで十分なはずだ。冷静に考えれば、自分の懸念は、細かいことに厳格な性分から来るものにすぎないとも思う。

だが、一度疑念が湧き上がってしまうと、どうしようもなく不安な気持ちに駆られた。ジーンは手紙を書くのを諦め、階下へ下りて庭に出ると、生け垣の隙間を通り抜けて、ライナム家の居間の窓から中を覗《のぞ》いた。

ファニーが、ソファに寝そべっているのが見えた。靴は床に脱いであり、額には白髪が垂れ下がって、腹の上に猫のマーティンが丸まっている。暖炉にはすでに火がつけられていて、薪の明かりがチラチラと部屋を照らしていた。それは、とてものどかな光景だった。いや、のどかな光景のはずだった。両手で持っている写真を見つめる、ファニーの顔つきさえなければ。

ジーンがその表情を目にしたのは、ほんの一瞬のことだった。窓のところにいる彼女に気づいたとたん、ファニーがにっこり微笑んで、中へ入るよう手招きしたからだ。それでも、一瞬目撃したその表情には、写真に針でも刺しかねないような雰囲気が漂っていた。

ジーンが居間に入っていくと、ファニーは体を起こし、持っていた写真をこちらへ差し出して言った。「私、何か変?　それとも、ひょっとして、写真のその顔に何か奇妙なものを感じる?」

ジーンは、しげしげと写真を見つめた。

前に見せられたときにも、しっかりと見たつもりだった。ここ数年、小さな村の中で培ってきたかなり親しい人間関係に新たなメンバーが入るのだから、関心を持たないほうがおかしい。

ローラ・グリーンスレイドがコミュニティに加わったときのことを想像し、いくばくかの期待と、微かな不安を抱いたのだった。ところが今は、自分の気分のせいか、急に不安が膨れ上がって、ほかの感情をすべて押しやってしまった。理由はわからないが、写真の顔が悪意のある危険なもののように見えてきて、恐怖に駆られたのだ。が、見続けているうちに、やがてその感覚が薄れ、そんなふうに感じたのは、きっとファニーに影響されたからだろうと思った。

写真をファニーに返しながら、ジーンは答えた。「正直言って、奇妙なものは感じないわ。でも、こんなふうに気取って写っている写真からは、何もわからないでしょう」

「そうよね、わからないわよね？」と、ファニーはうれしそうに言った。「たぶん、私が必要以上に神経質になってるんだと思うわ。でもね、もし、私たちが彼女を好きになれなかったらどうしようって、不安にならない？」

「あなたは、いつだって、誰のことも好きになれる人だと思うわよ」と、ジーンは言った。ジーンがやって来た理由を尋ねることもなく、いきなり自分のことを話し始めるあたりが、いかにもファニーらしい。

「ともかく、できるだけ彼女にいいところを印象づけるつもり」と、ファニーが言った。

「コリンから聞いたわ」外に車が停まる音がしたので、ジーンは窓のほうへ顔を向けた。「あら、バジルね」

「ええ、午後帰ってくるって電話があったの」ファニーは立ち上がって、古い鏡に映る自分の姿に目をやった。「まあ、どうしましょう。髪を切らなきゃ、ひどいわね」と、顔をしかめる。「土曜日までに何とかしなくちゃ。もちろん、特製のロブスター料理を作るのよ」

ファニーは、夫を迎えに出て行った。

家に入ってくると、バジルは妻の肩に両手をかけてキスをし、そのあとでジーンを見たときには、すかさず右手を差し出した。バジル・ライナムは、いつどんなときでも礼儀正しく、挨拶を省くことは決してなかったし、絶妙なタイミングで立ち上がって、女性のためにドアを開けてくれる人だった。年は五十三。わずかに白髪交じりで、背丈は中くらい、ロンドンの大学で遺伝学の上級講師を務めている。ファニーが片田舎に住むことを譲らなかったため、毎日大学まで通勤することができず、週末だけ帰宅して、平日はロンドンで一人暮らしをしていた。周囲から気の毒がられても、本人はまったく不満を漏らさないばかりか、かえって仕事がはかどるのだと言っていた。仕事に没頭するタイプで、ことのほか優しく、人に対して洞察力の鋭いところもあるが、実際には、他人に深い関心を持ってはいないようだった。友人といえば、ファニーに紹介された人間だけで、それで十分満足しているように見える。色黒の細面で、妙に無邪気な、きらきらとした若々しい目をしていた。

いつものことだが、ファニーほどジーンと親しいわけではないのに、バジルはすぐに、ジーンが何か悩みを抱えていることに気がついた。が、彼女が帰るまで、そのことには触れなかった。その後、暖炉のそばに座り、ファニーが紅茶を注いでくれているときになって、ようやく訊いてみた。「今日のジーンの悩みは、何なんだい？　いつものやつ？」

ファニーは、額に皺を寄せた。「彼女、悩みがあったの？　私たち、ローラの話をしてたのよ。それに、私はポールターさんのことも考えてたの。そういえば、クレアも来ることになったわ。どうしてクレアは、あの人にそんなに会いたいのかしらね。どうも彼女らしくないわ」

「ジーンは、幸せではなさそうだ」バジルは続けた。

「そりゃあ、そうよ」と、ファニーが言う。「コリンを愛しすぎてるんだもの。コリンだってジーンを愛してるんだけど、それでもだめなのね。彼のことを心配せずにはいられないのよ」

「愛していると、そうなるものかい？」例のきらきらした無邪気な目で、バジルが妻に問いかけた。

「そうねえ、あの人は欲しいと思うものを全部持ってるのにね。ハンサムな愛する夫、赤ちゃん、お金――なのに、どうしても心配をやめられないの」

「僕だって、もし欲しいものをすべて持っていたら心配になるだろうな」と、バジルが思慮深げに言った。「いつ何どき、ひどい災難に見舞われるかわからないんだから」

「そんなのは仕方がないことだわ。世の中、そういうものよ。ただ、ジーンの場合は、根っからの心配性なの。あなたみたいに、人をなだめるのが上手な人と結婚すればよかったのにね。コリンのほうは、私みたいな相手と結婚すればよかったのよ。だって私たち、とても気が合うんだもの。そしてキットは――ああ、もう！　キットは、スーザンと結婚すべきだったんだわ！」ファニーが荒々しくティーカップを置き、夫がいるときにだけ使うきれいなトレイクロスに紅茶がこぼれた。「あなたにしか言えないけど、私はきっと、ローラのことが大嫌いになると思う」

「そんなことはないさ」と、バジルは穏やかに応えた。「僕の記憶では、彼女はとても朗らかで、普通の若い女性だったよ。よく知り合えば、たぶん――」

「普通じゃないわよ！」と、ファニーが大声を出した。「あなたが、そう言ったんじゃない」

「僕が？」バジルは、驚いた口調で訊き返した。

「ええ、そうよ。彼女には何か奇妙な点があったって、言ったじゃないの」

「ああ、あれか。確かに、君の言うとおりだ。ぼんやりとだが、彼女が何か変わったことと関連していたような気がしてね……。そのうち、何かの拍子に思い出すだろう。勘違いでなければだけどね。もしかしたら、誰かほかの人だったかもしれない」

「いったい、それは何だったの？」と、ファニーが強い調子で尋ねた。「彼女に何があったっていうのよ？　何をやらかしたの？」

「やらかした？　いや、彼女が何かしたわけではなかったと思うよ」腰を屈めて暖炉の薪の一つを奥へ押しやるバジルの瞳に、揺らめく炎の明かりが映り、浅黒く細い顔が熱で赤く染まっていた。

第四章

次の土曜の朝、十時にローラ・グリーンスレイドを訪ねたとき、クレア・フォーウッドは、ローラに対して特に奇妙な点は感じなかった。

彼女にとって、それはとても残念なことだった。人の奇妙さには慣れっこだが、正常さ、あるいは、自分の目に正常だと映る資質は、そんなものが本当に存在するとは信じていないだけに、彼女を心底ぞっとさせる。

ほっそりとした、黒髪の身なりのよい若い女性が、自分を出迎えに自信に満ちた様子で静かに階段を下りてくる姿を見て、クレアは守勢に立たされたような劣等感に襲われ、無力なわが身を思い知らされた気分に陥ってしまい、今すぐにでも尻尾を巻いてハムステッドのアパートに逃げ帰りたくなった。

その朝、クレアはひどく緊張していて、サー・ピーター・ポールターに会えるよう取り計らってほしいとファニー・ライナムに頼んでしまったことを、しきりに後悔していた。そのときは、ファニーが実際に動いてくれるとは、正直考えていなかったのだった。だが、ファニーには予測不能なところがある。いつもなら安請け合いしては、そんな約束のことなど容易に忘れてしまうくせに、時たま、あらゆる困難を敢然と乗り越えて、約束を完璧に果たそうとやっきになったりするのだ。人にそうは見せないようにしていても、実は自分一人の生活パターンに干渉されるのを毛嫌いするクレアにとって、それは、かなり警戒すべき性格だと言えた。三十年以上付き合いのあるファニーでなかったら、彼女はおそらく耐えられなかっただろう。

二人の最初の出会いは、演劇学校の学生のときだった。舞台に立つことを職業にしようなどと考えたとは、今になってみると、まるで夢物語のように思える。母親が女優で、自分にもそうなってほしいと願っていたりしなければ、たぶん足を踏み入れることはしなかったに違いない。とはいえ、クレアにある程度の才能があったことは、友人たちが記憶していた。その頃、苦しい恋愛も一つ、二つ経験したのだが、結局は、当事者たちの神経をすり減らす悲運な結果に終わった。幸い、健康を害したのと、ささやかな個人所得があったおかげで、そんな生活から脱け出すことができた。そうして、孤独が増し、わずかに交流を続けている数人の友人と会う間隔も少しずつ長くなり、新たな人と知り合うことはほとんどなくなるなか、彼女のもっと優れた才能が磨かれていき、本人の驚きをよそに、相当な名声を得るに至ったのだった。

外見は薄給の家庭教師のようで、妙に緊張した感じの上品さをまとっているが、白髪の産毛が周りに生えた太い眉の下にある内向的で陰気な目が、クレアも気づかないうちに、威圧感を醸し出す顔つきにしていた。自分では地味でぱっとしないと思っているので、階段を下りてくるローラ・グリーンスレイドが、玄関で待っている小柄でくたびれた女性をひと目見ただけで、すぐに著名な小説家だとわかったと知ったら、さぞ驚いたに違いない。

ローラに声をかけられたとたん、クレアは赤面し、頭にかっと血が上って、しどろもどろになってしまった。ローラは、出会った瞬間に、間違いなくクレアの軽蔑と羨望の入り交じった感情をかき立てるタイプだった。郊外に暮らす主婦の手本といった、女性向け雑誌からそのまま抜け出たかのような女性だ。美しさと落ち着き、的確なドレスセンスを兼ね備え、五千語ではとても書ききれない情緒的問題など、持ち合せてはいない。

しかも、どんなに考えてみても理由はうまく説明できないのだが、こういうタイプの女性は、自分とは相反する存在だとクレアは思い込んでいた。だから、そんな相手からいきなり感じのよい好意的な言葉をかけられて、一瞬、耳を疑ったあとで、安堵《あんど》とうれしさが湧き上がってきた。二番目にやって来たこの感情が続いている間、クレアは何かとローラに、並々ならぬ知性、人を惹きつける魅力、性格のよさといった点を見いだしたのだった。

そのうちに、第三の段階が訪れた。申し分なく思えたこの女性の中に、ある意味ほっとさせられる欠点があることに気づき始めたのだ。すると、急にそれまでの気後れした気持ちが失《う》せ、ある種のタイプとして興味をかき立てられはしても、生身の人間としての彼女には、みるみる退屈するようになった。

この第三の段階に至ったのは、クレアの乗る一九三五年製の小型のモーリスで一時間ほど走ったときだった。異常なまでの用心深さから、彼女はいつものろのろ運転だった。ローラは、そんな危なっかしさには見事なまでに無頓着で、クレアの著書を読んだ際に味わった楽しさについて愛想よく落ち着いた調子で話していたのだが、その表情と口調は、どこか素っ気ない感じがした。クレアには、それが妙に腑《ふ》に落ちた。そういう無表情さは、彼女のようなタイプには、まさにぴったりだ。整った目鼻立ちの、皺一つない卵型の顔には、強い感情による光や影が差してはいけないのだ。歯並びのよい、ふっくらとした唇をした小さな口、明るい緑がかったブルーの瞳、近頃流行《はやり》の、顔から後ろにタイトに撫でつけた黒髪、そのどれを取っても活気や興奮といったものに損なわれるべき代物ではないと、クレアは思っていた。ところが、彼女自身もできれば気がつきたくないと願っていたのに、相手の顔と声にそうした感情がにじみ出たのを目ざとく察知してしまったのだった。しかもそれは、無遠慮で情け容赦がないと言ってもいいほどのクレアの好奇心を、何よりもかき立てる類いの感情だった。つまり、ローラにしてみれば、隠しておくはずのものが、ぽろりと露呈したということになる。

詮索するつもりはないのに、たまたま他人の秘密に感づくのは、クレアにとって、嗅覚の鋭い猟犬が血の匂いを嗅いだようなものだった。無意識のうちに、緊張していた彼女の態度がほぐれ、物怖《お》じしなくなっていった。

「ええ。ファニーとは、人生の大半を共にしてきた友人なの。私の大好きな人よ」直前にローラが口にした言葉を受けて、クレアはそう答えたところだった。

それに対してローラは、「キットも同じですわ」と言った。「どんなに素晴らしい人かという話を、いつも聞かされているんです。心の温かい、寛大で誠実な人だ、って。お会いしたくて、うずうずしてますの」

だが、それが嘘だということを、クレアはすかさず見抜いたのだった。少なくとも、議論の余地のない完全なる真実でないのは明らかだった。ローラは、ファニーとの対面を少なからず恐れている。そう、間違いなく、それは恐れだった。

ひそかな恐れと憎しみこそ、クレアが小説に書いているテーマのほとんどだと言ってもいい。彼女が唯一、深く理解している感情だ。

ローラが続けた。「ファニーは、ほとんどキットの母親のような存在なんでしょう？　どうして、ご自分のお子さんをもうけなかったのかしら」

「最初の結婚はそれどころじゃない状況だったし、バジルと再婚したときには、もうそういう年齢を過ぎていたの」

「じゃあ、キットが家を出たら、さぞお寂しいでしょうね」

この言葉に、クレアは返事をしなかった。数日前の電話で、ファニーが家を二世帯に分ける話をしていたのを思い出していたのだ。

しばらく考えてから、「つまり、あなたがたはロンドンに住むつもりなのね？」と、ようやく口を開いた。

「ええ、そのつもりです」と、ローラは答えた。「少なくともキットがきちんとした職に就くまでは、私が今の仕事を続けなければなりませんし、それにはロンドンが最適ですから。キットにとっても、申し分のない場所だと思うんです」

「彼は、何をやろうと思っているの？」

「広告業に携わりたいと言っています」

「それは、驚きだわ」と、クレアは言った。「てっきり、手仕事が好きかと思っていたものだから」

「もちろん、趣味では続けるでしょうけど」

「でも、それで生計を立てるのは無理だと思うわけね？」

「あなたは、どう思われます？」

「そうね、このご時世では、難しいかしらね」

「特別な才能があるというわけでもないですし。何に関しても、芸術家の域には達していなくて、かなり腕のいい大工といったレベルですもの。彼、ほかの分野にひらめきを得たみたいなんです。本当に興味があるのは、骨董品《こっとう》ビジネスでやっている、売買のほうらしくて」

「キットはほとんど経験がないけれど、ロンドンでうまくやっていかせる自信が、あなたにはあるの？」

「もちろんです。私には、大勢知り合いがいますもの」ローラは、さらりと答えた。

それ以上、クレアは何も言わなかった。ローラの中に恐れの気持ちを見て取ってからは、美しく整った外見に惑わされずに、ほかの資質にも気がつくようになっていた。今、彼女は、隣に座る女性の持つ、とてつもない芯の強さを感じていた。自分が何を欲しいかを、明確に知っているからこその強さだ。クレア自身も相当に決断力のあるほうだが、それをどの方向に向ければよいのかわからなくなることがあった。だが、ローラは明快にものを考え、必要とあれば、冷酷になることもできそうに見える。キットを取り合うことになるかもしれないのがわかっていて、多少不安になってはいるものの、自らの恐れを認めたうえで、自分の思いどおりに勝利を収めようと決意したのだ。

クレアは、何に対しても確固とした考えを持てないファニーが気の毒になった。だが、よく考えてみると、ローラの案は誰にとってもベストで、ことにキットには、そのほうがいいようにも思える。クレアは、この時点で早急に意見を固めるのはやめにした。

その後しばらくして、ローラとファニーが、大げさに歓喜の声を上げながら対面を果たした。バジルもローラと握手を交わし、何年もたって、こうして再会できたことを喜んだ。

「覚えていてくださったんですのね、ライナム博士」ローラは驚きの声を上げ、とてもうれしそうな顔をした。

「覚えてるふりをしてるだけかもよ」と、ファニーが愉快そうに言った。「何しろ、この人の記憶力といったら、最悪なんだから」

ファニーは、ふだんより身なりに気を遣い、白黒の大きめのチェック柄のワンピースに、かかとの高い赤い上靴を履き、垂れ下がった金のスペイン製のアンティーク・イヤリングをしていた。重く弛《たる》んだ体と、相変わらず手入れされていない髪には突飛に思える組み合わせだが、昔から身についている妙に自堕落な雰囲気のせいか、どことなく粋な感じがする。

「そんなことはない」と、バジルが真面目くさった調子で言った。「君のことは、とてもよく覚えているよ」

キットは、顔が上気し、気恥ずかしそうな様子だったが、それを隠そうとクレアに向かって大げさにほめそやし、ローラにはまったく興味がないかのように振る舞った。ローラはその姿に微笑んで、訳知り顔でファニーと目配せを交わした。そして、二人の女性は連れ立って、ローラのために用意された二階の部屋へ上がっていった。

家の内部を見まわしながら、ローラは感嘆の声を上げた。

「申し分ないお宅ですのね」と言っているローラの声が、クレアの耳に届いた。「信じられない素晴らしさですわ。こんな家で暮らせたら、さぞすてきでしょうね」

「そのことで、ちょっと考えてることがあるから、あとで説明するわね」クレアが、シェリー酒を手渡してくれたバジルと一緒に居間へ入ったときに、ファニーがうれしそうに答えているのが聞こえた。

キットはそわそわと部屋を出たり入ったりし、階段を途中まで上がっては、また下りて、ほんのひと時でもローラと二人きりになれるチャンスがないかと待ち焦がれていた。猫のマーティンが、自分を嫌がる人間を瞬時に察知する猫特有のひねくれた本能から、ゴロゴロと喉を鳴らしながらクレアの足首に体をすり寄せてきた。彼女が猫好きではないことを知っているバジルは、マーティンを抱き上げ、窓を開けて庭に出した。

「ありがとう」と、クレアは礼を言った。「記憶力が悪くても、人の安心感につながることは、ちゃんと覚えているのね」

「記憶力は悪くないんだ」と、バジルが答えた。「ファニーの作り話だよ。あの娘《こ》を見て、すぐに思い出したからね。たいして知らない間柄だったことを思えば、決して悪くないと思うよ」

「最後に会ってから、ずいぶんになるんでしょう?」シェリー酒をすすりながら、クレアは尋ねた。

「少なくとも十年はたつかな」と、バジルが言った。

「とても美しいお嬢さんね」

「そうだね」

「だから、きっと覚えやすかったのよ」

「僕の職場では、若い美人は少しも珍しくないよ。毎年、十人以上はそういう学生が入ってくる」

「ローラは、ずば抜けているもの。それに、あなたが彼女にまつわる何か奇妙な点を覚えていたって、ファニーが言っていたんじゃなかったかしら?」

「それだよ、僕が記憶していないのは」バジルの黒い瞳が、いたずらっぽく輝いた。「なるほど、そのせいか」

「ねえ、バジル」彼の言葉に少し笑ってみせてから、クレアが訊いた。「いったい、それって何だったの?」

「初めは、本当に覚えていなかったんだが、少しあとになって……といっても、まあ、どうも説明しにくいし、特に面白い話ではないんだ」

「でも、確か――」

「いいや、本当にたいしたことじゃない」

「だけど、このままファニーに、ローラの過去には秘密があると思わせておいていいの？」

「秘密があるのは、確かだよ」と、バジルは言った。「彼女をよく見ていれば、そのうちにわかる。たぶん、僕なんかよりもずっと早くファニーが気づくはずさ」

「その秘密がファニーにとってどういう意味を持つにしろ、説明はすべきなんじゃない？」

「ファニーの興味を引かないことは、説明しても仕方がないからね。それにしてもクレア、君はなぜ、サー・ピーター・ポールターを待っているんだい？」

クレアは、もう一口シェリー酒を飲み、大きな暖炉の中でパチパチとはぜる薪を見つめて両脚を組み直してから、努めてふざけた調子で言った。「それは、私の秘密よ」

「彼に会ったことがあるのかい？」

「いいえ、ないわ。もし、ファニーが本当に手配してくれると思っていたら、私は……実はね、ちょっと言ってみただけだったの。ねえ、彼、どんな人なの？」

「僕も、実際に会ったことはないんだ。ディーンハウスを借りてからは、ほとんど隠遁《いんとん》生活をしている。どうやら、かなり心臓が悪いらしい。こんな片田舎に腰を落ち着けたのも、そのせいだろう。たまに来客が大勢来ることもあるが、たいていは二人の年老いた使用人と三人だけで暮らしているみたいだよ」

「ああいう人にしては、何だか不思議な生活だわ。これまで彼が生きてきた人生を考えるとね」と、クレアが言った。「でも、少年時代にこの辺りに住んでいたんですって。知ってた?」

「いや」と、バジルは答えた。「本当かい? そんな話は聞いたことがないな」

「ええ、確かよ」

「つまり、ここへ来たのは、故郷で最期を迎えるためということか」

ドアが開いてファニーが姿を現し、ローラとキットがあとに続いた。

「誰が最期を迎えるですって?」ファニーが、笑みを振りまきながら尋ねた。

「サー・ピーター・ポールターの話をしていたところさ」と、バジルが言った。

「ペティですって?」ローラが、興奮した声を出した。「まさか、彼と知り合いなんですか?」

ファニーは、ちらりとローラに目をやってから、部屋を横切って飲み物の置いてあるテーブルへ歩み寄った。

「今夜のカクテルパーティーに来るのよ」と、何げないふうに言う。「ローラ、シェリー酒でいい?」

「ありがとうございます。まあ、何て素晴らしいのかしら。私の初仕事をくれたのが、彼なんですよ」ローラは熱っぽく語った。「私、彼のことが大好きですわ。そりゃあ、毅然としていて、かなり非情なところもありますけど、気に入った相手にはとても優しくしてくれる人で、その――私のことは気に入ってくださったんですの」

そこでちょっと笑って、キットを横目で見た。「もちろん、私のお祖父さんと言ってもいい年齢でしたけど」

「たとえ誰かのお祖父さんの年だからって、彼が最期を迎えるなんて言ったの、誰よ?」と、ファニーが訊いた。彼女は、同じ話題にとどまっていられないことがあるかと思えば、一つの話題に執着することもある。まるでサー・ピーターの死が自分のカクテルパーティーで起きるかもしれないと恐れているかのような、不安げな口調だった。

「あの人は、誰のお祖父さんでもないわ」と、クレアが言った。「彼の息子は、二人とも戦死したのよ」

突然のこの言葉で、部屋の中に気まずい空気が流れた。サー・ピーターの話をするたびに感じられたとおり、今度も、クレアの言い方には妙に力が入っていた。自分の発言が場にそぐわなかったと気がついたのか、彼女はすぐに話題を変えた。「ローラ、ファニーに家の中を見せてもらったんでしょう？」

一瞬、間を置いてから、ローラが答えた。「ええ。とてもすてきですわ」

だが、その言葉もまた、その場にそぐわない口調だった。いやに沈んでいて、説得力がない。クレアがキットを見ると、彼の青い目がじっと夢見るようにローラの顔に注がれ、今のが聞き間違いではなかったかと訝るように、額に軽く皺が寄っていた。

「そうなの。で、どういうふうに家を二世帯に分けられるか、彼女に説明してたのよ」と、ファニーが言った。「以前は二つの家だった建物だから、分けるのは造作ないの。元通りに壁を戻して、配管を少し変えればいいだけ。きっと楽しい作業になるわ」

「でも、それでは、せっかくのすてきな家を台無しにしてしまいますもの」と、ローラが言った。

「そんなこと、したくありませんわ」

「台無しになんかならないわよ」と、ファニーが言う。

「あら、でも――」

「まったく問題ないわ」ファニーは、きっぱりと言い張った。「さっきも言ったとおり、もともとそういう造りなんだもの。さあ、ランチにしましょう」

ファニーは、全員をダイニングルームへ誘導した。

彼女はどこか落ち着かない気分らしく、もともと血色のよい顔がシェリー酒を少し飲んだだけで赤くなったことや、みんなが席に着くやいなや、ひっきりなしにしゃべり続けていることが、それを物語っていた。といっても、楽しい類いのそわそわ感であって、どうやらローラのことを気に入ったようだった。ジャーナリストとしての仕事や娘のことについてあれこれと質問し、子供がいるのだから、二分した家の大きくてよいほうを若い二人が住居にすべきだと主張した。それに対して、ローラはまたもや、ファニーとバジルをそんなふうに追いやることはできないと固辞した。

クレアは、ファニーに対するローラの反応に興味をそそられていた。ローラが本人の思っていた以上にファニーのことを好きになり、そのせいで予期せぬ問題に直面しているように、彼女には思えた。ローラの態度はきわめて慎重で、受け身な感じがした。顔の表情と、大きな青い目と、小ぶりで可愛らしい口は相変わらず感情を表に出さないが、滑らかな黒髪の小さな頭を所在なさげにもたげる様子と両手の動きからは、緊張が伝わってくる。

ローラは、ファニーに対していささか子供っぽい態度を取っていた。一児の母親である三十二、三歳の未亡人で、仕事でまあまあの成功を収めている女性というより、とても若くて経験の乏しい女の子といった風情で、自分を卑下した、やたら謙虚な物言いに徹している。もし、ファニーがそのことに違和感を持っていたとしたら、彼女はそれをおくびにも出さずに快活におしゃべりを続けていることになる。バジルは、例によって物静かにみんなの話に耳を傾け、見るからに楽しそうだったが、キットは当惑したように眉を上げ、ローラの顔からほとんど目を離すことができないでいた。今にも、何か異議を唱えそうな顔つきだ。

ある滑稽な出来事が、クレアの脳裏によみがえった。あるとき、市場へ出かけて、その晩彼女が主催するささやかな夕食会のために、鶏を一羽買ったことがあった。屋台の店主は、カウンターの裏に鶏を持っていって紙に包んだ。帰宅したクレアが包みを開けると、入っていたのは鶏ではなく、二羽のヒドリガモだった。蓋を開けてみれば、そのカモはとてもおいしく、夕食会は大成功だったのだが、それでもやはり、その一件は当惑させられた出来事だった。突然目の前に現れたカモに、なかなかうまく対応できなかったのだ。今のキットがまさにそんな感じで、市場で買い求めた鶏が、二羽の小さくて丸々としたヒドリガモに変わってしまったとでもいう顔に見えた。

昼食を食べ終わると、ファニーはローラとキットを二人だけにしてやり、クレアをキッチンに連れていって洗い物を手伝わせた。

ステンレスがふんだんに使われ、作りつけの食器棚が並ぶ近代的なキッチンは、ファニーがパーティーのために準備したもので雑然としていた。彼女はきちんと整頓しながら料理をするということができないたちで、ダイニングから皿の山を持ってきても、置くところを見つけるのが大変だった。

積み重なった片手鍋を肘で押しやって何とかスペースを空けると、ファニーはどっかりと椅子に腰を下ろし、ため息交じりに言った。「仕事に取りかかる前に、ちょっと一服しましょうよ」

散らかり放題のキッチンに座るのは気が進まなかったが、クレアは椅子の端に腰かけ、ファニーの煙草を一本もらった。

「これは何?」目の前のテーブルに置かれた皿を指差して、彼女は尋ねた。

「ロブスター・パイよ」と、ファニーが答えた。

「お宅の看板料理《スペシャリテ・デ・ラ・メゾン》?」

「そのとおり。結構作るのが面倒なんだけど、味は絶品なのよ。といっても、パイ生地は作らないけど。私がやると、どうしても分厚くなって、重くて崩れちゃうのよね。だから、いつも村のウェブ夫人に作ってもらってるの」

「中身は何なの?」クレアは、興味を引かれて訊いた。

「ブランデーとか、ワインとか、ニンニクとか——あと、もちろんロブスターもね。一つ味見してごらんなさいよ」

「アイスクリームを食べたばかりだから、今はいいわ。でも、確かにおいしそうね」

ファニーは大あくびをして、手首で額をこすった。

「昨夜、眠れなくてね」

「不安だったから?」と、クレアが訊いた。

「いいえ、不安じゃないわよ。何で、不安になんかならなくちゃいけないの? 興奮してただけ。だって、一大イベントでしょ? キットが結婚するのよ」

「で、お相手のことはどう思う?」

反射的にファニーが答えた。「魅力的ね。とてもチャーミングだわ。あなたもそう思わない?」

「それは間違いないわね」とクレア。

「ただ、問題なのは、彼女がこの村に収まるような娘さんには思えないのに、キットはどこへも出て行かないだろうってことよ。これまでだって、今みたいに私に頼ってるのはよくないって何度も言って聞かせようとしたけど、私が店を閉めるとでも言わないかぎり、あの子は聞く耳を持ちそうにないの。もちろん、私がアンティーク・ショップを続けてるのは、ひとえにキットのためよ。この村で何かをしようと骨董の商売を始めたところへ、あの子が軍を辞めて戻ってきて、仕事もなくてどうしていいかわからないみたいだったから、買い付けを手伝ったり、家具の修理なんかを学んだりしたらいいんじゃないかと思ったわけ。あの子がもっといい仕事を見つけるまでのつもりだったんだけど、本人が夢中になってしまって、ほかの仕事を探そうとしないんだもの。そんなふうに私にべったりくっついてるのがよくないのはわかってるし、店を続けてたって、バジルと私は全然儲からないのよ。やっとキットの給料が出る程度でね。なのに、今度は結婚するっていうんだから……」ファニーはそこで言葉を切って、問いかけるようにクレアを見た。まるで、自分が実際には口に出していない質問に答えてくれるのを期待しているかのようだ。

クレアは何も言わなかった。そして、ぱっと立ち上がると、シンクのところへ行った。

「さっさと片付けてしまいましょう。気になって仕方がないわ」

クレアは、てきぱきと皿やボウルや鍋を整理して、きれいに積み始めた。

ファニーはくすりと笑って重そうに立ち上がり、煙草を口の端にくわえたまま、頭の上に掛かっている布巾に手を伸ばして、クレアが洗った皿を拭こうと横に立った。

一、二分後、ファニーがまたしゃべり始めた。「キットは、私から離れるべきなのよね。わかってるの。ローラみたいな人と結婚しようとするのが、その証拠よ。私とは正反対の人を選んだってことは、あの子が心底、私から逃げたがってるってことなんだわ」

クレアが言った。「彼から見たら、ローラとあなたって、そんなに違わないんじゃないかしら」

「いやだ、クレアったら、何言ってるの!」

「だから、彼から見てってこと」

「じゃあ、あの子は相当に記憶力がいいってことね」と、ファニーは皮肉っぽく言い、クレアが水切り台に置いたばかりのグラスを拭きながら、考え込んだ。「まあ、放っておけば、そのうちどうにかなるでしょう。さしあたって、私はジョージ・チャグウェルに家を見に来てもらって、改装の大まかな見積もりを出してもらうわ。田舎の建築業者だけど、とても信用できる人だし、ここらの古い家のことは詳しいから」

ちょうどそのとき、バジルがキッチンへ入ってきて、ファニーが言った最後の言葉を聞きつけた。

「チャグウェルに頼むまでもないと思う」と、彼は言った。

その声には、思い詰めたような響きがあった。思わずクレアは洗い物の手を止めて、そちらを振り返った。バジルはテーブルのそばに立ち、ぼんやりとロブスター・パイを見下ろしている。

だがファニーは、夫の口調にいつもと変わった点があるとは感じなかったようだった。

「ねえ、バジル、これをメイソンの大皿に移して、食品庫に入れておいてくれない? そうすれば、このテーブルが片付くわ」

バジルは食器棚のところへ行き、乱雑に積まれた陶器の中から、ファニーの目当ての皿を探し始めた。

「どうしたの、バジル?」と、クレアが声をかけた。「何かあったの?」

「今のところは、どうということはないと思うんだが」と、バジルは答えた。「ただ、家を二世帯にする必要はないと思う」

「だって、あなた……」ファニーは両手を下ろして直立したまま、夫を見つめた。

「たまたま、激しい言い争いの一部を立ち聞きしてしまったんだ。キットの言葉は聞こえなかったが、ローラは声を荒らげて、かなり興奮した様子だった。キットに向かって、ここで暮らすつもりは毛頭ないし、たとえどこに住もうと、ほかの人間と家を共有するなんて、何があってもまっぴらだとまくしたてていた。正直言うと……」食器棚から体を離したバジルの両手に、楕円形の大皿が握られていた。それをテーブルに置き、彼は丁寧にロブスター・パイを並べ始めた。「彼女の気持ちも、わからないではないんだ。僕だって、最初の結婚のとき、自分の家族のすぐ近くに住もうなどと考えなければよかったと思う。われわれはみんな、部族的生活に向くようには教育されていないんだよ」

「部族的だなんて！」と、ファニーは口をとがらせた。それ以上は何も言わず、少したつと、カチャカチャとクレアが水切り台に置いたスプーンやフォークを、布巾で拭く作業を再開した。だが、キットは自分から独立したほうがいいと思うとクレアに言ったわりには、その顔は虚ろに青ざめていた。息をするのも苦しそうで、必死に涙をこらえているようにも見える。

ちょうどそのとき、庭のほうから「ファニー！」と呼ぶ声がした。

それは、ジーン・グレゴリーだった。腕いっぱいにアーモンドの花を抱えて、急ぎ足で裏口からキッチンへ入ってきた。葉のない数本の小枝にくっついているたくさんの薄いピンクの花の上で、ジーンの顔はいつになく紅潮していた。

「ひょっとしたら、パーティーで部屋に飾れるかもしれないと思って、持ってきたの」と言う。「だって――だって、コリンと私は来られないから」彼女の顔が、ますます赤くなった。

「あなたとコリンが来られないですって?」信じられないといった面持ちで、ファニーが言った。

「でも、来るって言ったじゃない——」

「ええ、ところが、大変な、本当に大変なことが起きてしまったの」ジーンは突っ立ったまま、顔の前で花束を握り締めている。まるで、それが自分を防御してくれる盾になるとでも思っているかのようだった。「コリンとトム・モーデュが凄まじい口論をして、そのあげくに、トムがコリンに言ったのよ。俺は絶対に、二度とお前に同じ部屋の床を踏ませはしないからなって。だから、トムが来るのだとしたら——本当にごめんなさい、ファニー。とても許してもらえないかもしれないけれど、もしトムが来るのだとしたら、コリンと私は参加できないわ!」

第五章

ファニーは腰を下ろした。片手で髪の毛をつかみ、もう一方の手で煙草を手探りしている。バジルが彼女の口に一本くわえさせ、火をつけてやった。

「本当に、本当にごめんなさいね、ファニー」と、ジーンがすかさず続けた。なぜ自分はこんなものを持ってきてしまったのだろうという顔で、花に目を落とす。

「仕方がないわよ」ファニーが、力なく言った。「いったい、何があったの？」

「込み入った話なの」ジーンは、バジルのほうを見た。「これ、お役に立つかしら？　もし、要らないなら――」

「とてもきれいだよ」と言って、バジルは花を受け取った。「うちの庭には、アーモンドがないからね。いつも君たちの木をうらやましく眺めているんだ」

「何があったのよ？」ファニーが、もう一度言った。

「スーザンのことなの」と、ジーンは話し始めた。「スーザンを何とかしてあげたほうがいいんじゃないかって、コリンが思いついたのね。だって、ほら、その――」

「はっきり言いなさいよ。キットが彼女を捨てたからだって――あのキットの大ばか者が！」

ジーンは、驚いて目を見張った。「キットが大ばか者？　どうして？」

「何でもないわ」と、ファニーは言った。「でも、そのことなら、みんな知ってるでしょう」

「そこが問題なの。スーザンはこの村から離れたほうがいいんじゃないかと、コリンは考えたわけ。ここにいたら、みんなから同情されてつらいんじゃないかって。だから、二日前、彼はエセックスに住んでいる友人を訪ねたの。その夫婦には子供が四人いて、いつも誰か手伝ってくれる人が必要そうなのね。それで、コリンがエセックスまで車で出かけて——」

「ちょっと待って」と、ファニーが言葉を挟んだ。「コリンが、それを全部自分で思いついたの？」

「ええ、そうよ」と、ジーンは答えた。

「本当に、あなたじゃなかったのね？」

ジーンは、強く首を横に振った。

ファニーは諦めたようなしぐさで、「私は、人のことがまったくわかってないんだわ。ほんの少しもね」と言った。「続けて」

ジーンは続きを話した。「コリンは、そのジョーとミリアムに会いに行ったの。そうしたら、たまたま子守の人が結婚したところだったらしくて、二人はスーザンのことを聞いて、とても喜んでね。今のお給料がいくらだろうと、間違いなくそれ以上出すって言ったんですって。それでコリンも大喜びで帰ってきて、昨日の晩、スーザンと連絡を取って、その話をしたのよ。もちろん、慎重にね。スーザンのほうも慎重で、よく考えてみるって答えたけれど、内心ではとても喜んでいたと思うわ。話しているうちに、だんだんとコリンの提案に興味を持ったみたいだったもの。でも、今すぐに行くというのは無理だって言い張るの。それでは今の仕事先の人や、親切にしてもらっている人たちに申し訳ないって。そして、両親に相談してみなければいけないと言って話を締めくくったわ。そのときまで、てっきり私は、彼女が自分の意志で決めるのだとばかり思っていたのに、別れ際に、トムとミニーの意向がものを言うって言ったのよ。そこから、トラブルに発展してしまったの」

バジルは、背の高い陶磁器の壺に花を生けていた。「トムが、その話に怒ったのかい?」人生の厄介事に対してはいつもそうするように、バジルは例の温厚そうな心配顔で尋ねた。

ジーンは、ふうーっと息を吐いた。「ここだけの話、あんなの見たことがないわ。トムが大騒ぎするのはこれまでも目にしてきたけれど、あれほどひどいのは初めてよ。もし、彼が紙と鉛筆を持って座って、コリンと私への思いつくかぎりの侮辱をリストアップしたとしたら――」

「君に対しても?」コリンを罵《ののし》るのはたいしたことではないが、ジーンを罵倒するのは大ごとだと言わんばかりに、バジルが深刻な顔をした。「まったく困ったもんだな」

「直接にではないのよ。コリンを通じて私を侮辱したの。さっきも言ったとおり、侮辱的な言葉を考えつく時間がもっとあったなら、さらにひどいことを言ったかもしれないわ」

「彼なら、絶対言うわよ」と、ファニー。

「驚くようなことではないんでしょうね」と、ジーンも同意した。「ただ、あんな感情の爆発のさせ方をする人を初めて見たものだから。ランチの直前に、トムが現れてね。顔を真っ赤にして、あまりにも乱暴な態度で入ってきたから、最初は酔っ払っているんだと思ったんだけど、実際には一滴も飲んでいなかったと思うの。で、彼は――彼は突然コリンに向かって……」ジーンの青ざめた頰が、再び上気した。少しためらってから、彼女は続けた。「まあ、トムが具体的に何と言ったかはどうでもいいわ。要は、コリンがスーザンの個人的事情に立ち入ったのがいけないのよ。彼――自分に忙しく従事するものがないばっかりに、こんな厄介なことに巻き込まれてしまったんだわ」

ファニーとバジルは、ちらりと顔を見合わせた。

「それで、コリンはどうしたの？」と、ファニーが訊いた。

「何も」ジーンは、興奮した口ぶりで答えた。「まったく何もしなかったの。彼がどんな人間か、知っているでしょう？　決して、かっとしたりしない人よ。人から攻撃されても、自分から防御しようとはしないの。ただ座ったまま、なだめるような目をして、トムの気持ちは理解できるって言ったわ。それでとうとう、私が切れてしまったの。自分の夫にあんなことを言われるなんて、許せなかったのよ。だからつい、前からずっと思っていたことをトムにぶつけ始めたの。とたんにトムは、お前は黙ってろって、私に命令したのよ。まるで、今でも自分が教師で、私が哀れな彼の生徒だとでも言わんばかりに。そうしたら、コリンが……」声が震えて、ジーンは口をつぐんだ。

「コリンも腹を立てたの？」と、ファニーが先を促す。

「いいえ」ジーンが口を開いた。「ただ――いいえ、よくわからないわ。あれが、どういう意味だったのか……」

「何か言ったわけ？」

「そうじゃなくて、いきなり笑いだしたのよ。トムが家を飛び出していってしまうまで、大笑いし続けたの」

「じゃあ、少なくとも、その場をやり過ごすのには役立ったわけね」

「ええ、でも……」ジーンは、またもや口ごもった。その声は、まだ震えている。「彼の笑い方に何だか嫌な感じがして、急に怖くなったの。だから、私……このことは黙っておくつもりだったんだけど、言いかけたら、つい全部話してしまったわ。ファニー、とにかく今日は、あの二人を会わせないほうがいいと思うの」

ファニーは、渋々頷いた。「私のパーティーが哀れだわね。でも、あなたの心配はわかるわ。まあ、〈ワゴナーズ〉でビールを一杯引っかければ、あっという間に仲直りするだろうとは思うけど」

疑わしそうな目をしながらも、ジーンは言った。「そうかもね――そうなってほしいわ。今だってコリンは、怒ってはいないって言うの。こうなるだろうということを、前もって私に話しておけばよかったって。彼には心の準備ができていたらしくて、トムの気持ちはわかるって言うのよ。トムが、何もかも自分と、娘に対する自分の愛情を非難しようと思ってコリンがやったんだと取ったのも、無理はないってね。実を言うと、今夜トムと会ったって一向に構わないと言って、コリンはパーティーに来たがったの。だから、もめないようにと思って、私自身が許せないほど侮辱されたから、絶対に顔を合わせるのは嫌だって拒否したのよ。それで、コリンもようやく不参加に同意したの。ファニー、ごめんなさいね、本当に申し訳ないわ。でも、私たちが参加したら、かえって、あなたのパーティーを台無しにしてしまうかもしれないもの」

「仕方ないわ。あなたとコリンが来てくれて、パーティーを蹴るのがトムだったらとは思うけど。世の中、そううまくはいかないわよね。トムみたいに頑固な変人は、一度言ったことをやめたりしないから」ファニーは、悲しげにジーンに微笑んでみせた。「心配要らないわ。一日か二日で収まるわよ。またすぐに会えるわよね？」

「ええ、もちろんよ」と、ジーンはうれしそうに言った。もう少し何か話したいことがありそうに一瞬動きを止めたあとで、彼女は、やや唐突に去っていった。くるっと踵《きびす》を返したとき、裾の広いグレーのコートがふわりと舞った。

ファニーは長いため息をついてから、クレアのほうを見た。クレアは、シンクの前にひっそりと立って、静かに洗い物を続けていた。

「楽しかった？」と、ファニーが声をかけた。

「モーデュさんがグレゴリーさんに浴びせたひどい侮辱がどんなものだったのかわかったら、もっと楽しめたんだけど」と、クレアは答えた。「聞いた話からすると、お節介だと言っただけみたいよね。確かにそのとおりだと、私も思うわ」

「それは、詳しい事情を知らないからよ。何があったかは明白だわ。トムは、コリンが妻の財産で暮らしていることをそしったのよ。トムのことだから、それだけ頭にきていたとすれば、コリンをジゴロと呼ぶくらいのことはしかねないわ。そんな言葉でコリンを非難されるのは、ジーンにはいちばん耐えられないことよ」

「そうでしょうね。それが事実であってもなくても」と、クレアは言った。「で、事実なの？」

「そんなの、ただの戯言《たわごと》よ」何げなくキッチンを見まわしたファニーは、徐々にきちんと片付きつつあることに驚いたようだった。「少し横になってくるわ。一人でおしゃべりでもしてて」

クレアとバジルを二人きりで残して、ファニーはキッチンを出て行った。

夫婦の寝室へ上がると、パッチワークのベッドカバーの上に寝転がった。昼食のときの明るい気分は消え去って、すっかり落ち込んでいた。ファニーはもめ事が嫌いで、いつもできるだけ穏便な道を探るのだが、どうしてもそれが無理だとなると、世の中には決して解決しないもめ事というものもあるのだという諦めの境地に至る。やはりコリンと自分は似ている、と思った。自分が口論に巻き込まれてしまったら、コリンと同じように、ジーンを動揺させた笑いという手段に逃げるだろうと容易に想像できる。おそらく、それはヒステリックな笑いで、だからこそジーンは薄気味悪く感じたのだろう。

しばらくじっと寝そべってから、手探りでいつもの煙草を取り出し、低い天井に向かって煙を吐いた。ひどく憂うつな気分が続いたのは、ほんのいっときの間で、元来、立ち直りの早いファニーは、しだいに楽観的になってきた。たとえ数いる友人たちが互いに喧嘩をしたとしても、少なくとも自分とはぶつからないだろうと思う。ローラが、決してファニーが好んで選んだ義妹ではないにしても、とりあえず、自分に好かれたいと思っている態度は見て取れる。ファニーが心から好意を抱いている、かわいそうなスーザンにしても、まだ十分に若いのだから、傷の癒えるチャンスはいくらでもあるはずだ。そして万が一、誰かに辛抱強さを試されるようなことがあったとしても、バジルなら、何があろうともそれに打ち勝つに違いない。

いつもそうだが、ファニーの世界が闇に包まれたとき、バジルのことを考えると心底ほっとできるのだった。

やがてファニーはうとうとし始め、ベッド脇のテーブルにある灰皿で、煙草がひとりでに燃えるままになっていた。すると廊下に足音が響き、ドアを軽くノックする音がして目が覚めた。眠たい声で返事をすると、ドアが開いてキットが入ってきた。

その顔をひと目見て、いつもと違うのに気がついたものの、初めは何なのかわからなかった。しかし少ししてから、それは何かを待ち構える張りつめた表情だったのだと思った。今にとんでもないことが起こるのを確信していて、黙ってその不安に耐えようとしているかのようだ。

「アスピリンはある?」キットが、抑揚のない静かな声で訊いた。

「たぶんね。どうして？　頭が痛むの？」

「ローラがね」と答えながら、キットは部屋の中へ入ってきて、ファニーの鏡台に歩み寄った。引き出しを開ける。「どこかな――この中？」

「だと思うわ」

キットは、ハンカチとスカーフの中に手を突っ込んで、ごそごそ探った。

「ひどい頭痛なんだ。数時間は横になって休まなくちゃならない」相変わらず感情のこもっていない単調な口調は、心の内をさらけ出さないように苦心しているようにも聞こえる。

「数時間ですって？」ファニーの声が引きつった。「まさか、今から数時間、横になるっていうんじゃないでしょうね？」

「そうなると思う」突然、キットが苛立ちで声をとがらせた。「いったい、どこにあるんだよ。見つからないじゃないか！」

ファニーは重そうに立ち上がって、鏡台のところへ行った。

「ほら、そこにあるじゃない。あんたの目の前よ」と言って、キットの手が触れそうな場所にあったアスピリンの瓶を取り上げた。「一人じゃ、何も見つけられないんだから……。ねえキット、本当に彼女はひどい頭痛なの？」

「あんまりひどいから、横になっているよ」

「で、何時間か寝てなくちゃいけなそうなの？」

「だから、そう言ったじゃないか」

「つまり、パーティーに出られないってこと？」

「頭が割れるように痛いっていうのに、酒を飲みたい気分にはならないと思うよ」

ファニーは、鏡台の前に腰を下ろした。鏡に映る自分の顔を見つめる。その目に、みるみる嫌悪感が募った。まるで、鏡の中の顔のせいで許しがたいほど気が滅入ったかのようだった。

「あんたたち、喧嘩してたんでしょう?」と、彼女は言った。「あの人の頭が痛くなったのは、そのせい?」

「ローラは、もともと頭痛持ちなんだ」キットの声から、再び抑揚が消えた。「いつ頭痛に見舞われるかわからない。今日なったのは、単に運が悪かっただけさ」

「あんたは、パーティーに出たくない言い訳だとは思わないわけね?」

「何で、彼女がパーティーに出たがらないんだ?」

「スーザンが来るからなんじゃない?」

「そんなこと、気にするわけないじゃないか」

ファニーは櫛を取って、短いボサボサの髪をとかした。

「彼女、スーザンの件を知らないの?」と尋ねる。

「よしてくれ。何を知らなきゃいけないっていうんだよ」キットが、細く張りつめた声で言い放った。

「私が知りたいくらいよ」と、ファニーはつぶやいた。「とにかく、何もかもめちゃくちゃって感じだわ——私の哀れなパーティーは特にね」

「いちいちスーザンのことをほのめかすのは、やめてほしいな」と言いながら、キットはドアに向かった。これから投げようとする爆弾か何かのように、アスピリンの瓶を握り締めている。「スーザンのほうは、僕に好感を持っているというだけで、何とも思っていなかったんだ。もし、それ以上のことがあったとしたら、姉さんが今日のパーティーに彼女を招待するのを僕が黙って許したり、彼女が出席に同意したりすると思うかい？」

「さあね。人って、どんなことをするかわからないもの。私は時々、人間がさっぱりわからなくなるのよ」

「それは言えてるかもな」と言って、キットは部屋を出て行った。

ファニーは、髪をとかし続けていた。じっと自分の姿に目を凝らしている。鏡に映る自分の中に、しきりに何かを探し求めているのだが、まだ見つかる気配がない。やがて、ぎこちない手つきで顔におしろいをはたきだし、香水の瓶に手を伸ばして、首と両手首にたっぷりとつけると、ため息をついて立ち上がり、一階へ下りた。

居間には、バジルしかいなかった。科学の教科書のようなものを読んでいる最中で、猫のマーティンがお腹の上でゴロゴロと喉を鳴らし、犬のスパイクは暖炉のそばで居眠りをしている。部屋は、すっかりパーティーの準備が整っていた。グラスやボトルがテーブルにセットされ、塩味のアーモンドやオリーブなどが、皿に盛り付けてきれいに並べてある。ジーンが抱えて持ってきたアーモンドの花が、窓を覆うように飾られていた。

読んでいた本から顔を上げたバジルが、すかさず声をかけた。「その顔からすると、みんながやって来る前に一杯やりたそうだね」

ファニーは、どさりと椅子に座って言った。「さすがね。あなたがいなかったら、私はとてもやっていけないわ」

ファニーに確かめることもなく、バジルはウイスキー・ソーダを持ってきた。

ファニーは、それを勢いよく飲んでしまって咳《せ》き込んでから、かすれた声で言った。「招待客の誰かが来られないってわけじゃないの。ローラが、ひどい頭痛で休んでるのよ。それが、あなたが聞いたっていうキットとの口論のせいなのか、スーザンのせいなのかわからないけど、どっちにしても避けてることは間違いないわ。それに、キットはえらくご機嫌斜め」

「彼女のことでかい？」

「私に対して怒ってるのよ。いつものように、ちょっと言いすぎちゃったの」

「じゃあ、モーデュ一家が何か来られない理由を思いついてくれたら、今夜はのんびり静かに過ごせるのにね」

「クレアは？」と、ファニーが尋ねた。

「着替えに行ったよ。それで思い出した。僕もそろそろ着替えたほうがいいな」

「そのままでも、十分すてきよ」ファニーからすれば、バジルが身に着けているシャツは常に洗いたてで、スーツはプレスしたて、靴は今磨いたばかりのように見えた。不思議なことに、彼は特に努力をしているふうもなく、ファニーが手伝わなくても、いつの間にかそういう状態を保つことができた。ただし、どんなときに何を着るかについては、これまたファニーには不可解な彼なりの強いこだわりがあって、いくら口出ししても無駄なのだった。ファニーの言葉には応えずに、バジルはそそくさといなくなった。

もう二、三口ウイスキー・ソーダを口にすると、ファニーはしだいにいい気分になってきた。あと少し飲めば、心から生き返った気がするに違いないと思う。部屋の中は居心地がよく、とても落ち着けた。バジルが言ったように、誰も訪れないでくれれば、バジルとクレアと三人で、ここにあるボトルの飲み物やおいしい食べ物を楽しみながら、静かな夜を過ごせるだろう。そうなったら、どんなにいいかしれない。

呼び鈴が鳴った。

ファニーは立ち上がった。誰かが来れば必ず聞こえる庭の門が開く音も聞こえなかったし、足音もしなかったので、突然のけたたましいベルの音に、彼女はどきりとした。急いで酒を飲み干し、人目につかない場所にグラスを置くと、ドアを開けに行った。

長身で猫背気味の、白髪の年配男性が戸口に立っていた。

「少し早く来すぎてしまったかな」ためらいがちに微笑んで、男性が言った。

その笑みが、ファニーには大いに力になった。とたんに、パーティーと客の来訪を楽しみにする気持ちが湧き上がってきた。

「早すぎるなんてこと、ありませんわ、サー・ピーター」と、ファニーは手を差し出した。

サー・ピーター・ポールターは、その手を握り、低い戸口にぶつからないよう頭を下げて、中へ足を踏み入れた。

ちょうどそのとき、ロブスター・パイの皿を両手で捧げるように持って、キッチンからクレアが姿を現したのだった。

第六章

ファニーは、敷石で舗装された狭い廊下に立ったまま、二人を紹介した。初めての人に会う際のクレアの変わった行動には慣れっこなので、彼女がサー・ピーターの挨拶に一言も返さず、その顔を穴が開くほどじろじろ見つめて、相手がその場で食べるだろうとでも思っているかのように、パイの載った皿を体の前に差し出す格好で抱えているのを目にしても、気にはしなかった。自分は頼まれたとおりにサー・ピーターと会う手筈《てはず》を調えたのだから、あとはどうしようとクレアの勝手だ。

ファニーは、二人を居間へ案内した。

クレアが彼に会いたいと切望した理由はわからないが、いつもよりかなり念入りに服装を選んだのは明らかだった。彼女は、黒のベルベットを身に着けていた。十年前くらいから持っているこの服は、ごく特別な場で着るために買い求めたものだった。足首まで届くくらい長さのあるゆったりとしたスカートの上に、古めかしい深紅のボタンがついた、風変わりなやや短めのジャケットといういでたちだ。ジャケットの襟元に凝ったレースを垂らして、ガーネットのブローチで留めてある。珍しく今日はハイヒールを履いていて、薄くおしろいを塗って口紅を差し、腕には、細い金のチェーンがついた、美しい小さなビーズのバッグをぶら下げていた。その結果、いつもの育ちのよい薄給の家庭教師のような見た目が、さらに強調された感じに仕上がっていた。入念にドレスアップしている女家庭教師だ。

加えて、彼女ならではの、おのずとにじみ出る気品のようなものが漂っていた。

サー・ピーターは、自分が高く評価する作家と会えてうれしいと喜びを口にし、それを聞いたクレアは、彼が自分のことを知っていたなんて信じられないというように目を見張って、気恥ずかしそうにした。だが、ファニーが二人に飲み物を作ってやると、サー・ピーターはクレアの著書の登場人物についてすらすらと話し始めた。初めは居心地悪そうに当惑した反応を示していたクレアだったが、徐々に彼の褒め言葉を素直に受け入れて、幸福感に打ち震えそうなほど嬉々とした顔を見せるようになった。

彼の話し方には落ち着いた率直さが感じられ、ざっくばらんで誠実な口調は、揺るぎない自信をうかがわせた。際立って端正な顔立ちの老人だが、顔には深い皺が刻まれ、広い額は青白くて、ずいぶん年取っているか、深刻な病気を抱えているように見える。もじゃもじゃした太く白い眉毛で陰になった目は落ち着きなく動き、ファニーが渡したグラスを持つ、皮膚が乾いて生気のない大きな手は、小刻みに震えていた。

次に訪れた客は、医師の妻、マクリーン夫人だった。夫のほうは自転車から落ちた少年の手当てに呼び出されてしまい、うまい具合に治療を終えれば、あとから来るとのことだった。夫人は、愛想のいいおしゃべりな女性だ。ガーデニング用の手袋をして植木ばさみを手にしていない彼女を見るのは、ファニーには不思議な感じがした。ちょうど夫人が到着する直前に下りてきていたバジルをつかまえて、自分の庭にあるライラックの最適な生育場所について、いきなりあれこれ相談し始めた。ライラックの茂みに関しては以前からずっと悩んでいて、もう何度も植え替えたのだが、いまだに彼女の思うようには育たないらしかった。

ほどなく、夫人はサー・ピーターにも意見を求めた。驚いたことに、サー・ピーターはクレア・フォーウッドの著書と同じくらいライラックの茂みに関心を示したばかりか、マクリーン夫人のお墨つきをもらうほど知識も豊富だった。

少し遅れて、渋々といった顔で現れたキットに対しても、彼は同様の態度を見せた。キットの話では、ローラはまだ頭がひどく痛み、しばらく下りて来られそうにないという。サー・ピーターはキットに向かってローラの話題を振り、彼女に会ったときのことをちゃんと覚えていて、彼女自身とその将来に関心を持っている様子だった。

彼は、トム・モーデュに対してさえ、うまく対応した。モーデュ一家はなかなか姿を現さず、ファニーが半ば諦めた頃、妻と娘を率いるように前に立って、トムが部屋に入ってきたのだった。その顔には、面倒を起こしそうな表情がありありと見て取れた。ところが、酒を一、二杯飲んでサー・ピーターと少し言葉を交わすと、トムは、自分にも世の中にも、また、その場に集まった人々にも満足し始めたようだった。

奇跡と言ってもいいトムの振る舞いのよさは、サー・ピーターだけではなく、ミニーとスーザンのおかげもあったのかもしれないと、あとになってファニーは思った。その晩ずっと、ミニーは事前にさせた約束を思い出させるかのように夫に神経質なまなざしを向けていたし、スーザンは、一、二度トムの声が甲高くなった際、すかさず割って入った。とはいえ、たとえパーティーに来る前に二人がある程度トムを抑えるのに成功していたとしても、彼の元来のユーモアを引き出したのは、間違いなくサー・ピーターだった。

自分の作ったロブスター・パイを彼が一口かじったときの感嘆の言葉にも、ファニーは心から満足した。クレアの著書の話をしていたときと同様の誠実さと思いやりが込められていたからだ。すぐに二つ目を口に入れ、皿を自分の手の届くところに置いてくれるよう、ファニーにせがんだ。

「実は、私は食い意地が張っていてね。これは、どうにも止まらなくなるおいしさだよ」

「何てうれしいお言葉ですこと」と、ファニーは言った。「私は、手料理を褒めてもらうと張り切るタイプなんですよ」

そして、皿をスーザンのほうに差し出した。

ロブスター・パイに最初に顔を歪めたのは、スーザンだった。一口噛《か》んだとたん、飲み込む前に固まってしまった。その目にショックの色が浮かんでいた。

ファニーが、心配そうに顔色をうかがった。

「スーザン、どうかした？」

「いえ――何でもないの。おいしいわ」

その時点ではまだ、何の疑問も持っていなかったファニーは言った。「でも、何かおかしいわよ。平気？」

「ええ、大丈夫。かけらが変なところに入ってしまって」

落ち着きを取り戻し、一瞬虚ろになった目も元に戻ったが、ロブスター・パイの残りを手に持って、驚きのこもった不審なまなざしでしげしげと眺めている。

スーザンは小柄で体重が軽く、動きが機敏で、実際の年齢よりも若く見えた。ふさふさしたブロンドの髪は前髪を切り揃えて下ろし、後ろは肩までまっすぐ伸ばしている。顔は四角く、鼻が低めで、横に広い口が朗らかそうな印象を与えている。小柄な体のわりに、どこか頑丈な感じがし、気さくで天真爛漫《らんまん》そうな見た目とは裏腹に、何となく内向的な雰囲気を醸し出していた。スーザンが本当はどういう性格なのか、ふとわからなくなることが、ファニーには何度もあった。

例えば、今夜の彼女は、いたって穏やかに見える。多少は物思いに沈んでいるのかもしれないが、キットと部屋の隅に座って話をしているときにも、ぴりぴりとしたぎこちなさは一切感じられない。キットのほうも、彼女と話しながら徐々に緊張と硬さがほぐれてきたようだった。

スーザンに対するみんなの心配は、単なる思い過ごしだったのかしらと思いながら、ファニーは持っていた皿をテーブルに置き、自分もロブスター・パイを一つ手に取った。

次の瞬間、ファニーは悲鳴を上げた。

全員が彼女を見た。

ファニーは、訳がわからないという目つきで周囲を見まわした。片手で喉を押さえている。

「何てこと、どうして誰も言ってくれなかったの?」と、しどろもどろに尋ねた。

すると、パイの残骸が、みんなの取り皿の端に目立たないようによけてあるのが目に留まった。彼女は、自分の食べかけを暖炉の火の中に投げ込んだ。

「私ったら、いったい何を入れてしまったのかしら?」と、ひどくうろたえて言った。「ああ、ごめんなさい! 言いようがないほどひどい味だったわよね? おいしいふりなんかしないで、はっきり言ってくれたらよかったのに」

「気にしないで」と、マクリーン夫人が言った。「誰だって間違うことはあるわよ。みんな、わかってるわ。私なんか、前にランチにレモンのパンケーキを出したとき、砂糖と間違えて塩を入れてしまったんだから」

「だけど、作りたてのときには何ともなかったのよ。味見をしたら、思ったとおりに仕上がってたわ。何をどうしたら、こうなってしまうの？」

サー・ピーターが部屋を横切り、パイの載った皿をちょっと立って見下ろしたあと、もう一つ手に取った。口に入れて、確かめるようにもぐもぐ嚙み、にっこりとして言った。「見事な味だよ」

「でも、それ、ぞっとするほど苦くありません？」と、ファニーが訊いた。「信じられないくらい苦くないですか？」

「いや、ちっとも」と、サー・ピーターは答えた。

「私のは苦かったですよ。スーザンのも、そう。一口食べたときの顔を見ましたもの。無理もないわ！」

「どうも、あなたは味に厳しすぎるな、ライナムさん」と言って、サー・ピーターはさらに一つ食べた。「私には、極上の味わいだ」

見るからにおいしそうに食べる彼を、ファニーは信じられない顔で見守った。

「私が食べたのは、あまりの苦さに舌が曲がりそうだったのに」

「私のは、何ともないよ」と、サー・ピーターは平気な顔だ。

「じゃあ、全部を台無しにしたわけじゃないってことかしら。何をしてしまったのかしら。一部に何か、洗剤とか消毒剤のようなものをこぼしてしまったとか。そんなことをした覚えは全然ないんだけど」

「今は、そのことは忘れよう」と、バジルがテーブルに歩み寄ってきた。「サー・ピーターがまずいのに当たって、せっかくの印象が悪くなる前に、残りを安全なところに片付けてしまったほうがいいな」

　ところが、バジルが皿を取り上げるより早く、サー・ピーターが言った。「とんでもない！　ぜひ、私の手の届くところに置いておいてもらわなくては。ライナムさんがこき下ろしたおかげで誰も手を出さないとなれば、私にとっては願ってもない幸運だ。言ったでしょう、食い意地が張っているとね」

　そのまま、クレアと立ち話していた場所の近くにあるテーブルに皿ごと持っていき、再び彼女と話し始めた。

　ファニーは、小声でスーザンに言った。「彼、ほんとに気に入ったのね」

「そうみたい」と、スーザンも同意した。

「つまり、何ともないパイもあるってことね。私が食べたのと同じような味のものを食べたら、あんな様子でいられるはずがないもの。いくら毅然とした人だって無理よ。あなたの食べたのも、実はひどかったんでしょう？」

「まあ、ちょっと」

「苦かった？」

「ええ」

「何をしてしまったのかしらね？　どうしたら、あんな味になる？　ああ、こんなことをするなんて、最悪だわ。しかも、誰も言ってくれないなんて！」

　スーザンは笑った。「親しい人ばかりですもの。心配しなくても大丈夫よ。みんな、本来ならどんなにおいしいか、わかっているから」

「とにかく、ローラが頭痛で助かったわ」と言って、ファニーは大きく息を吐いた。「でなかったら、私のことをどう思ったことか。何となく、彼女だったら、ことさらひどい味のパイを選んだんじゃないかって気がする」サー・ピーターを見ながら、つかの間、彼とクレアが熱心に何を話しているのだろうと思った。クレアは、自分が彼と会う手筈を調えてほしがったことを明かしたのだろうか。「彼は、絶対お芝居なんかしていないわよね、スーザン？」ファニーは、まだ不安が拭えなかった。「私を気遣って、わざとああいうふうに言ってくれてるんだとしたら、言葉にならないくらい申し訳ないわ。でも、はっきり言って、私のと同じ味のパイを食べたら、彼の体力では我慢できないんじゃないかとも思うの」

「正直、私も同感」と、スーザンが言った。「私なら、もうこれ以上心配しないことにするわ」

「それはそうなんだけど、彼はとてもいい人だから、ひょっとしたら……いいえ、やっぱり違うわよね。きっと、だいたいのパイは無事で、端にあったいくつかに、何かがこぼれたんだわ」ファニーは煙草に火をつけて、深く吸い込んでからゆっくりと吐き出し、そうすることで気持ちを落ち着けようとした。「新しい仕事の話があるんですって？　受けるの？」

スーザンは、答える前にグラスを手の中で回した。グラスの中の液体が揺れるさまを、じっと見つめている。えらの張った若い顔に表れた面持ちは、どこか謎めいていた。

「あなただったら、どうする？」ようやく、スーザンが口を開いた。

「受けると思うわ」と、ファニー。

「私も、そう思っていたの——今晩までは」

「今晩、何があったの？」

「よくわからない。そこが肝心なところなんだけど」それは、とてもぼそぼそとした声で、実はファニーに話しかけたつもりではなかったのかもしれない。彼女は続けた。「グレゴリー夫妻が骨を折ってくださったことには感謝しているの。いいお話だと思うし、いずれは家を出るべきだとも思っているのよ。ただ、今が適切な時機なのかどうかわからなくて……」

ためらったのちに、さらに何かを言いそうに見えたそのとき、父親のトムが二人に近づいてきた。

「ファニー、あんたに謝らなきゃならん」

その言い方は皮肉っぽく、自分の行動に真剣に謝る点があるなどとは、そもそもばかげていて考えられないとでも思っているようだった。

ファニーは空気を察して、冗談めかして返した。「あら、トム、耳を疑うようなことを言うじゃない」

トムは、にやっと笑ってファニーの肩をぽんぽんとたたいた。「お前さんは、いいやつだな、ファニー。ほかの人間には嫌だが、あんたになら謝りたいと思うね。だが真面目な話、ジーンとコリーを怒らせたことは、本当にすまなかった。家に帰ったら、この子とミニーにさんざん説教されちまった。もちろん、自分じゃ、よかれと思ってしたことだ。普通の自尊心があるんだったら、他人のことに首を突っ込むより、もっとましなことに時間を費やせとコリンに言ってやったのだって、紛れもない本心だし、必要とあれば何度だって言えるさ。ただ、ジーンの前であんな言い方をしたのは、まずかったと思う。彼女は、いい人間だ。寛大で、義理堅くて、俺は高く評価している。自分の結婚した甲斐性なしが、耳の痛い事実を突きつけられても面白がっているふりしかできないのを見て、たまらず俺に食ってかかったのは、いかにも彼女らしい」

「でも、トム、あなたはコリン・グレゴリーのことがずっと好きだと思ってたんだけど?」と、ファニーが言った。

トムの小さく皺だらけの赤ら顔に、軽蔑の表情が浮かんだ。

「我慢していたのさ。機嫌よく我慢してやってたんだ。このゴミ捨て場みたいな村の、ろくな教養もないほかの連中に対してと同じように――」

「父さん!」警鐘を鳴らすかのように、スーザンが割って入った。

トムは言葉を切って、顔を歪めた。極端に唇の薄い口が、大きな入れ歯を隠すように閉じた。そして、娘に向かって大きく頷き、例の甲高い、神経質そうな笑い声を発した。

「ああ、わかってるよ。わかっているとも。謝ってるんだったよな? ちゃんとやるさ。どんなに難しかろうと、やりおおせてみせる。よし、ファニー――」

「もうわかったから、いいわ、トム。次に〈ワゴナーズ〉でコリンに会うときには、すべてを水に流して忘れてちょうだいね。何もなかったように振る舞うのよ」

「ジーンのために、だな?」

「そう、ジーンのために」すかさず同意しながら、ファニーは平穏な生活のことを考えた。ローラ・グリーンスレイドとの婚約をキットから聞かされるまで、毎日心から楽しんでいた平穏を取り戻せたなら、どんなにいいだろう。

サー・ピーターに目をやり、彼もまた、平穏の価値を理解している一人だろうと思った。だがそのとき、彼がほんの少し前までのような、穏やかで快活な雰囲気ではないことに気がついた。クレアの話術の魔法にかかったように熱心に耳を傾けているが、眉根が寄り、明らかに張りつめた感じが漂っている。彼をあんな顔にするなんて、クレアは何を話しているのだろうとファニーは首を傾げ、奇妙にもクレアがサー・ピーターに会いたがった理由を、あとで何としても聞き出そうと心に決めた。

そのわずか数分後、サー・ピーターが立ち上がって暇《いとま》を告げた。ファニーとバジルに挨拶をするのだが、どこかぼんやりしている。楽しい夕べを過ごせたことに礼を述べ、特にミス・フォーウッドにお目にかかれて光栄だった、ミセス・グリーンスレイドにお会いできなくて残念だったと口では言いながらも、頭は何か別のことを考えているように見えた。

クレアは、サー・ピーターと話し込んでいた場所に立ったまま、宙を見つめて物思いにふけってい て、彼よりもなお自分の世界に入り込んでいるようだった。戸口で、サー・ピーターがいま一度彼女のほうを見て軽く会釈をしたのに、目に入ってもいない様子だ。

サー・ピーターがいなくなってほどなく、マクリーン夫人が帰り、そのすぐあとにモーデュ一家が帰っていった。バジルが彼らを門まで見送りに行く間、ファニーは古い金縁の鏡の前に立って、ひびの入った鏡面からこちらを見返している、異様に長く青ざめて映った顔を訝しげな目で見ていた。バジルは、戻ってくるなり、部屋を片付け始めた。

「ちょっと、そんなのいいから、そのままにしておいて！」彼がトレイにグラスを集めだしたのを見て、ファニーが思わず大声を出した。「みんなでもう一杯飲んで、面倒なことは忘れましょうよ」

その言葉にはおかまいなしに、バジルは片付けを続けた。六個しか残っていないロブスター・パイの皿を手に取って言った。「これは、暖炉に捨ててしまったほうがいいよな？」

「ぜひ、そうしてちょうだい！」と言って、ファニーは皿に目をやった。「六個！　たった六個しか残ってないなんて。もし今夜、彼の具合が悪くなっても、私はちゃんと忠告しましたからね。こんな妙な体験は生まれて初めてだわ」どさりと椅子に座り込む。「キット、もう一杯飲み物をちょうだい。そうしたら、ローラの様子を見に上がっていいから。私たちと夕飯を食べられそうか、それとも何か食べるものを持っていってあげたほうがいいか、確かめてきて。ロブスター・パイはとてもおいしかったから、みんな売れてしまったって言うのよ。いいわね……」キットが作ってくれた飲み物に手を伸ばす。「まったく、どうしてこういう場に、わざわざ食べ物を用意しなくちゃいけないのかしらね。どうせみんな、実際に何か食べたいわけじゃなくて、飲み物と、手持ち無沙汰にならないようにいじるものが欲しいだけなのに。私としては、数少ない自慢料理をお披露目するいい機会だから、作るには作ったけれど。でも、もう二度とごめんだわ」酒をごくりと飲んで、背もたれに寄りかかり、目を閉じた。

キットは、部屋を出て行った。クレアのいる辺りから、微かにカリリという音がして、彼女が塩味のアーモンドを食べているのだとわかった。

再び目を開けて、ファニーは訊いてみた。「ねえ、あなた、ポールターさんから、期待していたものは得られたの？」

「別に、彼から何か得ようとは思っていなかったもの」と、クレアは答えた。

「じゃあ、何をしたかったのよ？」

「彼がどんな人か見てみたかったの」

「そんなわけないでしょ。あの人への興味には、何か理由があるはずだわ」

「もちろん、あるわ。でも、本当にそれが目的だったの。あの人がどんな人間なのか、この目で見ることがね」

「彼に、そう言ったの？」

「どうだと思う？」

「言わなかったんじゃない？　理由まではわからないけど。でも、何か彼を動揺させるようなことを言ったでしょ」

「私が？」クレアが、驚いて言った。

ファニーは頷いた。

「どうして、そう思うの？」クレアは、身構えたように尋ねた。

「帰る少し前に彼の様子が急におかしくなって、そのとき、ほかの人とは話していなかったから、あなたが言ったことが原因じゃないかと思って」

「違うと思うわ。きっと違う。何も心当たりは……それ、確かなの？」

「いいえ、もちろん、ただの憶測よ。あの人のことはよく知らないんですもの。実はパーティーに退屈していて、楽しんでいるふりに疲れてしまっただけかもしれないし」

「あら、彼、退屈なんかしていなかったと思うわ」クレアが、やや強い調子で言った。

「あの人に、また会うつもり？」と、ファニーは訊いた。

クレアは、ファニーが詮索しすぎると感じたのか、苛立って見えた。

「たぶんね」と、ぶっきらぼうに言う。

「いつ？」ファニーは、しつこく尋ねた。

「わからないわ。明日かもしれない。この件について、自分の考えがもう少しまとまったら、そのうちあなたに話すから」

「すべては謎ってわけね」

「ええ、そうよ」

「私、彼のこと好きよ」と、ファニーは言った。「また、ちょくちょく会えるといいわね」

「きっと、会えるわよ」

しかし、クレアは間違っていた。翌日会えるどころか、彼女もファニーも、二度と彼に会うことはかなわなかったのだ。

閑静な村の通りを歩いて帰宅する途中で猛烈に具合が悪くなり、その夜遅く、激しい苦痛に襲われて、マクリーン医師の付きっきりの看護もむなしく、サー・ピーター・ポールターは帰らぬ人となったのだった。

第七章

マクリーン医師は、小柄でほっそりとした白髪の男性で、見た目も物腰も奇妙なほど妻と似ていた。庭仕事の量は妻ほどではないので陽焼けはやや薄いが、顔が長細くて皺が深いところはそっくりで、親切そうな笑顔も、澄んだブルーの優しい瞳もほぼ同じだ。

ただし、妻と違って一つのことに集中するということがなく、そのため、彼女のような落ち着きには欠けていた。狭い額には時折、心配そうな皺が寄り、青い目が暗く曇ることもあった。だが、そういうときでも、そのまなざしから思いやりの情が消えることはめったになかった。サー・ピーター・ポールターが亡くなった翌朝、死因について納得しきれていないことをファニーとバジルに打ち明けた際も、その目には疲労と懸念の影が差すと同時に、思いやりがこもっていた。

マクリーン医師は、サー・ピーターの家から真っすぐファニーたちのもとへやって来て、三人だけで話したいと持ちかけたのだった。ファニーたちは、まだ朝食前だった。くたびれたキルトのナイトガウンをまとって、いつも以上にボサボサの髪をしたファニーは、キッチンであくびをしながら、紅茶を入れようと電気湯沸かし器に水を入れているところだった。バジルは、いつものようにきちんとした身なりで、居間の暖炉に火をつけていた。

マクリーン医師から内々に話がしたいと言われて、二人は彼をアンティーク・ショップの裏にある、ファニーが事務所として使っている小部屋へ案内した。家の中では、まだ誰も起きだしてはおらず、犬のスパイクだけが、医師の来訪に興味を示した。石でできた廊下に爪の音をパタパタさせながらついてくると、小さな事務所のドアの外に座り、扉を引っかいて、中に入れてくれと哀れっぽい声を出した。マクリーン医師は、ファニーとバジルが犬を中に入れるか、追い払うかしてくれればいいのにと思った。一晩中大変な思いをしたばかりの彼には、クンクンという細く小さな鳴き声が、疲れた神経に障って耐えられなかったのだ。

何とか気を取り直して、医師は目の前の二人の顔に浮かんだショックと恐怖の表情を見守った。ファニーの顔には感情がより顕著に表れ、みるみる涙が込み上げて頬を伝った。バジルのほうは、引きつったよそよそしい顔になり、その目に宿った表情がマクリーン医師を驚かせた。あとになって、あれは何かを計算している目だったのではないかと、彼は思った。

震える声で切りだしたのは、ファニーだった。「ロブスターだわ――あのおぞましいロブスターのせいよ」

マクリーン医師は少しの間、目を閉じた。疲れたせいでもあったし、ファニーの顔に浮かぶ表情を見ないようにするためでもあった。

「私が訊きたかったのは、その点なんだ」と、彼は言った。「サー・ピーターが、こちらで何を飲食したかを詳しく聞かせてほしいんだよ。というのも、帰宅してからは何も口にしなかったのでね。家に着いたときには、すでに気分が悪かったんだそうだ。実際、庭門のそばで最初に吐き気に襲われたらしい」

「ロブスターよ」と、ファニーが繰り返した。医師の話がほとんど耳に入っていないのは、明らかだった。「私は、食べるのをやめさせようとしたの。だって、間違いなく何か変だったんだもの。でも、彼はおいしいって言って食べ続けて……私には理解できなかったわ。みんな不思議でならなかった。あんなにひどい味だったのに」

「つまり、君も実際に味わってみて、何かが変だと思ったんだね？」

「味わうですって！　ほかの人たちはみんな、食べようともしなかったわ」

「なのに、サー・ピーターは気に入った？」

「ええ、そして私が取り上げようとさえしたのに、もっと食べたいって言い張って。私は、ちゃんと止めたんです、マクリーン先生、本当よ。みんなに訊いてみてください。気の毒なあの方の死は、私の責任だわ。いつもよりぼんやりしていて、ソースに何か恐ろしいものを入れてしまったのかも。でも、自分で口にしてみて、ひどい味だってわかったときに、食べるのをやめさせようとしたのよ。彼に危害を加えるつもりなんかなかったわ。あの人のことが好きだったんですもの。彼は、とっても――」

バジルが、ファニーの肩に手を置いて制止した。

「君のせいじゃないよ。そんなことを言うもんじゃない。きっとロブスター自体が悪くなっていたんだ」

「だったら、もっと違う味だったと思うわ。それに、スパイスをいろいろ入れて作ったときには、確かに大丈夫だったのよ。でも、あんなに苦くなってたってことは、私が間違えて何かを入れてしまったってことでしょ。パプリカかブランデーか、何かわからないけど」

「苦かった？」と、マクリーンが言った。

「ああ」と、バジルが答えた。「とにかく不快な苦さだった」

「なのに、サー・ピーターは喜んで食べたんだね？」

「そうだ」

「それは、えらく奇妙じゃないか？」

「そうだね」

「サー・ピーター以外は、誰もおいしいとは言わなかったんだね？」

「一人も。みんな一口かじっただけで、飲み込むことさえできなかったと思う」

「そうなると、やはりロブスターが原因のようだな」気まずそうに二人の顔を交互に見てから自分の手に目線を落とし、ためらうような口調で言った。「とても悲しい事故だが、こういうことは、起きるときには起きるものだ。君たちの気持ちは察するが、自分を責めることはない。誰も君たちを咎めようなどとは思わないさ。しかし、念のため、残りのパイを持ち帰って分析してみようと思うんだが、構わんかね？　ロブスターが原因であるのは間違いなさそうだが、きちんと確かめたほうがよかろう」

彼は、二人の返事を待った。だが、何も返ってこないので、視線を上げて、目の前の二つの顔をもう一度見た。ファニーは、自分の言葉を聞いていなかったのかもしれないと思った。じっと前を見つめるその目からあふれ出た涙が、頰を伝って顎の先から古いキルトのナイトガウンに落ち、くたびれた生地をぽつぽつと濡らしている。だが、バジルのほうは、妻の座る椅子の肘掛けに腰を下ろし、彼女の肩に手を置いたまま、いつもは気さくで無邪気な明るく黒い瞳に見たことのない警戒心をにじませて、こちらを見据えている。

外の廊下では、スパイクが再びクンクン泣いて、しきりにドアを引っかいた。

「どうかな?」マクリーンが、やや唐突な感じで答えを促した。

「困ったことに」と、バジルが静かに口を開いた。「パイは一つも残っていないんだ」

「だが、さっき――」

「確かに、ほとんどの人が食べずに残した。その残ったパイを見るのが嫌で、パーティーがお開きになるとすぐ、僕が集めて全部暖炉に捨ててしまったんだ。昨夜のうちに洗い物も済ませたから、皿にも、ファニーが料理に使った鍋にも、かけらも残ってはいないよ」

「なるほど」

「あいにくだったね」と、バジルが言った。

「そうだな」

「そんなの、どうだっていいじゃないの」突然、ファニーが泣き叫んだ。「ロブスターが原因だってことも、私のせいだってこともはっきりしてるわ。そうじゃないなんて、気休めを言ったってだめよ。私が、あの哀れな老人をここへ招待して、この手で毒を盛って殺したの。そんなつもりじゃなかったけど、わざとやったのと変わらないくらい申し訳ない気持ちでいっぱいだわ。私がだらしなくてぼんやりしているばっかりに、あの人を殺してしまったなんて。わざとじゃなくたって、こんなひどいことがあっていいわけがない。そのことをずっと考えながら、この先どうやって生きていったらいいの? とても耐えられないわ。誰も傷つけようなんて思ってなかったのよ。もう頭がおかしくなりそう!」

「落ち着くんだ」と、バジルがなだめた。「実際にロブスターが原因だったかどうか、まだわからない。たとえそうだったとしても、君のせいでないことは、みんなよくわかっているよ」そう言って、マクリーン医師のほうを見た。「そうだよな?」

「ああ、そうだとも」と、医師は慌てたように言った。「ともかく、君たちの言うように際立って味がおかしかったとすれば、とても不可解だな。もちろん、サー・ピーターの味覚に欠陥があった可能性もある。実際、そういうことはあるからね。状況を考えると、その線は濃いかもしれん。やはり、パイのかけらでも残っていたらよかったんだが。彼が飲んだグラスも欲しかったな。だが、それも洗ってしまったんだろうね?」

「残念ながら」と、バジルが言った。

「本当に残念だな。それがあれば、簡単に解決したかもしれんのだが」

「ああ、そうだな」妻の肩から離れた手は、今度は乱れた白髪を優しく撫でてやっていて、どうやら彼女の気持ちを落ち着かせるのに成功していたが、バジルの視線は、医師に注がれたままだった。

「マクリーン、君は何を恐れているんだ?」

マクリーン医師は、弱々しく応えた。「恐れ? そうだな、その言葉がぴったりかもしれん。確かに、私はとても恐れている。だが、もう少し詳しいことがわかるまでは、これ以上言わんほうがいいだろう。だからこそ、君たちと内密に話がしたかったんだ。そうすれば、何かわかるかもしれないと思ったんだが……わからんのなら、仕方がない」

「つまり、君は、普通の食中毒とは違うと考えているということか。ロブスターそのものが悪くなっていたわけではないと思っているんだな?」

「そりゃあ、そうよ」いきなり、ファニーが夫の手から頭を振りほどいて叫んだ。「だから、言ったでしょ、私が入れたか、こぼしたかしたもののせいだって。私がやったのよ、すべて私のせい」

マクリーン医師は、かぶりを振った。否定するというより、疲労と諦めを感じさせるしぐさだった。

「ともあれ、二人に頼みがあるんだが」と、医師は言った。「このことは、周囲には黙っておいてくれないか――まだ、今のところは。それと、私が君たちにした質問のことも内緒にしておいてほしい。私がここへ来たのは、ただ――まあ、あれだ、困った立場になったときには、ある程度の情報を知っておくと助けになることもあるからね」

「要するに、僕らがトラブルに巻き込まれないようにと考えてくれたんだな」と、バジルが言った。「ありがとう。感謝するよ」

医師は肩をすくめた。「全部、私の思い過ごしかもしれん。大変な一夜だったから、必要以上に心配しているのかもな。ただ、一つだけ確認させてくれ。その変な味のことだが、それは確かに苦かったんだね？」

「そうだ」

「どうも、わからん」マクリーン医師は、ため息とともに立ち上がった。「苦かったというのが、どうにも納得いかない」

医師が小部屋を出ると、顔なじみを見て大喜びしたスパイクが、場の空気も考えずに勢いよく飛びついてきた。上の空で犬の耳の部分を手繰り寄せ、庭に出たところで、彼は門まで見送りについてきていたバジルにもう一度向き直った。「くどいようだが、ファニーが自分の落ち度だと言ってまわらないように念を押してくれ。噂というのは、あっという間に広まるものだ」

バジルは頷いた。「君に、礼を言いたくてね。ファニーは動転していて、気が回らないから。それと、ぜひ訊いておきたかったんだが、この件がはっきりするのに、どのくらいかかる?」

「二、三日だな」

「で、もし君の考えが正しかったら?」

マクリーン医師は、数分前にしたのと同じ、疲れてうちひしがれた様子で首を振った。

「そうなったら、もう私の手には負えん。どう考えても、かなり気まずい事態になるだろう」彼は、何とかいつもの快活さを奮い起こそうとした。「まあ、実際にそうなる前に心配しても仕方ないさ。私が、状況をきちんと理解できているわけではないしな。苦みか。苦いはずがないんだが。それでは、つじつまが合わんのだ」

少しは明るい顔になって、医師は足早に自分の車に乗り込んだ。

バジルは、しばらく見送ってから、ゆっくりと家の中へと戻っていった。

ファニーは、まだ小さな事務所に座り、机に肘をついて両手で頭を抱えていた。目に涙を浮かべ、ひどい風邪でも引いているような息遣いだ。

「おいで」と、バジルは声をかけた。「朝食にしよう」

ファニーは頷いたものの、立ち上がらない。

「ねえ、バジル、マクリーン先生がいちばん心配しているものって、いったい何なの?」

バジルは一瞬ためらってから、低い声で言った。「ヒ素だと思う」

「ヒ素ですって?」ファニーは、ほとんど叫んでいた。「私があの哀れな老人にヒ素を盛ったと思ってるって言うの?」

「いいや。だが、誰かがやったんじゃないかと、とても心配しているんだ。さあ、朝食を食べに行こう」

　ファニーは眉をひそめた。「でも、ヒ素って苦くないでしょ。味がしないと思ったけど」

「それで、彼も悩んでいるんだよ」

「すごく苦いものといったら、ストリキニーネなんじゃない？」

「ああ。ストリキニーネは、確かに苦い」

「けど、症状がずいぶん違うはずだわ」

「まったく違うね」

「それに、うちにはヒ素なんかないわ――ストリキニーネだって」

「そうでなくちゃ困るよ」

　眉を寄せたまま、ファニーはのろのろと立ち上がった。ドアのほうへ一歩踏みだしたと思ったら、いきなり片手を伸ばしてバジルの手を握り締めた。

「私、何だか怖いわ」

　バジルは、ため息をついて言った。「こういう話は、朝食の前にするものじゃないだろう？」

「ええ、わかってる――今、行くわ。といっても、私は何も食べられそうにないけど」

「いいかい、ほかの人が下りてきても、君がサー・ピーターをヒ素で殺したなんて言ってはいけないよ。彼が死んだこと以外は黙っておくんだ」

「やってみるわ……」ファニーは身震いした。「でも、私って、隠し事が下手でしょう？　それに、本当に心の底から怖いの。刻一刻と恐ろしさが増してきてしまって」

　彼女はキッチンへ向かい、時折、涙を頬に這わせながら、やかんを火にかけて、ホットプレートのスイッチを入れた。

紅茶を入れ、トーストを何枚か焼いて、バジルのためにゆで卵を用意したところへ、ローラが下りてきた。彼女の朗らかな顔を見て、ファニーはどきりとした。ローラ、クレア、キットの三人に、サー・ピーターの死を告げなければならない事実を思い出したのだ。自分自身の悩みと、募る恐怖で頭がいっぱいで、そのことを忘れていた。

今朝のローラは、ひどい頭痛に苦しんでいたとは思えないほど、生き生きとして美しかった。ジャージー生地の薄いグリーンのシンプルなワンピースを身に着け、かかとの平たいカントリーシューズを履いて、薄化粧しかしておらず、昨日よりも若く、はつらつとして見えた。ファニーの涙に濡れた顔を見て、すぐに驚いて心配した。

「まあ、どうなさったの?」ローラの声には温《ぬく》もりと優しさがこもっていた。「いったい何があったんですか」

ファニーは彼女に、サー・ピーターが亡くなったことを話した。

ローラは小さく息をのみ、それは誠にお気の毒です、と言った。

単純な事実以上のことは言わないつもりでいたファニーだったが、このとき、ふと新たな考えが浮かんで思わず興奮した声を上げてしまった。「あなた、昨日、頭痛に見舞われて幸運だったわ。だって、そうじゃなかったら……まあ、もちろん、彼みたいな食べ方はしなかったでしょうから、大丈夫だったかもしれないけど。ほかの誰も食べなかったのよ。あんなひどい味がしたのに、どうしてあの人は食べたのかしら……。そんなことを言っても、今はまだ、何もわからないわね。で、頭痛のほうはどう?」

「すっかりよくなりました。ありがとうございます」と、ローラは答えた。「昨日のことをお詫《わ》びしたかったんです。あれほどひどいのは、そんなにないんですけど、なってしまうと、もうどうしようもなくて。本当にすみませんでした。初めてお会いした日に起きるなんて……。それにしても、幸運だったというのはどういう意味ですか？　よくのみ込めませんけど」

「ポールターさんを殺したロブスターを食べなくて、幸運だったってこと」そう言うと、ファニーはまた泣きだした。「でも、大丈夫。あなたは害に遭わなかったと思うわ。あの人みたいに食べ続けたりしなかったでしょうからね。あとの全員が残してくれて、ほんとによかった！　私が大量殺人者にならずに済んだんですもの。それにしても、自分が何をしてしまったのかさえわかれば！」

ローラは、思案顔でファニーを見た。どう見ても、今の彼女の状態では、サー・ピーターの死について筋の通った話は聞けそうにないと判断したようで、小声で同情の言葉をつぶやいて、あとはひたすら待った。

少したつと、ファニーがまた話しだした。「ロブスター料理は、あなたのためにと思って作ったんだけど、もう二度と作らないわ」

「ということは、ロブスターに何か問題があったんですね？」と、ローラは尋ねた。「彼は、食中毒で亡くなったんですか？」

「そう」ファニーが、すかさず答えた。「食中毒よ」

「とんだことでしたね」と、ローラは言った。「それより、ロブスターを売った人が大変ですわね。本当に責任があるのは、その人ですもの。生の甲殻類は、新鮮かどうか見分けるの難しくて、人によっては、どんなに好きでも食べてはいけない場合があるんですよ。サー・ピーターも、その一人だったのでしょうね。ですから、ご自分を責めてはいけません」

ファニーは、感謝のこもったまなざしを向けた。「そう言ってもらえると、うれしいわ。でも最悪の気分なの。まったく、最悪よ！　人間って、ここまでにひどい気持ちになれるものなのね」

「そりゃあ、嫌な気分でしょう。誰だってそうなります。それでも、やはりあなたに責任はありませんわ」と、ローラは力強く言った。

ファニーは何か言おうとしたが、新たな涙が込み上げてきて、言葉にならなかった。その涙は、サー・ピーターの死を思ってのものではなく、キットがこんなにも親切で善良な、素晴らしい奥さんを見つけた運命を、つくづくありがたく思う感情が湧き上がったことによるものだった。ちょっとの間、涙が流れるままにしておくと、気持ちがずいぶん静まった。キッチンテーブルを回り込んで、ファニーはローラを抱き締めた。

「ありがとう。気が楽になったわ。ずいぶん、ましよ。さあ、朝食は何がいい？」

「私、お腹がぺこぺこなんです」とだけ、ローラは言った。

ファニーはいま一度感謝の念を抱き、この状況を考えれば、これ以上に思いやりのある気の利いた答えはないと思った。

少しして、彼女は同じ話をキットと、そのあとでクレアにも聞かせた。キットには、簡単に話しただけだった。サー・ピーター・ポールターが昨夜、おそらくはファニーの作ったロブスター・パイを食べたせいで亡くなったという要点を把握したとたん、キットはバジルに詳細を聞きに行ってしまったからだ。だが、クレアのほうは、くどいくらいに細かくファニーに質問をぶつけてきた。ロブスターが新鮮でなかったのではないかと思う、と口ごもるファニーの言葉には見向きもせずに、本当は何を心配しているのかと詰め寄った。

というのも、クレアがキッチンに入ってきたとき、ファニーが取っていた行動に奇妙なものを感じたからだった。

ドアに背を向けて立っていたため、クレアに見られていることに気がつかなかったファニーは、棚から缶や瓶を取り出して順番に蓋を開け、中に指を突っ込んで舐《な》めていたのだ。クレアがしばらく様子を見ていると、ファニーは何度か首を振り、「違う、あれは苦くなんかないわ」と、一言つぶやいた。

「ロブスターの検死でもしているの?」ファニーの独り言を聞いて、クレアが声をかけた。

ファニーは、振り向いて叫んだ。

「検死ですって!」と、わめく。「検死だなんて! こういうときに、どうして、そんな言葉を思いついたの? まさに今、それが必要な状況なのよ」

その後は、簡単に残りの話を聞き出すことができた。

すべてを聞いても、顔色が少し青ざめ、いつもよりやや硬い表情になっただけで、クレアはさほど顕著な反応は示さなかった。矢継ぎ早に徹底的な質問をして、話の先をどんどん促したが、攻守を交替してファニーがあることを質問すると、厳しい目つきでファニーをちらっと見ただけで、踵を返してキッチンを出て行ってしまった。

ファニーの質問というのは、こうだ。「クレア、いったいなぜ、あんなにも熱心に彼と知り合いになりたがったの?」

答えてくれなかったからといって、ファニーは面食らったりはしなかった。クレアという人間をよく知っているだけに、言いたくないことを聞き出すのは無理だと十分に承知していたからだった。クレアがこの質問に答えるのを拒んだということは、現時点では、それ以上の情報を得られないということだ。食品棚に向き直ると、再びスパイスの缶や、ケーキミックス、ブラマンジェ、乾燥ハーブなどの袋を取り出しては開け、指先を突っ込んで味見した。前日、彼女の手の届く範囲にあったもの、そして、かなり上の空の状態で調理した、ロブスター・パイのソースに入れたはずのものはすべて確認した。しかし、棚にあるものは、どれも当たり前の味しかしなかった。異様に苦いものは、何一つ存在しないのだった。

第八章

クレアとローラは、午後、ロンドンへ戻った。クレアは夜の運転が根っから嫌いなので、ファニーとバジルに引き留められても、昼食後すぐに出発すると言って聞かなかった。運転歴は長いのだが、どうしても目的地まで迷わずに行ける気がしなくて、いつもたっぷりすぎるほどの時間を見て移動することにしているのだ。

だが、この日は、引き留める側もあまり熱心とは言えなかった。もう一晩泊まって、翌朝早くバジルに送ってもらえばいいと婚約者のローラに勧めたキットでさえ、彼女が首を横に振って、フォーウッドさんと帰ると言ったときには、ほっとしたように見えた。

キットとローラは、午前中に連れだって散歩に出かけた。天気のよい朝で、空は少し霞んで、いずれ太陽が明るく輝くことを予感させ、うきうきする柔らかな春の空気が辺りを包んでいた。それなのに、戻ってきた二人は、どちらもむっつりと黙り込んでいた。彼らなりにサー・ピーターの死を悼み、気が滅入っているファニーを気遣ってのことなのか、単にこの家とほかの人間の存在がそういう気分にさせているのかクレアにはわからなかったが、キットの中に、これまで抑えられていた怒りっぽさが頭をもたげているのに気がついた。人生の自分への仕打ちに困惑しながらも、ひどく憤慨しているといった感じだ。

ローラはファニーに愛情のこもった別れの挨拶をしたが、ファニーの反応は薄かった。ローラばかりでなく、クレアやキットも目に入っていないように見える。自分の考えと向き合うのを助けてくれるのは、この人しかいないとばかりにバジルにしがみついているのだが、もう長い時間、眉をひそめて黙ったままで、いかにも自らの思考力を遥かに超えた問題と格闘している顔をしていた。

ロンドンへ戻る車の中で、ローラが言った。「ファニーは、素晴らしい人ですわね。人って、実際に会ってみると、思っていたのといかに違うか不思議なくらいじゃありません？ キットからは、まったく別の人物像を教えられていたんですよ。でも、本人は本当にそう思って話しているようでしたわ」

「どんなふうに違っていたの？」と、クレアが尋ねた。

「彼女が、あんなに――あれほど純朴な人だとは思っていませんでした」

「ファニーは、ちっとも純朴じゃないわよ」

「あら、そうですわ。本当に善良で、純朴な方だと思います。予想していた以上に好きになりました」

「善良なのは、確かね」と、クレアは言った。

「ああいう大変な状況下でも、とても気が合ったので、本当に肩の荷が下りました。お会いするまでは、その……彼女と喧嘩しなければならないんじゃないかと心配していたんです。そうなったら、残念ですものね」

「それで今は、喧嘩しなくても、あなたの欲しいものが得られそうだと思うわけね？」

その口調に、ローラは怪訝《けげん》そうな目つきになって彼女をちらりと見やったが、クレアの顔には、慎重に運転に集中する以外の表情は浮かんでいなかった。

「ええ、もちろんですわ」と、ローラは言った。「ファニーは全然、自分本位な人でも、支配的な人でもありませんもの。実を言うと、その点が心配だったんです。彼女についてキットから聞かされるのは褒め言葉ばかりでしたけど、何となく、キットに対しては独占欲が強くて気難しい人のような気がして、私が間に立ったら、嫌われるのではないかと危惧していたので。でも会ってみて、そんな人ではないと、はっきりわかりました」

「ということは、キットとあなたはロンドンで暮らすつもりなのね？　話はついたの？」

「話がつく？」と言ったローラの顔が、どういうわけか曇った。「私たち、そのことについては、ほとんど話すことすらできなかったんです。でも、ファニーを知った今は、きっとうまく話がつくだろうと思っていますわ」

「キットも、ロンドンへ行くことを望んでいるの？」

「もちろんですとも」ローラの語気が、やや強まった。

「あなたがそう言うのなら、そうなんでしょう」この話題が早く終わってくれればいいと思いながら、クレアは言った。二十四時間以上の滞在中にほんのわずかな時間しか眠れず、それ以外の時間は、感情面で自分でも計り知れないほど大変な経験だと思うことに耐えていたクレアは、今この瞬間にも他人を強烈に嫌いになりそうな気分だった。このときの彼女は、一人になりたいという、ほとんど肉体的欲求に近いものを感じていたのだった。それがかなわないとすれば、せめて沈黙が欲しい。

なのに、ローラはしゃべり続けた。「何かお手伝いできることでもあるなら残ってもよかったんですけど、ファニーとバジルは、二人になりたいのではないかという気がしたものですから。勘違いじゃないといいんですが、当たっていると思います？」

「おそらくね」と、クレアは答えた。

「それにしても、昨日、実際は何が起きたのか、いまだに理解できませんわ」

「誰にもできないと思うわ」

「ファニーにあれ以上詳しい話を聞くのは、はばかられて。だって、明らかに動揺していましたもの。でも、どうにも解せませんわよね。キットは、ロブスターに何か問題があって、サー・ピーターしか食べなかったんだって言っていましたけど」

「ええ、そのとおりよ」

「でも、なぜ彼は食べたんでしょう？」

「おいしいって言っていたわ」

「だって、ほかのみんなは――」

「ええ、ええ、わかってるわ――いったい全体、なぜなのよ？」突然、強い調子でクレアが割って入り、一瞬、車が激しく前に揺れてからガタンと後ろへ戻った。「なぜ、愚かな老人は、みんなが変だと言ったものを食べ続けたの？　なぜ、ほかの人と同じ行動ができなかったの？　そうしたら、今でも生きていられたのに。なぜ人は、他人に迷惑をかけるだけの、ばかげた行為をしてしまうの？」

ローラは、クレアの口調に違和感を覚えたらしく、眉を軽く上げて何かを考えるふうにそちらを見たが、さらにしつこく質問を続けた。「ロブスターは、本当にほかの人たちが口にしようとしないほど嫌な味だったんですか？」

「ええ」

「それなのに、サー・ピーターはおいしいと言って、たくさん食べたんですね？」

「ええ」

「それって、あまりにもおかしくありませんか？」

クレアは答えなかった。口を開いたら、自分でも何を言ってしまうかわからない不安に駆られ始めていたのだ。険しい表情を道路に向けながら、一生耳が聞こえなかったら便利なのではないだろうかと思った。だが、そのとたん、迷信的な恐怖に襲われた。自分の思い過ごしかもしれないが、何かの病気のことについて考えると、さほど間を空けずにその病気にかかってしまうことを思い出したのだ。その危険性を避け、質問をちゃんと聞いていたと相手に示すため、クレアは、曖昧な声を出してごまかした。

「あなたも、ロブスターを食べてみました？」と、ローラが訊いた。

クレアは、今度もはっきりしない返事をした。

「いったい、どんな味だったんですか？」

「苦かったわ」

「苦い？　ただ苦いんですか？　その味って――」

そこでローラは口をつぐんだ。はっと息をのみ、まるでどこかの神経を刺されたかのように、膝の上に置いていた片手がぴくっと動いて、ひとりでに数インチ跳ね上がった感じがした。

一分近く黙り込んだあと、努めて感情を押し殺そうとしているような、低い慎重な声でローラが言った。「ロブスターが苦かったというのは、本当に間違いないんですね？」

彼女の話し方ががらりと変わったので、クレアはほんの一瞬、思いきって道路から目を離し、隣の席に座る若い女性に目をやった。

ローラは、クレアのほうをじっと見つめていた。両目を大きく見開き、顔色がひどく青ざめている。動いてはいないが、座り方も変わっていた。ゆったりとくつろいでいたはずの体が、こわばってしまっている。

「ええ」クレアの胸に、好奇心が湧き上がった。「ものすごく苦かったわ」

ところが、そのまま話を続けて、苦い味のロブスターのことで相手の中に芽生えたらしい、奇妙な感情を説明してほしいと思ったとたんに、当のローラは黙りこくって、ゆっくりと頭を背けて傍らの窓から外を見始めてしまい、たとえクレアがもう一度そっちを見たとしても顔は見えなかっただろう。

「何か心当たりでもあるの？」と尋ねてみたが、返事さえしなかった。

ロンドンに着くまで、ローラはほとんどしゃべらなかった。体のこわばりは少しずつ消えたものの、今度はショックの後遺症に苦しんでいるかのように、ぐったりとした様子で座っていた。しばらくすると、例の頭痛がまた始まったと言いだし、片手で頭を押さえながら目を覆った。

クレアは、先ほどまでの詮索好きな態度に対して抱いたのと同じくらい、苛立ちを覚えた。何度か会話に引き込もうとしてみたが、いずれもうまくいかなかった。ローラの住むアパートがあるブロックに到着し、車を降りたローラは、最後に振り向いて、送ってくれた礼を述べた。まだ、どこか一点を見据えた虚ろな目つきで、どうしても明かしたくない考えに完全に心を奪われているように、クレアには見えた。

だが、自分のアパートへと車を走らせるにつれ、彼女はローラのことなど忘れてしまった。一人になるや、他人がそばにいたことで、ずっと心の中で遮られていた思考が一気に流れだして、現時点で自分に関わりのないことに対する関心を押し流したのだった。クレアには、今回の週末の件について考えなければならないことが山ほどあった。たくさんの事柄を整理し、何らかの結論を出さなければならない。

翌日、クレアは仕事をしようと試みたが、まったくだめだった。結局、書いたものをすべて破り捨てる羽目になってしまった。その次の日も同じだった。単に、自分が書こうとしている内容と関係のない問題が心を覆っていたからではなく、絶えず何かを待っているような感覚にとらわれていたからだ。せっかく集中したとたんに中断される気がして、完全に集中しても無駄だと思えて仕方がなかった。中断がどういう形でやって来るかはわからなかったが、それがなかなか現れず、ハムステッドのアパートでの静かな孤独を邪魔されることもなく時がたつにつれ、たまらなく落ち着かない気分になってきた。時間が過ぎれば過ぎるほど、何か恐ろしいことが起きようとしているという確信が、否が応でも強まった。未来はおぞましく、自分の人生は災いで暗く覆われているような気がした。

ロンドンに戻った四日後、ついに中断する事態が訪れた。事件はかなり気味の悪いものには違いないが、おかげでクレアは気が楽になった。現実が何であるかさえわかれば、自分自身を現実から切り離すのは得意だ。電話越しに、ファニーが慌てふためいてまくしたてるのを聞きながら、クレアの声は落ち着き払っていた。

「じゃあ、やっぱりヒ素だったのね?」と、クレアは言った。

「そうよ――しかも、馬一頭を殺せる量だったの!」ファニーの声が、けたたましく響く。「マクリーン先生が何グラムだったか教えてくれたんだけど、それじゃさっぱりわからないから、それってすごい量なんですかって訊いたら、馬一頭を殺せる量だって言ったのよ!」

「でも、ヒ素は味がしないんじゃない?」クレアの質問は、相手にあくまで正確さを要求する響きを含んでいた。

「ええ、そうよね」と、ファニーは答えた。「でも、彼らはその点について、あまり気にしてないみたいなの。彼らは――」

「彼らって?」と、クレアが割り込んだ。

「そりゃもちろん、警察よ。ここに警察がやって来て、一日中、質問攻めにされたんだから。それでね、クレア――」一瞬、ファニーが言葉を切った。「警察は、あなたのところへも行くと思うの」

「ええ、そうなるだろうと思っていたわ」

「もちろん、あなたが特別にポールター老人と会う算段を私に頼んだことは、一切話してないわ……。言わないようにするの、ほんとに大変だったんだから！　あなたは古い友人だから、キットの婚約祝いを手伝ってくれるように、私たちが頼んで来てもらったんだとだけ言っておいたわ。でも、マクリーン先生の奥さんが、あなたとサー・ピーターがずっと一緒に話し込んでたってご主人に言ったらしくて、たぶん先生が警察に話したのね。あなたのことをずいぶん訊かれたわ。あなたとサー・ピーターに面識はあったのか、とか、いろいろ。とにかく、それについては何も知らないって言い張ったの。実際、そのとおりだしね。で、いてもたってもいられなくなって、警察が行くことを知らせようと思って電話したのよ」

「なるほどね」と、クレアは言った。「ありがとう、ファニー」急に背筋に冷たい感覚が走ったが、声は変わらなかった。「恩に着るわ。どうやら、警察は殺人だと見ているようね」

「そうだと思うわ。私が間違えてやった可能性も、一応は考えてるようだけど。でも、そもそも家の中にヒ素なんかないんですもの」

「ロブスターにヒ素が入っていたことは、確信しているみたい？」

「もちろん、してないわ。そんなの無理よ。飲み物に入っていたかもしれないし、スタッフドオリーブやほかのものに入ってたかもしれないもの。といっても、スタッフドオリーブに、馬一頭を殺せるだけのヒ素が入れられるかどうかは疑問よね。小さじ数杯分は必要なんじゃないかしら。よく知らないけど」

「それで、警察の聴取のほうはどうなるの？」

「明後日だそうよ。あなたに、こっちへ来てもらうことになると思うわ。ローラもね。モーデュ一家もマクリーン夫妻も、みんなポールターさんがローラを覚えているって言ったのを記憶していて、トムが警察にそのことを得意げに言ったんだと思うの」

「だけど、サー・ピーターがあなたの家で毒を口にした確証はあるの？」と、クレアは尋ねた。

「ないんじゃないかしら。とりあえず、絶対の確証はないわね。ただ使用人は、昼食以降、自宅では何も飲み食いしなかったって言ってて、もしも昼食時に大量のヒ素を摂取したんだとしたら、もっと早く症状が表れていたはずだものね」

「パーティーのあと、どこかで口にしたということはないのかしら」

「みんなの知るかぎり、彼はどこにも寄らずに帰宅して、家に着く前に具合が悪くなったみたい。そういえば、いやに唐突に帰って、様子が変だったでしょう？　あのときは、あなたが気に障ることを言ったからかと思ったけど、今にして思えば、すでに気分が悪くて、何か起こる前に立ち去ろうと考えたのかもしれない」

「自殺の線は、追っていないの？」

「警察は、あらゆる可能性を視野に入れてるとは思うけど……」電話の向こうで、声が途切れた。

「なるほど――わかったわ、彼らは他殺だと考えているわけね」と、クレアは言った。「知らせてくれてありがとう、ファニー」

「そうは言っても、警察があなたを疑ってるってわけじゃないからね！」ファニーが、大きな声を出した。「まだ、誰のことも疑う段階じゃないんだと思う。彼には、敵が大勢いたと考えてるみたい。莫大な財を成した人っていうのは、そういうものなんでしょうね。面と向かって話したときには感じがよくても、ものすごく非情になることもあるんじゃないかしら。それに、女性関係もあったはずよ。年は取っていても、そんな感じがしたもの。だから、警察が来たって、あなたが心配する必要はないのよ。何より、私が会った刑事さんはかなり知的な人で、性急にばかげた仮説を追いかけそうには見えなかったわ。でも、あなたってサプライズが嫌いだから、いきなり知らない人間が家にやって来たら嫌でしょ？　それで、すぐ電話したってわけ。別に、警察があなたを疑うだろうと思ったからじゃないのよ。私が思うに、彼らは真っ先にローラを疑うんじゃないかしら。事件が起きたあとで考えてみれば、彼女の頭痛は、ちょっと怪しい気がするわ。もちろん、警察にそんなことをほのめかしたりはしてないわよ。今でも私は、自分に責任があると思ってるの。何をしてしまったのかは、皆目、見当もつかないけど。じゃあね、クレア。何かあったら知らせて」

「ええ、もちろんよ」

クレアは電話を切った。しかし、受話器から手を離さず、ぎゅっと握っている。座ったまま目の前の壁をぼんやりと見つめ、まるでその受話器が、自分を安全な場所へつなぐ綱の先端に結ばれたブイであるかのように、しっかりと握り締めていた。

第九章

翌日、警察がクレアのもとを訪れた。ロンドン警視庁《スコットランドヤード》刑事部の警部補と巡査部長が連れだって現れ、一時間ほど話を聞かれた。事前にクレアは、どこまで話したらよいかを入念に考えていた。彼らの質問に、その境界線を侵しそうなものはなかったため、彼女としては、かなりすらすらと話すことができた。

「いいえ」ライナム家のカクテルパーティー以前にサー・ピーターと会ったことがあるかという質問に、彼女は答えて言った。「一度もお会いしたことはありません。でも、会いたいとは思っていました。実はライナム夫人に、もし機会があったら、そういう場を設けてほしいとお願いしていたんですの」

この点については、自ら進んで認めようと決めていた。サー・ピーターに関する彼女の依頼の件を警察には話さなかったという、ファニーの言葉を疑っていたからではない。クレアが柄にもなく、数社の新聞社を所有している男と会いたがっているということを、ファニーがパーティーに先立って周囲の何人もの人間に話しただろうということは容易に想定でき、こういう事件が起きたからには、その人たちから話が漏れるに違いないと思ったからだった。

「まさか、本当にライナム夫人が、会う場を設定してくれるとは思っていませんでした」取り澄まして淡々と話しながら、皺のある小さな顔に影を落とす、ふっくらとした額の下で深くぼんだ両目は、刑事の目をじっと見通しているようでいて、実際にはよく見ていなかった。「私が話した時点では、彼女はサー・ピーターとまったく面識がなかったので、本気でお願いしたわけではないんです。そうしたら、ある朝、電話がかかってきて、サー・ピーターと知り合いになって週末に招待したから、紹介すると言われて」

「彼に会いたかったのには、特別な理由でも？」と、警部補が訊いた。

「はい。でも、説明が少々難しいんですの」

自分の耳には、もったいぶったわざとらしいしゃべり方に聞こえ、いかに入念に答えを練習しておいたかが見え見えのような気がしたが、二人の刑事には、緊張した、文学趣味で年配未婚女性の、ごく普通の話し方に聞こえるよう願った。

「ご存知のとおり」クレアは、慎重に語った。「私は作家です」

警部補が頷いた。

「私が書くのは、小説ですの」

警部補が、再び頷く。

「時には」こわばった唇に、うっすらと弁解がましい笑みを浮かべた。「登場人物に関して、頭を抱えてしまうことがあります。人物像がしっかりつかめていないことに気づかされるんです——バックグラウンドや、職業や、日々の暮らし方の細かな点といったことですけど。私自身、かなりの隠遁生活をしていますでしょう？　実は、世間のことに疎いところがありまして」

「ああ、なるほど」と、警部補が言った。「では、サー・ピーターを、あなたの小説の登場人物に使いたかったわけですな?」

クレアは、にっこり頷いてみせた。

「ええ、今、新聞社主にまつわる小説の準備を進めておりまして、たまたまライナム夫人からサー・ピーター・ポールターが近所に住むようになったとお聞きして、もしご本人にお会いできたら、とても参考になるだろうと申し上げましたの——何よりも役に立つだろうと」彼女は一瞬、言葉を切った。「でも、もうその本は書かないことにしますわ」

自分の言っていることが荒唐無稽なのは、わかっていた。ファニーが言ったとおり、クレアが自分の家族以外のテーマについては書かないというのは、事実だったからだ。他人について書けるほど、その人たちのことをよく知っているとは思えなかったし、書きたいと思うほど重要な人間もいなかった。作品の中で、彼女は何度も繰り返し、同じ登場人物たち、同じ問題と格闘した。プロットをほんのちょっと変えて、常に表面よりやや深く掘り下げようと努め、ひそやかな怒りから来る執念深さで、人生が自分に支払うべきだと感じている最終的な答えに少しでも近づこうと、手探りで進んでいたのだった。

しかし、世の中には、それとは異なる創作の方法もあるとクレアは思っていた。彼女にしてみればなかなか信じがたいことではあるが、なじみのないタイプの人間と面会して、そういう人がどう発音し、どう言葉を言い間違え、どういうふうに食べたり、指の関節を鳴らしたりするかを詳細に研究する作家がいると聞いたことがある。そうかと思えば、物語に適切であろうと自分が設定したバックグラウンドを正確に描き込むために、実際に大枚をはたいて旅に出る作家もいるという。少なくとも一般の人は、作家とはそういうことをするものだと信じている節があり、警察もまた、一般の人々の仲間であることを願った。

この警部補が、クレアの変わった作風の著作を丹念に辛抱強く読むことに喜びを感じる、著者の彼女も理解に苦しむような想定外の人間でなければいいのだが……。

もしそうだったとすれば、彼は見事にそれを隠したことになる。あたかも彼女の説明に百パーセント納得したかのように、大きく頷いたからだ。

「ライナム夫人から、サー・ピーターとどうやって知り合いになったか、お聞きになりましたか?」

と、警部補が尋ねた。

「ええ。でも、その件については、私のほうが彼女より詳しいでしょう。ライナム夫人は見てのとおり、人懐こくて気取らない人ですから、他人が愛想よくする理由を探ろうなどという発想がありませんが、サー・ピーターは、元来、気さくな方ではないと思います。人と接する交際術はお持ちでしたが、根っから朗らかで付き合いやすいタイプではありませんでした。彼から聞いた話からすると、ライナム夫人と知り合いになったのには、目的があったようです」

警部補が、興味を持った顔をした。

クレアは続けた。「あの方の目的は、ただ、あの家に招待してもらうことだったんです。ご存知かもしれませんが、あの家は、あの方の生家なのです。サー・ピーターは、とても低い身分の出で、ご両親は小さな店を営んでいました。現在、ライナム夫人がアンティークを売っている店です。彼が子供の頃には、二つの家に分かれていて、その片方にご両親と暮らしていらしたそうです。それで、どうしても昔住んでいた家を見てみたくなったのだと、話してくださいました」

「あなたにはそのことを話したのに、ライナム夫人には黙っていたのですか?」

「はい。でも、あとで話すおつもりだったはずです」

「気分が悪くなって、突然にパーティーの席を立たなかったら、ということですね？」

「気分が悪くなったから帰られたのかどうか、私どもにはわかりません」

「確かに。ただ、あの場にいた人たちは、おおむねそういう印象を持ったようですよ」

「それは、事件のあとになってからの印象ですわ。あの時点では、そんな考えは誰にも浮かんでいなかったと思います」

「では、あのときの、あなたの印象はどうでした？」

「私はてっきり、急に何かお宅での用事を思い出されたのかと思いました。例えば、いつもの夕食の時間とか」

「お二人で話しているあいだ、変わった様子はありませんでしたか？」

「私には、ごく普通に見えましたわ。ふさいでいる気配はなかったかということでしたら、とりたてて落ち込んでいるふうはありませんでした。面白いお話をしてくださって、誰に対しても感じよく振る舞われておいでしたわ」

それから警部補は、ロブスター・パイについて尋ねた。

クレアは、それがファニーの得意料理であること、ファニーがそのパイを作れるのをとても自慢にしていることを話した。そこまで言って、少し言いよどんでから、パーティーの晩のロブスターが際立って苦く、奇妙にもサー・ピーターには、その苦さが感じられなかった点に触れた。

「もちろん、苦みの好きな人もいるでしょうけれど、あれは特別でした。どんな人だって、好きになれるレベルのものではありません」

「味をきいた人は全員、同じ意見ですね」と、警部補が言った。

「それが何だったのか、見当もつきません」と、クレアは言った。「私の知っているもので、あんな味のするものは思い浮かびませんもの。とにかく苦かったんです」

「ほかに何か気がついたことはありませんか?」と、警部補が尋ねた。「パイが載っていた皿に触った人は誰でしょう?」

「ライナム夫人以外にということですか?」

「ええ」

「私が触りました」

警部補がわずかに関心を寄せるそぶりを示したように、クレアの目には映った。「サー・ピーターのそばに座っていたときですか?」

「いいえ、ちょうどサー・ピーターがいらしたときに、キッチンからパイを運んだのが私だったんです」

「ライナム夫人を手伝っていたんですか?」

「はい、彼女が少しの間、二階で横になっていたものですから。どうも疲れてしまったようで、ライナムさんと私が準備をしました」

「では、ご主人も皿に触れたのですね?」

「そのときは触っていませんが、おそらく、それ以前にキッチンで触れたのではないかと思います。でも、それを居間に運んだのは、私ですわ。といっても、すでにお聞き及びでしょうけれど、パイはかなり長い時間キッチンテーブルの上に置いたままになっていましたから、隙を見計らえば、誰でも入ることは可能でした。裏口を使えば、外からでも侵入できます。あの、刑事さん、そもそも毒がロブスターに入っていたという証拠はあるんでしょうか？」

あらゆる可能性を捜査しているところだと、警部補は慎重な回答にとどめ、ほんのわずかずつ言葉を変えながら、これまでにクレアに質問した内容を再び訊き始めた。

クレアは、このことに驚きを覚えた。彼女が見たところ、警部補は頭がよさそうで、同じことを二回も尋ねるような人間には見えなかったのだ。そして、ふいに気がついて、自分の愚かさに怒りが走った。相手は、わざと質問を繰り返しているに違いない。

そう思ったら、急に緊張が増した。二度目の答えが最初のものと矛盾するかもしれないからではなく、実際に自分に容疑がかかっているのだと感じたせいだった。クレアは、ややかすれ声になりながらも、態度には横柄さと堅苦しさをにじませた。柔和で引っ込み思案な上品さから、侮りがたい威圧感を備えた厳しさへと、雰囲気をがらりと変えたのだ。今や内心恐れを抱かざるを得なくなった目の前の相手に、まるでクラスでいちばん出来の悪い男子生徒に対する、厳格な教師のような視線を向けるようにした。

ごく自然な様子で、向こうも戦術を変えてきた。いかにも聞き込みの重要な部分は終えたというように、くつろいだ感じで椅子に背を預けて言った。「フォーウッドさん、あなたも、あの晩、実際に何が起きたのかについては、私が訊き込みを始めると同時に感じたのと同じことを感じられたんじゃないでしょうかね」

クレアは答えなかったが、じっと座って、次に彼が言おうとすることにどう反論しようかと身構えていた。

「どうも、今回の状況はすべて、ちょっと――何と言ったらいいんでしょうな――そう、いびつな感じを受けるんですな」

クレアは、整っていない太い眉を怪訝そうに上げた。

「考えてもみてください」と、警部補が続けた。「ある婚約を祝いに、何人かの人が集まった。この人たちのおおかたは互いによく知っていて、どうやらある種の――何と言ったらいいんでしょうな――緊張というか、敵意に近いものを抱えている。その感情には、深刻なものも、そうでもないものもありそうだ。どれが深刻で、どれがそうでないかを判断するのは、関わった人たちを本当によく知らなければ難しい。例えば、娘が振られたと信じている父親の怒り、息子――実際には異母弟だが、ほとんど息子のような存在――が、奪われてしまうという女性の怒り、夫が侮辱されたと思っている妻の怒り……。どの感情も、当人の性格によっては、重大なものにもささいなものにもなり得ます。そうは思いませんか?」

会話の転換は、クレアにとってはうれしい驚きだった。

「そのとおりだと思います」と、クレアは言った。「でも、そのどれも、サー・ピーターとは関係ありませんわよね」

「だから、いびつな状況だと言ったんですよ。何人かの人間が集まって、その中に――何と言ったらいいんでしょうな――殺人の動機となるものを持っているかもしれない人たちがいる。ところが、実際に死んだ人は、どう見てもほかの人間との接点がない」

「ひょっとして、毒を口にしたのは、それをのむはずだった人間とは別人だとおっしゃりたいんですの?」

「ああ、いや、そうではありません」と、警部補は否定した。「現時点では、誰かが毒を盛られるはずだったとさえ言えないんです。証拠からすると、殺人より事故の線のほうがしっくりきますしね。あるいは――何と言ったらいいんでしょうな――」

「最初に頭に浮かんだ言葉をおっしゃったらどうなの！」突然、クレアはかっとなって言い放った。それまでに訊かれたどの質問よりも、彼のしゃべり方の癖が彼女の自制心を失わせたのだった。

警部補は、忠告に感謝するかのように頭を軽く傾けた。

「悪意、ですかな」と、彼は言った。「真っ先に浮かんだのは、その言葉です。醜いが、実際には殺意までは含んでいなかった悪意。もちろん、ライナム夫人に向けられたね」

クレアの額に皺が寄った。考えもしなかった見解だったので、興味を引かれたのだ。自然と、やや身を乗り出した。

「おっしゃりたいことが、わかった気がします」と、彼女は言った。「ライナム夫人に恥をかかせたい誰かが、故意に彼女の自慢のロブスター・パイを台無しにしようと考えた。でも、そのためにヒ素を使ったのは、少しやりすぎだったということでしょうか？」

「ええ、少々。といっても、あの量のヒ素を一人が摂取するのではなく、パーティーの参加者全員が少しずつ口にしたわけですからね。みんなに嫌な思いをさせ、原因はパーティーの食べ物、おそらくはライナム夫人のロブスター・パイだったと言いふらすよう仕向けるためのもくろみだった。ただし、死者が出たのは予定外だ」

「でも刑事さん、苦い味がしたんですよ！」

「そう、それが事を複雑にしているんです」警部補は、ため息をついた。「しかし、結局のところ、その点については事故だった可能性もある。ライナム夫人自身、ひどくぼんやりしていたことがあったから、間違えて何かおかしなものを入れてしまったかもしれないと言っていますし」

「すると、近所でたった一人、何かわかりませんけれど、そのおかしな材料とやらの味を感じない人がパーティーにやって来て、ロブスター・パイを一人占めにして食べてしまったということになりますね。それって、偶然が過ぎませんこと？」

「ええ、確かに不思議な巡り合わせでしょうな。だが、私どもの仕事では、それを肝に銘じておくことも大事なんですよ――何と言ったらいいんでしょうな――まあ、偶然は起きるものだとでも言いましょうか。つい、すべてにパターンを探して、偶発的な出来事の可能性を無視しがちですが、それは大きな誤りなのです。そう、とても大きなね」

「それで、ご自分の仮説をどう立証なさるのですか？」と、クレアは尋ねた。「それが真実かどうか、どうやって確かめるおつもり？」

「毒の出所を突き止めるしかないでしょうな」

それからほどなく、警部補と巡査部長は帰っていった。一つの試練が過ぎ去って、クレアは心から安堵し、きっといま一度聴取を受けて、さらなる試練を乗り越えることになるだろうという考えを、とりあえずは頭の中から追い出した。

机の前に座り、ペンを取って、一枚の紙に一心に向かい始めた。

三十分後、紙はまだ白紙のままで、安心して和んだ気持ちはいつの間にか消え去ってしまっていた。自分の意志に反して、いつもなら整然と秩序だって考えられるはずの頭の中が、何人かの人物たちの姿で混沌《こんとん》としていた。ほとんどは、クレアが本来、何の関心も寄せていない人々だ。

例えばモーデュ一家。ガーデニング好きな馬面のマクリーン夫人。アーモンドの花を抱えてキッチンに飛び込んできて、ほっそりした顔を赤らめていた、興奮しやすい若い女性。そして、たいそう侮辱されたという、クレアがまだ会ったことのないその夫。

彼らのうちの誰が、自分とどう関わっているのだろう？ それを言うなら、サー・ピーターだって、自分にとってどんな意味を持っているというのか。

クレアはため息をついて、机の前から椅子を引いた。と、そのとき、ドアの呼び鈴が鳴った。ほかのときだったなら、おそらく出なかっただろう。もし、机の上の紙が一行か二行でも埋まっていたら、呼び鈴が何度鳴らされようが、クレアはぴくりとも動かなかったに違いない。だが、今は中断をむしろ歓迎する気分で、つい足早に玄関に向かった。

戸口に立っていたのは、ローラ・グリーンスレイドだった。作り笑いでクレアに挨拶して突然の訪問を機械的に詫び、中へ通されると、妙に頭を反らせてぎくしゃくと歩いた。歩き方も声も、まさに激しい感情を必死に抑えている人のものだった。

居間の明るい光の中であらためてローラの目を見たクレアには、すぐにその感情が何であるか見当がついた。それは、彼女がよく知っている感情だった。恐怖だ。ローラは今、いつ叫び声を上げてヒステリー発作を起こしてもおかしくないほどのパニック状態にある。

その感情にのみ込まれないよう身構えて、クレアは何も言わずに相手の出方を待った。

部屋の真ん中で直立不動の姿勢になったローラは、か細く高い声で言った。「お聞きになったんでしょう？」

「ええ」と、クレアは答えた。

「ヒ素のことを？」

「ええ」

「それで――それで、あなたはご存知なんでしょう？　誰の仕業か」

「わからないわ」

「知ってるはずよ！」

「本当に、私は何も知らないわ、グリーンスレイドさん」感情のこもらない冷たい声だった。怒っているのでも、神経が高ぶっているのでもない、ただひたすら抑揚のない声だ。

ローラは震えながら息をつき、恐怖で異様にぎらぎらした大きな青い瞳で、クレアの顔をじっと見つめた。

しばらくして、ようやく口を開いた。「たぶん、ご存知ないのね。何が起きるはずだったのかも、おわかりにはならないでしょう。そもそも、私のことを知らないんですものね」

「確かに、そのとおりよ。あなたのことは、よく知らない」と、クレアは応えた。

「彼らから――ライナム夫妻から聞いていないんですか？」

「そう言われても、何のことをおっしゃりたいのか、わからないから……」

「お聞きになっていたとすれば、わかりますわ。そうしたら、死ぬはずだったのがサー・ピーター・ポールターではないことにも、すぐに気づいたでしょう。あれは、事故だったんです。フォーウッドさん、彼らは、私を殺すつもりだったんですわ」

「彼らって？　ライナム夫妻のことを言ってるの？」クレアの声に初めて怒りの感情がこもり、ふっくらとした額に険しさがにじんだ。

「もちろんです！」ローラは大声を出し、固まっていた体から急に力が抜けたかと思うと、全身がガタガタと震え始めた。「証明することだってできます。だって、私にはある奇妙な点があって、ライナム夫妻はそれを知っているんですもの。ファニーとバジル――あの二人は、全部知ってるんです。だからこそ、あんな方法で私を殺そうとしても大丈夫だと思ったんだわ」

「奇妙な点？」その言葉が、バジルが言っていた何かを記憶から呼び覚まそうとした。

「そう、とても」と、ローラが言った。「ものすごく奇妙な点――」

「その奇妙な点っていうのは、いったい何なの？」

「私は、フ・ェ・ニ・ル・チ・オ・尿・素・の・味・を・感・じ・な・い・ん・で・す・！」

第十章

クレアは、拍子抜けしてしまった。あまりに訳のわからない言葉なので、空耳かとさえ思った。誰が聞いても、とうてい意味を成すとは思えない。

椅子に腰を下ろして膝の上で両手を組み、厳しい目つきでローラを見据えて、クレアは意味不明な言葉がもう一度繰り返されるか、もしくは説明が加えられるのを待った。

ローラは、説明が必要だなどとは思ってもみなかったとでもいうように、しばらくぽかんとしていた。それから、クレアに倣って座り、噛んで含めるように説明を始めた。「フェニルチオ尿素というのは、極端に苦い有機化合物です。百万分の五〇程度の濃度だと、四人に一人が味を感じませんが、百万分の四〇〇に濃度を上げれば、ほとんどの人が苦みを感じます」そこまで言うと、彼女の口調から、出来の悪い生徒に教えるような響きが消え去った。「まったくその味を感じない人間は、ごくわずかしかいません！　何千人、何万人に一人なんです！」

「それで」クレアは、あくまで淡々とした調子で訊いた。「自分がその数少ない人間だということには、どうやったら気づくの？」

クレアは、決して無神経な態度を取ろうとしているのではなかった。彼女にはローラの狼狽ぶりが手に取るように伝わっており、恐怖は、本来、彼女が何よりも共感を抱く感情のはずだった。だが、間近に触れてみて、心の中に湧き上がってきたものに自分でも怖くなってしまい、とっさにそれを押し殺したのだった。

「私が知ったのは、大学生のときでした」ローラは、少し落ち着きを取り戻して言った。「バジル・ライナムが、ある遺伝学的実験を行っていたんです。学生たちにさまざまなものの味を確認してもらおうとしていて、私も自分から協力しました。被験者は何百人もいたのに、その物質の味をまったく認識できなかったのは、私一人でした」

「そのフェノル……？」

「フェニルチオ尿素です」

「それで、あなたは、バジルがそのことを覚えていたと思っているのね？」

「そのとおりです」

クレアは、それが見当違いであればいいと願った。

「とてもややこしくて、あり得ない話に思えるけど」と、彼女は言った。

「彼には、ごく当たり前のことです。科学者ですもの。そんなことを考えついても、何の不思議もありませんわ」

「思いつくのは可能でも、実行するとなるとね」

ローラの体が、ひときわ大きく震えた。「実行したのは、ファニーです。あるいは、彼に指示してやらせたのかも」

「それは、もっと考えにくいわ。あなたの考えによると、バジルとファニーが、何らかの不可解な理由からあなたを殺そうと計画したということよね。でも、ファニーはあなたに会ったこともなかったのだし、バジルとあなたとの関係だって、そんなに深くは――」

「不可解でも何でもありませんわ、フォーウッドさん！」ローラが叫んだ。「ファニーが、いかにキットとの絆を大事にしているか、ご存知でしょう？　子供を持たない彼女にとって、キットは息子同然です。感情のすべてを注ぎ込む対象なのです。彼女が私を憎むのは、私がどんな人間かではなく、キットが私を愛しているからですわ。私は、彼女の存在そのものを脅かす女なんです」

「でも、あなた、車の中で言っていたわよね――」

「それは、フェニルチオ尿素の件を知る前のことです。ファニーにすっかりだまされていたんだわ」

「いいでしょう」クレアは、根気強く相手の言葉に付き合った。「つまり、あなたが言いたいのは、ファニーがキットに対してとても所有欲の強い愛情を抱いていて、彼が結婚しようと思った女性を殺したいほど憎み、そのことを夫に相談した。そして、夫のバジルは妻の気持ちを理解したか、あるいは完全に彼女に支配されていて――」

「そう、そうに違いないわ。絶対そうよ！」

「じゃあ、バジルが完全に妻に支配されているとして、彼はファニーに、あなたを殺すための風変わりで巧妙な殺害方法を提供し、この計画に必要なその特殊な薬品と、おそらくはヒ素も与えたことになるわね。そして、この殺害手段は、あなただけでなく、何人もの人に出される食べ物に毒を仕込むというものだった。あなた以外は全員が嫌な味に気づくから、具合が悪くなるほど摂取してしまう危険性がない」

ローラは何度も頷いた。「そうです、そのとおりです」

「でも、よく考えてみて！」と、クレアは言った。「自分が何を言っているのか、わかってる？　あなたの言うとおり、ファニーとバジルが正気を失った残酷な人間で、あなたに対して実際にそんな仕打ちをはたらいたのだとしたら、本当にひどいと思うわ。だけど、それだと、あなたが頭痛に襲われてパーティーに出られないとわかったのに、それでもなお、毒の入った料理を友人たちに振る舞ったということよね。それればかりか、ゲストの一人があなたと同じ特異体質で、そのフェノルーーフェニルーー」

「フェニルチオ尿素」

「そう、それをたくさん口にしようとしていたわけだから、あなたを殺すためだったヒ素を、すべて摂取してしまうのは明らかだった。それなのに、彼らはそれを放っておいたということになる」

「あの人たちは、頭がおかしいんですわ」と、ローラは言った。「狂気の沙汰です。少なくとも、ファニーはそうだわ。哀れなサー・ピーターが毒を口にするのを見て、楽しんでいたに違いありません。そんなやり方で私を殺そうとするくらいおかしいんですもの、ほかの人にしようとしたって、不思議はないわ。狂気と悪意の塊なのよ」

「悪意？」クレアは考え込んだ。それは、彼女を困惑させる言葉だった。「とりあえず、悪意という点は置いておくとして、公算はどうなのかしら？　数学的な確率ってことだけど。あなたのほうが、詳しいはずよね。もし、難しい名前のこの物質の味がわからないのが、あなたの言うようにごく珍しいことなのだとすれば、そんな体質を持った人が、同時に、同じ村の一軒の小さな家の中にたまたま一緒にいるなんていうのは、おかしくない？」

「ええ、ええ、確かにそうです」椅子の肘掛けを両手のひらでたたきながら、ローラが言った。「あまりに信じがたいことです。でも、あり得ないことではありませんよね？　そうでしょう？　何千分の一の確率でも、ゼロではないわ。確率の計算はどうでも、世の中には起こり得ることなんです」

「それにしても、すごい偶然よね」

「でも、偶然というのは起きるものです。誰もが驚くような偶然だって起きますわ！」

偶然について警部補が言った言葉を思い出しながら、クレアは渋々頷いた。何にでもパターンを探し求めるのは大きな誤りで、偶然は起きるものなのだと、彼は言った。いつもそうだ。みんな、そう言うのだ。偶然は起きるものだ、と。クレアはため息をついた。

「そうね。そりゃあ、偶然が起きることはあるわ。得てしてそれは、厄介なものだけど。少なくとも、あなたとサー・ピーター・ポールターにはまったく感じられないのに、ほかの大部分の人は圧倒されるほど強烈だと感じる苦い物質があることは、事実として受け入れなければならないと思うの。私には苦かったもの。でも、ファニーとバジルが、あなたにしろ、ほかの誰にしろ、あんなやり方で他人に毒を盛ろうとしたなんて考えられないし、あなたが彼らに対して恐怖を抱く理由は、一つも見当たらないと思う。あなたと話してみて、あらためて確信したわ。誰かが何らかの殺人を企てたのだとしたら、標的となり得るのは、どう考えてもサー・ピーターでしょう。偶然は、同じ家の中にあなたがいたことであって、彼がいたことではないんじゃないかしら」

ローラは納得がいかないというように、少し顔をしかめた。クレアが、自分よりサー・ピーターのほうが遥かに高名な人間であることを思い出させて、身のほどを思い知らせようとしているように感じたらしかった。

「あなたには、おわかりにならないのね」と、ローラは言った。「残念だわ――わかってくださると思ったから、ここへ伺ったのに」

「少なくとも、ファニー・ライナムに関しては、私はあなたよりずっとよく理解しているわ。彼女は、人殺しなんてする人じゃない。あの人に比べたら、私のほうがよほど殺人者の素養を持っていると言えるでしょう」

ローラが立ち上がった。クレアの理解力のなさを半ばあざ笑うかのように、微かな笑みを浮かべて小さく頭を左右に振った。

「本当は、ファニーのことをどう思ったか教えてあげましょうか」と、彼女は言った。「あの薄気味悪い古い家や、犬と猫、彼女の趣味の悪い服、おまけに、顔の色をすべて奪い取って死体のように映す、居間にあるあのひどい鏡から、実際にはどんな印象を受けたかお聞きになりたい？」

「車の中では、彼女のことが好きになったって言っていたわよね」と、クレアは思い出させるように言った。

ローラが、また含み笑いをした。今度の笑いは、クレアに悪意に満ちた冷酷さを感じさせた。

「あなたは、いつでも本心を口にするんですの？」と、ローラが尋ねた。「じゃあ、正直に言いますけど、あんな正真正銘の魔女みたいな人には会ったことがないと思ったわ。火にかけた鍋で毒薬を調合している姿が、目に浮かぶってものよ」

クレアは、怒りのこもった笑いを発した。「ずいぶんな想像力をお持ちだこと。そんなふうに思っていたなんて、今の今まで気がつかなかったわ。まだ、聞かせてもらっていないことがあるわね。キットは、この件にどう関わっているわけ？」

「もちろん、彼は何も知らないわ」と、ローラは答えた。

「その苦い成分の味をあなたが感じないことも、知らないの？」

「バジルとファニーが教えていないかぎりはね」

「だけど、あなたに関するその事実を知っている人間は、大勢いるはずでしょう」

ローラは、眉を寄せた。「いないと思うわ。そんなはずない」

「一緒に実験台になった、ほかの人たちはどうなの？」

「いえ、でも――」ローラは、一瞬口をつぐんでから首を横に振り、「何年も前のことだもの」と、クレアの意見を退けた。「もう、その人たちとはずっと会っていないし、その中の誰もファニーのパーティーにはいなかったわ。ええ、そうよ。フォーウッドさん、あなたがいくら気に入らなくたって、私にまつわる事実を覚えている人間は、バジル・ライナムしかいないのよ」

「そうなるとまた、死んだのがあなたではなくてサー・ピーターだったという、もう一つの事実に戻るわね。そして、彼がどうやって毒を摂取したのか、いまだにはっきりしていないという事実にも」

ローラは、じれったそうに肩をすくめ、ドアへ向かった。どうやら帰ってくれそうなのを見てクレアはほっとし、引き留める言葉は一言も口にしなかった。だが、彼女の後ろについて部屋を出て、玄関ドアを閉めたあとも、何か大事なことを言い忘れた気がして仕方がなかった。

戸惑いと怒りを感じながら、先ほどまでの会話をしばらく振り返っているうちに、ようやく何を言い忘れたかを思い出した。疑念を抱いたローラが、次に何をするつもりなのかを聞きそびれたのだ。

それに気づいたクレアは、すぐに受話器を取った。ファニーに電話し、大事な用ができたから、今日のうちに会いに行くと告げた。

暗い道を運転するのは嫌なので、電車で出かけることにした。駅に迎えに来てくれていたバジルは、いつもの彼とまったく同じに見えた。サー・ピーターの死、警察の聴取、彼自身や妻、友人らが殺人の容疑をかけられているかもしれない状況といった異常事態に直面しているはずなのに、ふだんの生活でちょっとした困難に出くわしたときと何ら変わらない態度だ。

だがクレアの知るかぎり、彼の場合、本当のところはわからない。親切で愛想よく人に接するわりに、バジルは、彼女の知り合いの誰よりも自分の心の内を明かさない人間だった。彼は、クレアが疲れているのではないかと気遣い、ファニーのためにわざわざ心配して出向いてくれたのだろうと、すまなそうだった。それはお互いさまでしょう、とクレアが返すと、バジルはただ、明るく微笑んで首を振った。

「問題はキットさ」と言って、あたかもキットが滑稽な話題の中心だとでもいうように笑った。「恋するキット――いや、あるいは恋をしていないのかもしれない。あいつが、そこのところをちゃんと決断してくれればいいと、つくづく思うよ」

「私には、十分恋をしているように思えたけど」と、クレアは言った。

「それは、先週の土曜の話だろう」

「じゃあ、あれから心変わりしたってこと?」

「わからない。ただ、あいつの人生に、自分で思っていたほど単純ではない何かが起きているみたいだ」

「たぶん、自分の婚約パーティーでヒ素中毒の事件が起きるなんて、思ってもみなかったからでしょう」

「ああ、確かに気の毒だった。だが、あいつの問題は、もっと根深いところにあるような気がするんだ」

クレアは、怪訝そうな目をバジルに向けた。「殺人よりも根深いっていうの？　バジル、あなたって時々、思いがけないことを言ってのけるわよね」

「でも、キットが殺したわけじゃないだろう？　まさか、君はそんなことは思っていないよね？」

「いいえ、まさか。そんな考えは、少しも浮かばなかったわ。一つには……」

「何だい？」

「キットが、フェニルチオ尿素という物質について聞いたことがあると思う？」

ほんの一瞬だが、バジルが驚いた顔をした。ぱっとクレアのほうを見て、眉を上げた。そして再び、目の前の道路に視線を戻した。まだ日が暮れきってはいなかったが、車のヘッドライトの周りだけ闇が濃くなって見えるくらいに、暗くなりかけていた。

「君は、そのことを突き止めたんだね。どうやって行き着いたんだい？」

「ローラが突き止めたのよ」と、クレアは言った。「だから、ここへ来たの」

「なるほどね。遅かれ早かれ、彼女は気づくだろうと思っていたよ。でも、君のもとを訪ねたのは予想外だったたな」

「じゃあ、あなたは最初からわかっていたの？」

「今だって、わかってなんかいないさ。ただ、それなら、サー・ピーターが、あのロブスターを食べられたことの説明がつくからね。彼の特異体質を知っている誰かが、ほかの人に害を与えずに彼を殺す安全な方法だと思ったのかもしれない」

「でも、ローラは、毒を盛られるはずだったのは自分だと信じ込んでいるわ」

「だろうね。彼女は昔から、どちらかというと、うぬぼれの強いお嬢さんだったから」

ふいに、クレアの気持ちが落ち着きを取り戻した。ため息をつくと同時に、それまで知らず知らずのうちに何時間も力が入っていて、頭の先から足の先まで痛かった筋肉が緩み、穏やかでくつろいだ気分に包まれた。

「どうやら、あなたはすべてを掌握しているようね」

「いや、そうでもない」と、バジルは言った。「君がこうして訪ねてきてくれて、本当に感謝しているんだ。実はまだ、その話をファニーにはしていないんだよ。彼女が簡単にのみ込める類の内容じゃないからね。それでなくても、ファニーは自分がサー・ピーターを殺したと思っているのに、もう少しでローラまで殺すところだったと考えてしまいそうで、心配なんだ。そればかりか、自分には無意識のうちに犯行に及ぶ動機があったのだと思い込んで、事故だと主張できなくなってしまうかもしれない。彼女の良心のおかげで、すでに僕らはみんな結構しんどい思いをしていてね」

「この苦い味の物質のことを、ファニーは何も知らないわけね？」

「これっぽっちもね」

「ローラにまつわる何か奇妙な点があるとは言ったのに、それが何かは教えなかったの？」

「ああ。初めは、僕自身、それが何だったか覚えていなくて、ただ、ローラ・グリーンスレイドという名前が、風変わりな何かを意味しているように感じただけだったんだよ。それで、ファニーがそういうささいな情報でどれだけ空想を膨らませるかということも忘れて、しゃべりすぎてしまった。あとになって、ふと思い出したんだが、ファニーが拍子抜けするだろうと思って言わないでおいた。基本的に、科学は、彼女にとってつまらないものだからね」

「けど、バジル、だとすると……」

「だとすると、もしローラを殺そうとした人間がいたとすれば、それは僕だって言いたいんだろう?」

「いいえ、そうじゃないわ。だとすると、やっぱりサー・ピーターが狙われたんじゃないかしら。ローラは自分に注意を向けたがったけれど、私は最初からそうじゃないかと思っていたの。といっても、まだ別の可能性もあるから、はっきりとは言いきれないけど。殺意なんてなかったかもしれないんですものね。誰かが、ファニーのパーティーを台無しにしたかっただけなのかも。その人は、まさか一人の人間がヒ素を全部口にしてしまうなんて思いもしなかったんでしょう」

「刑事が、そう言ったのかい?」

「ええ、実はそうなの」

バジルは、頷いてみせた。「僕にも、そう言っていた。そりゃあ、その推理が当たっているに越したことはないんだが」

「あなたは、信じていないのね」ややあって、クレアが言った。

「彼自身だって、信じちゃいないさ」

そのあとは二人とも黙り込み、二分とたたずに、バジルが自宅の前に車を停めた。

その音を聞きつけたらしく、いち早くファニーが玄関に出てきてドアを開けていた。不安そうな、青ざめた浮かない顔をしている。態度も沈んでいて、どこか落ち着きがない。二人の顔が見たくて待ち構えていたのは間違いなかったが、それでいて、陰気な夢から覚めきらないでいるようでもあった。スラックスにグレーのニットのセーターを着て、今日はアクセサリーを一つもつけていない。唇からぶら下がっている煙草は、すでに半インチほど灰になっている。私道を歩いて玄関へ近づいていきながら、クレアには、その灰がファニーの胸に落ちるのが見えたのだが、本人は気がつく様子もなかった。

例によって、ファニーはすぐに自分のことを話し始めた。

「店を閉めたのよ」と、彼女はクレアに言った。「土曜日以来、ひっきりなしに人がやって来るもんだから、嫌気が差しちゃって。だって、悪趣味だと思わない？ あなただったら、そんなことできる？ 何で、ああいう人たちがいるのかしらね」

バジルが笑って言った。「だから言ったんだよ。やっと稼げるようになったじゃないかってね」

「嘘おっしゃい。店を閉めたほうがいいって提案したのは、あなたじゃないの」ファニーは、いたって真顔だ。

回れ右をして居間に戻る彼女の、引きずるように歩くスリッパの音が石敷きの廊下に響いた。

暖炉には、赤々と火が燃えていた。部屋は暖かで居心地がよく、春の花を生けた鉢がいくつか飾られていて明るい雰囲気だった。キットが、暖炉のそばに座って夕刊を読んでいた。クレアが入っていくと、立ち上がって不安げな笑みを浮かべた。ファニー以上に緊張している様子が伝わってくる。青い瞳が、問いかけるようなまなざしをクレアに注いでいる。彼女がローラに会ったかどうか知りたがっているか、あるいは、すでにローラから会ったことを聞き及んでいて、なぜここへやって来たのかを推し量ろうとしているのだろうと、クレアは思った。

いつものように、彼女が猫を嫌がって身を固くしているのに気づいたバジルが、しきりに足首にすり寄ってきていたマーティンを抱き上げて廊下に出してくれたので、クレアはありがたく思いながら、暖炉の近くに腰かけた。

バジルがクレアにシェリー酒を持ってくると、ファニーは暖炉を挟んでクレアと向かい合うように座って、半分空になった自分のグラスを手にした。

「それで」グラスの中身をぐっと飲み干して、ファニーが口を開いた。「いったい何事なの?」

キットが出て行ってくれればいいのに、とクレアは思っていた。そのほうが、話を進めやすい。あんなに心配そうにじっと見られていては、ローラの話を切りだしにくいではないか。すると、代わりにバジルが話し始めてくれて、クレアは胸を撫で下ろした。ローラが彼女を訪ねてきたこと、ローラの特異体質、ローラの疑念、刑事の聴取と推理について、彼は順序立ててファニーとキットに話して聞かせた。

話の途中で、キットは腰を下ろして背もたれに体を預け、無表情に天井の一点を見据えた。ファニーは顔をしかめ、そんなキットの顔を見つめている。未来の義妹から殺人を企てたのではないかと疑われているという情報を、ファニーは驚くほど冷静に受け止め、それどころか、クレアには、ほっとしているようにさえ思えた。

バジルが話し終えて、最初にファニーが発した言葉は、こうだった。「なるほど、それなら、少し納得できるわね」

キットが、意味不明な大声を出した。激しい怒りの声に聞こえたが、その怒りが誰に向けられたものかはわからず、身動き一つしなかった。

ファニーは続けた。「ローラが私を疑うのは、当然だと思うわ。私が彼女の立場だったら、まったく同じことを考えるでしょう」

「しかし」と、バジルが口を挟んだ。「君を疑うなんて無駄なことを、僕らまでがする必要はない。

問題は、毒で狙われたのがサー・ピーターではなくローラだったという説に、警察がどの程度関心を持つかということだ」

「彼らは、たいして興味を持たないでしょうね」と、ファニーは言った。「でも、その線はありそうだわ。たぶん、それが真実だったんだと、私は思う」

「あなたが犯人だって言いたいの?」ローラが脚色する二人の関係に、ファニーが進んで染まろうとしていることに苛立って、クレアは鋭い口調で訊いた。

「いいえ」と、ファニーは答えた。

それ以上は何も言わなかったが、クレアには、ファニーの頭の中に、何か考えがひらめいたのがわかった。その考えによって気持ちが落ち着き、冷静さを取り戻したように見える。

クレアが困惑した顔でバジルへ振り向くと、彼は肩をすくめて微笑んだ。

すると、突然ファニーは立ち上がって、思い定めた足どりでドアへ向かい、廊下に出て壁のフックから古いコートを取ると、肩に羽織って、足早に家を出て行ってしまった。

第十一章

ファニーは、私道を抜けて、静かな村の通りへ出た。すでに辺りは闇に包まれ、たいていがきっちりとカーテンの閉まっている家々の窓辺と、ニレの木立の下にある数少ない街灯の周囲だけが、ほんのりと明るかった。夜空に星はなく、低く雲が垂れ込めている。身を切るような冷たい風が吹いていた。

ファニーはコートの前をかき寄せたが、慌てて暖かくしようとしてはいなかった。特に当てがあって歩いていたわけではない。外へ出たのは、クレアが話している最中にふと頭に浮かんだ考えを、しっかりと検討してまとまったものにしたかったからだった。キットが部屋にいなかったら出てくるまでもなかったのだが、キットの目の前で、自分の思いつきをクレアやバジルと話し合うことなどできなかったし、その場に残って、何かほかのことを考えているふりをすることも、ファニーにはとうてい無理な話だった。

ゆっくりと歩きながら、小声で独り言をつぶやき、考えを整理した。それは、驚くほど心が休まる思いつきだった。彼女の肩から、罪悪感という重荷を下ろしてくれるものだったからだ。見方によっては、それ以上の効果をもたらしたと言ってもいい。おかげで彼女は、自分の感情や直感が信頼できるものだという自信を取り戻せた。自らが理解できる、本来の彼女に戻れたのだ。サー・ピーターの死を知らされて以来、初めて自分らしさを感じることができたのだった。

のみならず、彼女を取り巻く環境にも、心の安らぐ思いが込み上げた。罪悪感のせいで、ファニーにとってこのうえなく大切な、居心地のいいこの小さな世界に、すっかり背を向けられてしまったように感じていたのだが、今夜、自分を受け入れて手を差し伸べてくれたのは、やはり友達だった。

村の外れの、家々が途切れる場所までやって来て、少しためらったのち、ファニーはさらに先の細い小道へと進んだ。よく知っている道なので、暗さはまったく気にならない。足の裏に感じるごつごつした地面も、空を背景に黒い影となって浮かび上がっている灌木《かんぼく》の輪郭も、とてもなじみのあるものだ。しかし、風がいっそう冷たく吹きすさび、数分後、彼女は道を引き返した。自分の貴重な思いつきを話す絶好の相手がいることを思い出して、自然と足が速まっていた。この時間、どこに行けば彼がつかまるかはわかっている。わが家の門を通り過ぎ、ファニーは〈ワゴナーズ〉の前で向きを変えて、入り口のドアをくぐった。

彼女が入ると、ほんの一瞬、店の中が静かになった。惨事を招いたパーティーの日以来、ファニーがここへ来たのは初めてだった。だがその一瞬が過ぎ去ると、みんな、ふだんと同じように彼女に挨拶し、隅のいつもの席にいたコリン・グレゴリーが、何を飲みたいか尋ねてきた。隣に腰を下ろしたファニーに、コリンが話しかけた。「喪に服していたんだろうけど、出てきてくれてよかったよ、ファニー。調子はどう?」

「いいわ」と、ファニーは答えた。「とても元気よ、コリン」

店内のあちこちで聞こえる、田舎ならではののんびりした人々の話し声や、大きな暖炉の火がはぜる音といった、耳慣れた心地よい音に包まれ、ファニーは穏やかな安心感に浸った。

コリンが、しげしげと彼女を見た。

「何かあったんだね」と、彼は言った。「本当に元気になったみたいだ」

ファニーは、頷いてにっこりとした。ドリンクをすすりながら、こんなふうにゆったりと楽しい気分になったのは数日ぶりだと思った。「私が、サー・ピーターを殺したんじゃなかったの」

「そんなの、驚かないさ」と、コリンが言った。「君以外の人間は、誰もそんなこと思っちゃいなかったからね」

「思ってたわよ。絶対だわ。わざとやったとは思わなかったでしょうけど、私のせいだってね。ひしひしと伝わってきたもの」

コリンは、かぶりを振った。「自分がそう思っていたから、そんな気がしただけだよ。それにしても、気持ちが変わったのは、いい徴候だね。何がきっかけ？」

「サー・ピーターがどうやって殺されたか、わかったってだけよ」

「それだけ？」

「笑わないで。ほんとにわかったんだから。だからって、どうしたらいいかはまだ決めてないけど、とにかく犯行の手口はわかったの。私が、へまをしたわけじゃなかったのよ。誰がやったかも、知ってるわ」

「誰なんだい？」

「ローラよ」

コリンは何も言わずに、ちょっとの間ファニーを見つめていた。気さくな感じはするものの、懐疑的なまなざしだ。その目は、質問をするよりも雄弁に、彼女に説明を促していた。

「ローラも、決して彼を殺すつもりではなかったの。彼女の狙いは、私だったのよ。私に毒を盛ろうとしたわけじゃなくて、恥をかかせて傷つけるのが目的だったんだわ。キットのことで、私にものすごく嫉妬心を抱いてるじゃない？　たぶん、私がキットを手放そうとしないと思ったのね。あの子のために始めたここでの仕事に縛りつけて、バジルや私と暮らすことを強いるつもりだって。私がいけなかったんだわ。彼女が来たときに、ただ手助けがしたいだけだってことをはっきり説明しておけばよかった。キットがちゃんと別の仕事を見つけられて、ここを出て行きたいと思うんなら、当然、その邪魔をしようなんて夢にも思わないわ」

「キットは、出て行きたがっているのかい？」

ファニーは、居心地悪そうに体を動かした。

「直接は尋ねてないし、訊くつもりもないの」

「そうか」

ファニーは、疑わしげにちらりとコリンに目をやってから、続けた。「本当なのよ、コリン。ちゃんと考えた結果を話してるんだから。今しがた一人で外を歩きながら、よくよく考えてみたの。ローラはね、何とかっていう薬品の味を感じない特異体質の持ち主なのよ。名前ははっきり覚えてないけど、バジルに訊けばわかるわ。大学生のときにバジルの実験に協力したことがあって、それでその体質が判明したんですって。その物質は、普通の人にはひどく苦く感じるんだけど、ごくたまに、まったく味を感じない人がいるらしいの。ローラは、その薬品と少量のヒ素を使って私のロブスター・パイの味をまずくして、みんなに腹痛を起こさせる計画を立てたのよ。自分は、それを逃れるために頭痛を装ったんだわ。でも、いくつか過ちを犯した。まず、薬品をどのくらい使ったらいいか、わからなかったこと。自分では全然味を感じないわけだから、ほかの人たちに確実に味をわからせるためには、たくさん使わなきゃいけないと思ったんじゃないかしら。それで入れすぎた結果、みんなは飲み込むことさえできなくなって、ヒ素の影響を受けなかった。もう一つは、彼女には予測不能だった出来事だけど、パーティーの参加者の中に、自分と同じようにその物質の味を感じない人間がいたこと。あり得ないことのようでも、そういう偶然って、起きるときには起きるものなのよ……」そこで一息ついたファニーは、何か言いたげなコリンの表情を見て取り、無言の批判をされているように感じた。

「私の推理が、気に入らないみたいね」

「そんなことないさ」

「いいえ、そうよ。私がばかなことを言ってるって思ってる顔だわ」

「ただ、ちょっとややこしい話だなと思って。君の言う、その不思議な物質を使わなくたって、料理を少し嫌な味にするのなんて簡単じゃないのかな」

「そりゃあ、簡単よ」と、ファニーが言った。「だからきっと、実際には使わなかったのよ」

コリンが、小さく首を左右に振った。「悪いけど、話がよくわからないな」

ファニー自身、これから説明しようとしている点については少ししか考えていなかったので、次の言葉を探す前に、眉を寄せ、きゅっと唇を結んで懸命に頭を整理しなければならなかった。

「つまりね」彼女は、ようやく口を開いた。「実際にその薬品が使われたかどうかは、誰にもわからないわ。でも、ローラが警察に行って、そうだったと言ったとしたら？　そこが、この犯行の真の目的なのよ。その薬が使われたんだって言って、彼女の特異体質のことを知ってるのはバジルだけだと証言するの――あるいは――あるいは、警察で証言する代わりに、私たちを脅して何でも言うとおりにさせようと企んだのかも。もちろん、あの人の恐ろしい心の中のことまでは、はっきりとはわからないけど、たぶん、そんなようなことなんじゃないかしら」

今度こそコリンを納得させられたと、ファニーは思った。いつも穏やかな彼の顔が渋い表情になり、ファニーが言ったこと以上の情報を引き出そうとするかのように、彼女の目の奥を探るような目つきをした。が、彼の口から出たのは、「なあ、ファニー、もう一杯飲みなよ」という言葉だった。

「今度は、何よ?」と、ファニーは言った。「私が今言ったこと、どこかおかしい?」

「その推理は、ちょっと行きすぎなんじゃないかな。最後のほうはなくても、つじつまが合いそうだ」

「どういうこと?」

「そうだな、ロブスターにヒ素を少し入れることでパーティーを台無しにして、君の料理の評判を落とそうとしたっていうのと、君とバジルの殺人未遂の犯行をでっち上げたっていうのは、次元の違う話だよね」

「じゃあきっと、私たちの殺人未遂をでっち上げようとした線よ」

「どうやら君は、やっぱり彼女のことが好きじゃないみたいだな」

その言葉を聞いたとたん、ファニーの体の奥から、急に神経質な笑いが込み上げてきた。初めは静かな笑いだったのが、ふいに筋肉が引きつる感覚に襲われ、面白いことなど何もないのに、体が震えてクスクス笑いが止まらない。何人もの顔が怪訝そうに眉を上げてこちらを見ていたが、コリンに手首をつかまれ、痛みが走るほどきつく握られるまで止めることができなかった。

「なあ」と、コリンがファニーの耳元に話しかけた。「君の話を聞いていて、ひらめいたことがあるんだ。いい話とは言えないけどね」

込み上げる笑いは何とか収まったものの、ファニーはまだ息ができないでいた。

「つまり」と、苦しい息の下で言った。「ローラが企てて……本当に彼女が……」

「いや」と、コリンは言った。「ローラとは関係ない」

「あなたはローラに会ってないから、そんなことを言うのよ。私は、会った瞬間に思ったわ――」

「いいや」コリンの口調には、ある種の苛立ちが感じられた。「もし、彼女がそんな計画を立てたのだとしたら、君が仮病だと思っている例の頭痛を装うようなことはしないと思わないかい？　用心深く、自分も被害者の一人になろうとするはずだ」

「いざとなったら、怖気づいたのかもよ」

「だが、それだと彼女の計画が根底から崩れてしまうだろう。だって、君とバジルが、かなり変わった周到な手段で自分を殺そうとしたと、警察に信じさせなくちゃいけないんだぜ。毒入りのロブスターに標的が手をつけないのがわかっているのに、それでもなお、ほかの客に食べさせたことになる。そんなの、変だと思わないか？」

「でも……」

「まあ、待てよ」と、コリンが遮った。「現実的になってごらんよ。君の最初の推理のほうが、もっと多くの可能性を広げると思う。君に恥をかかせて傷つけるつもりだったっていう説だ。きっと狙いは、それだけだったんじゃないかな」

ファニーは、ため息をついた。「だったら、もくろみは成功したってことになるわね。唯一の問題は、正直言って、そんなことをしてローラに何の得があるのかよくわからないってこと。もう一つの説だったら、それなりに動機が見える気がするんだけど。私を脅す材料を手に入れられるじゃない？でも、ただ恥をかかせるだなんて……パーティーで大失態を演じて、腐ったロブスター料理を作ったからといって、キットに愛想をつかされるとは思えないし」

「僕もそう思う」と、コリンも同意した。

「じゃあ、どういうこと？」

コリンは答えなかった。顔つきがぼんやりとし、その目はまだファニーを覗き込んではいたが、ほとんど彼女のことは目に入っていないのではないかという気がした。

その表情が、ファニーの気持ちをかき乱した。今の彼女には、自分が理解できないことは何もかもが脅威に感じられたのだ。ファニーは立ち上がった。

「ともかく、聞いてくれてありがとう」

「聞き役は得意だからね」

コリンも立ち上がり、出口へ向かうファニーのあとからついて来た。

暗い通りへ出たところで、彼は言った。「ファニー、一言、忠告させてもらっていいかい？　さっき話した君の推理を、会う人みんなに言いふらさないほうがいいと思う」

「ちょっと、私を何だと思ってるの？」と言ってから、にっこりした。「そうね、わかってるわ。私っておしゃべりですものね」

「少しだけね」

「それが、名誉棄損か何かになると思うわけ？」

コリンはためらってから、おそるおそる言った。「ひょっとしたら、だけどね」

「わかった。バジル以外には言わないわ。だけど、あなたが思いついたことっていうのを聞かせてもらってないわよ、コリン」

「まだ、考えがまとまっていないんだ」と、彼は答えた。

二人は、並んで歩いた。風はさらに強まり、ニレの木のてっぺんはざわざわと揺れて、頭上の枝が軋《きし》んだ。ファニーの自宅の門に到着すると、コリンは彼女の肩に手を置いて励ますようにきつく握ってから、自分の家の門に向かった。ファニーと別れたとたん、ぼんやりとした不審そうな表情が、何か思うところがあって焦っているような顔つきになった。自宅へと続く私道を急ぎ、家の中に入るとジーンを捜した。

ジーンは、彼女が書斎として使っている殺風景な小部屋にいた。目の前の机には、郵便物が積み重なっている。疲れた様子だったが、コリンが入っていくと椅子の背もたれに体を預けて顔を上げ、夫に微笑みかけた。

だが、夫の表情を見るや、その笑顔は消えた。

「どうしたの?」と、ジーンは尋ねた。

「ジーン、トム・モーデュはどれくらい危険人物だと思う?」

ジーンは、その問いに面食らったようだった。

「トム・モーデュ」自分の言うことを妻がのみ込めないでいるのに苛立ったように、コリンは繰り返した。「ただの意地の悪い変人なのか、それとも本当に危険な男かってことさ」

ジーンは、夫の期待している答えを探そうと、顔をしかめた。

「私はいつも、あの人のことを不幸な変わり者だと思っていたけど」

「僕もだ」と、コリンが怖い顔で言った。「ところが、たった今、ファニーと話していて、思いもしなかった嫌な考えが浮かんだんだ」

「トムにまつわること?」

「ファニーは、トムのことはまったく頭になかった。彼女は、犯人はローラ・グリーンスレイドだと思っているんだ。でも、ポールターの死が大なり小なりファニーへの悪意から派生した偶発的な事故だったとしたら、最も悪意を持ちそうな人間として、誰が思い浮かぶ?」

「だけど、偶発的な事故なんて、どうやったら起きるの?」と、ジーンは訊いた。

「もし、彼の死が、予想外のものだったとしたら。そもそも、誰かが死ぬなんて意図していなかったとしら、どうだ? ただ、ファニーのパーティーに参加した人たちの具合を悪くさせて、それを腐ったロブスターのせいだと思わせるのが狙いだったのかもしれない」

「でも、それって……」ジーンは言葉をのみ込んで、疲れた顔を引きつらせた。「まさか」と、低い声で言う。「まさか、本気でそんなことを考えているんじゃないわよね?」

「可能性としては、なくはないだろう?」

「トムがキットの婚約を根に持って、ライナム家に仕返しするためにロブスターにヒ素を入れて、一人がたくさん食べるのを黙って見ていたって言いたいの?」

「だから訊いているんだよ。トムは、本当に危険な男だと思うかい?」

「常軌を逸した危険ってこと?」

「そうとも言えるね」

ジーンは何か言いかけて、それをもう一度吟味し、夫の顔を食い入るように見つめた。見つめ返すコリンの視線には、まだ苛立ちが浮かんでいた。あくまでも、妻が思いどおりの反応をしてくれるまで待とうとしているかのようだ。

少しして、ジーンは仕方なく言った。「トムなら、ライナム家のキッチンに、誰にも見られずに入れたかもしれないわね」

「簡単にね」と、コリンが言った。

「それに、あの日の午後、彼はここにいたわ。そのあとすぐに、ライナム家に向かったとしたら……」

「うん」

「彼、普通の状態じゃなかったものね。だけど……」それでもジーンは、夫が求めている答えに対して、自分なりの解釈を探ろうとしていた。「だけどコリン、苦い味のことはどうなるの？　どうして、食べ物に毒を入れたあとで、わざわざみんなが食べないようにする味を加えたりするっていうの？」

「苦い味を加えたのが、別の人間ってことはないかい？　トムのあとをつけて、彼が去るのを待ってキッチンへ忍び込んだのだとしたら」

「でも、誰が？」信じられないといった様子で尋ねながらも、ジーンは、恐ろしい可能性に思い当たった気がしていた。

「ミニーなら、何としてもトムを守ろうとするだろうな」と、コリンが言った。「もし、彼女がトムのやろうとしていることを知っていて、止められなかったのだとしたら――ミニーは、夫がこうと決めたことを止められたためしがないからね――ファニーの身を守ったうえで、トムも守るためには、何をしようと考える？　うまくいっていれば、誰にもトムの悪事はばれなかっただろうと思うよ」

「けど、そうなると、トムだけじゃなくて、ミニーもサー・ピーターが何を食べているかを知っていたってことになるわよね。私には、そんなこと信じられない」

「そうかい？　意外なことに、僕には信じられる。たやすくね。ミニーは、とにかくトムのことだけを考えていて、自分のもくろみが失敗したとわかっても――実際には、とんでもない偶然のせいで、彼女が首を突っ込まないほうが、むしろトムを殺人者にせずに済んだわけだけど――夫を売り渡すようなことはしなかったのさ。金縛りに遭ったウサギみたいにじっと座ったまま、ポールターが毒を全部口にするのを見守っていたんだ。考えてみてもごらんよ。それ以外に、彼女に何ができたと思う？」

「とんでもない偶然って、何かはわからないけど彼女が使ったものの味を、サー・ピーターが利き分けられなかったってこと？」

「ああ。世の中には、ある種の苦い物質の味を感じない人間がいるんだ。僕も、さっきファニーから聞いたばかりだけど。ファニーも、バジルに教わったそうだ。で、たまたまローラもその一人らしくて、おそらく彼女は警察に行って、ファニーとバジルが自分に毒を盛ろうとしたと証言するだろう。ファニーのほうは、ローラが初めから、そうすることが目的で仕組んだ犯行だと思い込んでいるがね」

「それって――その、ファニーの考えだけど――その線はあり得るのかしら？」

「僕は、違うと思う。もしそうなら、ローラ自身、多少はヒ素を口にしてみせていただろうからね」

ジーンはためらいがちに頷き、夫から顔を背けて窓の外に目をやった。がらんとした部屋にふさわしく、カーテンはつけておらず、外の暗がりを背景にジーンの姿がはっきりと窓に映っていた。それと並んで、いつになく張りつめた真剣な面持ちでドアのそばに立っているコリンの姿も、くっきりと浮かび上がっている。

窓に映った夫の姿に、ジーンは話しかけた。「あなた、この件については、いろいろと考えているのね」

「ああ」コリンの声は、淡々としていた。

「ファニーのトラブルには、まったく関心がないんだと思っていたわ」

「愛情深い妻のわりに、君はよく僕のことを誤解するよね」

「そうね、そうかもしれないわ。これから、何をするつもり?」

「する?」

「何となく、あなたが何かをするつもりじゃないかと思って」

「何をしたらいいと思う?」

「わからないわ。バジルと話してみたらどうかしら」

コリンは、首を振った。「言っとくけど、バジルと何を話し合っても、らちが明かないよ。ほかの人たちと同じことを、さも役に立ちそうに言うだけだから」

「じゃあ、クレアとか」

「彼女の前では、身がすくんでしまう」

「でも、ただぼんやり座って、何もしないつもりじゃないわよね!」

「警察に任せてはおけないって言うのかい?」

「警察は頼りにしているけど、ただ……」

コリンは笑いだし、その声に、ジーンは顔を赤らめて体をこわばらせた。何も言わないでいると、ややあってコリンが続けた。「とにかく君は、僕に何かしてほしいんだろう？　それが実際に役に立とうが立つまいがね。実を言うと、僕もそのつもりだったんだ。その判断が正しいかどうか、あまり自信はないけど。君が同じことを提案してくれたら、心強かったんだがな」

コリンは、ドアに手を伸ばした。

ジーンが、はっとしたように夫を見た。

「何をするつもりなの、コリン？」

「モーデュ家の人たちに会いに行く」

「え？　今から？」

「ああ」

「それが、本当に役に立つの？」

「もしかすると」部屋を出て行きながら、コリンは言った。「悪いほうに転ぶかもな」

第十二章

家を出たコリンは、母屋から少し離れたところにあるガレージに足を向けた。が、途中で気を変え、徒歩でモーデュ家へ行くことにした。

コリンは、ついぞ慌てるなどということがないたちなので、決して急いでいたわけではない。しかし、このときの彼は、夜気の冷たさに気がつかなかった。もともと、夜の暗がりの中を歩くのが、彼は好きだった。だが、通常の散歩なら、木々から聞こえる鳥のさえずり、下生えの中を何かがカサコソ動く音、鼻をくすぐる早春の香りといったものに敏感に反応するのに、今夜は、考え事に気を取られていて、それどころではなかった。

モーデュの家は、ヴィクトリア朝風の小さなレンガ造りの四角い建物だ。風情が出るほど年代物ではないが、あちこちガタがくる程度には古かった。家の前の私道は、一年の四分の三は、ぬかるんでいるか氷に覆われているかしており、その道を下りて家から三〇ヤード離れたところに、戸外の土かけ式トイレがある。水は、石敷きの食器洗い場の中にあるポンプで汲《く》み上げる方式だ。家には、擬ゴシック風のちっぽけな窓がついていて、羽目板の中にネズミが巣食っていた。

トムは、家を近代的にするのに金を払う気が毛頭なかった。このままのほうが味わいがあるのだと言い張り、郊外の別荘のようにするつもりはないと、頑として譲らなかった。しかし、庭はどう見ても田舎くさく、前庭には芝生が三角形に植えられ、家の裏には、しおれかけた芽キャベツが並んで生えていた。小さな部屋はどれも見事なまでに地味で、物がごちゃごちゃと詰め込まれている。

玄関のドアを開けたのは、ミニーだった。コリンを見て、彼女は怯《おび》えた顔になった。

「まあ！」と意外そうな声を上げたきり、驚きのあまり中へ案内することも忘れ、すっかり気後れしてしまって、帰ってくれとも言えずに小さく口を開けたままコリンを見上げている。

「トムはいるかい？」と、コリンは明るく言った。

「あ、ええ、いるわ」

居間から、トムの甲高い大声がした。「誰なんだ、ミニー？」

ミニーは、答えられずに立ちすくんだ。

コリンが優しく話しかけた。「ミニー、トムと話をさせてくれ。こんな小さな村で、僕をずっと避けて歩くなんて無理なんだからね。このままじゃ、ストレスが大きすぎるだろう？」

ミニーが、さらに怯えた表情になった。「でもコリン、あの人はあなたを絶対に許さないわ。それに、あんなふうにスーザンに干渉するなんて――やっぱり、余計なお世話だったと思うの」

「よかれと思ってやったことなんだ」

「だけど、あれじゃあ、まるでトムを批判しているみたいじゃない」と、あきれたようにミニーが言った。

「そんなことは思いもしなかった」と、コリンは弁解した。「信じてくれないかもしれないが、スーザンのことが心配だっただけなんだ」

「そうは言っても、トムがどんな人か、あなたも知っているわよね」

「ああ、確かに」

「だったら、わかるでしょう。今日のところは――」

言葉に詰まったミニーに代わって、コリンがその先を続けた。「このまま帰ったほうがいいって言うのかい？　それはだめだ、ミニー。どうしても中へ入って、トムと話がしたい。君ともだ。それと、もしいるなら、スーザンともね」

再び、トムが怒鳴った。「何で返事をしないんだ、ミニー。いったい誰なんだ？」

ミニーが、弱々しいしぐさで脇へよけた。コリンは安心させるように微笑みかけ、狭い玄関へ足を踏み入れた。

トムは、小さな黒い鉄製の暖炉でくすぶっている火のそばに座っていた。コリンを見るや弾《はじ》かれたように立ち上がったが、驚きすぎて攻撃の言葉も防御の言葉もとっさに浮かばなかったらしく、口をきっと結んでしばらく立ち尽くしていた。唇は、突き出した総入れ歯のせいで、薄い唇はほとんど見えない。

その間に、ミニーはありったけの勇気を振り絞って言った。「ねえ、トム……お願いだから、落ち着いてね……コリンが訪ねてきてくれて、あなたと二人で冷静に話し合えるチャンスができたのは、よかったと思うの。私は、あっちでお茶を入れてくるから……」

トムは、ふーっと大きく息を吐き出した。

「話し合うだと――ばかな！　何しに来やがった？」と、強い口調で言う。

コリンは、慎重に言葉を選んだ。「村の人たちが、殺人についていろいろと噂している。僕は、あんたが関与していないかどうか確かめに来たんだ」

部屋の隅で、小さく息をのむ音が聞こえた。コリンがそちらを向くと、それまで椅子の高い背もたれに半分隠れたように座っていたスーザンの姿があった。手にしていた縫い物を旧式の石油ランプのそばに押しやって、立ち上がっている。狭い部屋じゅうに、石油ランプのきつい臭いが充満していた。ランプの熱で頬がほんのり赤くなっているが、その目は冷ややかだった。

「お茶を入れてきます」と、彼女は言った。

「そこにいろ」と、トムが引き留めた。「グレゴリー、いい加減に、俺の言ったことを理解してもらわなくちゃな。俺と家族は、もうお前とは関わり合いになりたくないんだよ。これまではいつだって、一目置いているお前の女房のために、我慢していたんだ。だが、これ以上好き勝手をするって言うんなら――」

「よせよ、トム」と、コリンが遮った。「あんたが我慢していたのは、僕があんたに対する怒りを抑えようと努力する、数少ない人間だからだろう。僕だって、堪忍袋の緒が切れそうになったのは一度や二度じゃない。今日は、言いたいことを言うために来たんだ。それを伝えたら帰るし、そうしたら、もう二度とここへ来ることはないだろう」

それを聞いて、全員が目を見張った。三人とも、てっきりコリンが和解しようとやって来たのだと考えていたのは明白だった。彼らが知るコリンの人柄からすれば、そうするのが当然のように思えたからだ。トム・モーデュは、完全に呆気《あっけ》に取られていた。

彼は、もごもごと言った。「まあ、来たからには、座ったらどうだ」

「いや、いい」と、コリンは断った。

「なあ、グレゴリー」トムが切りだした。「この間、俺が何か誤解をしていて、お前が説明したいって言うんなら――」

「違う。そのことで来たわけじゃない。サー・ピーター・ポールターの死について話しに来たんだ」

「それが、俺と何の関係がある？」トムは、どかっと椅子に座り直し、怒りに満ちた目でコリンを睨んだ。コリンの声に予期せぬ怒りがこもっていたことで、いったんは静まったかんしゃくに再び火がついた。「扇情主義の趣味を満足させるために来たんなら、見当違いだぞ」

「そんなんじゃないさ」と、コリンは言った。「あんたが事件にどう関与しているのか、訊きに来たんだ」

「俺が？」それでなくても甲高いトムの声がますます引きつり、不審感をあらわにした金切り声になった。

コリンが頷く。

「だが――だが――」トムの顔に虚を突かれたような驚愕《きょうがく》の表情が浮かんだが、それはほんの一瞬のことだった。たった今耳にした言葉が、実際に発せられたものだと認識すると、興奮気味に訴えかけるような目を妻に向けた。

「おい、こいつは何を言ってるんだ？」と、怒りに震えながら訊く。「いったい、何だって言いたいんだ？」

ミニーが進み出て夫の椅子の傍らに立ち、コリンに面と向かった。

「そうよ、どういうこと？」と、彼女は尋ねた。その声は、とても冷静だった。ミニーには、夫の不機嫌以外に恐れるものはほとんどなく、夫が自分に頼る姿勢を示すときが人生で最も奮い立つ瞬間だったのだ。そして、世間の人が思うより、そういう瞬間はしばしばあった。「そんなばかげたことを言うなんて、あなたらしくないわ、コリン。ばかげているし、意地悪よ」

コリンはトムの顔に視線を向けたまま、ミニーに返事をした。「ばかげてはいないし、意地悪なつもりもないよ、ミニー。信じてくれないかもしれないが、僕は友人として振る舞おうとしているんだ。実を言えば、警告に来たのさ。ファニーのパーティーで起きたかもしれないことに関して、今夜、ある考えがひらめいた。遅かれ早かれ、ほかの人間も同じ考えに至ると思う。僕からそれを聞くのがいいか、それとも――刑事から聞くほうがいいかい？」

「まるで、私たちに何か恐れることがあると思っているような口ぶりだけど」ミニーの声が少し弱々しくなり、いちだんと夫のそばに寄り添った。「もちろん、そんなのはばかげた話だわ。私たち家族は、みんなサー・ピーターの訃報を聞いてすっかり動転したのよ。かわいそうなファニーのことだって、言葉にならないくらい気の毒に思って――」

「ちょっと待って、母さん」スーザンが口を挟んだ。「コリンの言いたいことを最後まで聞かなければ、議論しても仕方がないわ」その口調が鋭かったのは、両親をたしなめる気持ちが込められていたからかもしれない。「コリン、話の続きをしてくださる？」

「ありがとう、スーザン」と、コリンは礼を述べた。「僕も、だらだらと話を長引かせたくはない。僕の考えは、こうだ。殺人が計画されたものだったという前提に立つと、パーティーで起きたことのつじつまが合わないんだ。犯行の手口がずさんで、成功の見込みはゼロに近い。少なくとも、僕にはそう思える。だが、意図されていたのが別のことだったとしたら、どうだろう。誰かがファニーに恥をかかせたくて、そのために、彼女自慢のロブスター・パイに小さじ一杯か二杯のヒ素を入れたのだとしたら。そうしたら、客は家に帰ってから具合が悪くなって、ファニーのせいだと言いふらすはずだ。どうだい？　そして、別の誰かがその犯行を知ってショックを受けた。だが、この人物は、ロブスター・パイにヒ素を混入した人間に深い愛情を抱いていて、パイを食べさせないようにするものを加えたら、状況を打開できるのではないかと考えた。何かはわからないけれど、ひどく苦い味のするものだ。もちろん、たまたまサー・ピーターがその苦い成分の味を感じることができなかったとは知らずにね」

「やめろ！」と、トムが怒鳴った。従来の喧嘩腰を取り戻してはいたが、いつもより顔が青ざめている。「よくわかった。これが、お前に耳の痛い真実を突きつけた俺への仕返しってわけだ！　たいしたやり方だよ！　しかも、それでもまだ友人面をしようってんだからな！　もう何人の人間に、その話を耳打ちしたんだ？　きっと今頃は、ミニーと俺とでポールターを殺したと、村じゅうに噂が広まっていることだろうぜ」

「いいえ、違うわ」ミニーが慌てて訂正した。「そうじゃないと思うわ。コリンは、この話を広めようなんて考えないわよ。本当は、誰かから聞いて、噂が広まりそうなことを忠告しに来てくれたんだわ。彼だって、そんな話は嘘だって知ってる。だって、そもそもどうしてあなたが、ほかでもないファニーを傷つけようなんて考えるの？　彼女はあなたの親友でしょ？　私たちが村でいちばん親しくしている人なのよ」

トムは、精いっぱい不愉快な冷笑をしてみせた。「みんなにそう言ってまわって、やつらが信じるかどうか試してみればいい。俺みたいな人間は、いつだってこういう目に遭うんだ。いつも他人の不正や悪行の罪を背負わされる。おべっかを使ったり、へつらったりしないばっかりに、次から次へとこんな仕打ちばかり受けることになるのさ！　俺だけなら、わざわざ弁明なんぞしやしないが、女房まで巻き込もうっていうんなら――」

「落ち着いて、あなた」と、ミニーがなだめた。「私たちが、ここでうろたえてはいけないわ。絶対にだめ。冷静に受け止めて、きちんと考えなくちゃ。私たちがわれを失ってしまったら、コリンに、やっぱり何か恐れているんじゃないかと思われるわよ。ねえ、コリン、正直に言って。何を企《たくら》んでいるの？　あなたが自分で言ったことを、本当は信じていないのはわかってるわ。私たちがライナム夫妻ととても仲がよくて、彼らを傷つけようだなんて絶対に考えないことは、あなたもよく知っているはずよ」

一瞬、コリンの視線が、トムの顔からミニーへ移った。

「僕は、この話を信じているよ、ミニー」

「ほらみろ！」と、トムが大声を出した。「やっぱり、この間、俺が率直に意見したことへの安っぽい仕返しなんだよ。こんなたいそうなでっち上げをするなんざ、それしか考えられん。明日か明後日には村じゅうに噂が広まって、警察が事情を聞きにやって来るぞ」

「警察に行くつもりはない」と、コリンは言った。「ファニーかバジルか、ほかの誰かがポールターの死のせいで深刻なトラブルに巻き込まれさえしなければ。あるいは、ライナム夫妻に対する悪意に満ちた、別の事件が起きないかぎりはな。これは警告だ、トム。忘れるなよ」

コリンは踵を返し、すたすたと出て行った。

狭い玄関を通って暗い庭に足を踏みだし、足早に私道を歩いて小道に出た。そこで、何か忘れ物を思い出したかのようにいったん立ち止まったかと思うと、やがて、先ほどよりゆっくりとした足取りで小道を歩きだした。厳とした落ち着いた態度は変わらなかったが、歩きながら、新たな思案に暮れている顔になった。それは、めったに人に見せたことのない表情だった。やがて、背後から近づいてくる足音がして、その表情は消え、いつもの気さくだがけだるい雰囲気の漂う人懐こさが浮かんだ。

「やあ、スーザン」と、コリンは言った。

スーザンは、彼に近づいてじっと立ち、顔を覗き込んだ。ゆったりとしたコートを着て、髪にスカーフを巻いている。小さくて四角い顔は、暗がりの中でぼんやりと青白く見えた。

「なぜ、あんなことをしたの、コリン？」と、彼女が尋ねた。

両親と話していたときとはがらりと違う優しい口調で、コリンは言った。「なぜだと思う？」

「わからないわ。どうしてなの？」

「真実を突き止めたと思ったからだろうな」

スーザンは、もどかしそうにかぶりを振った。「そんなの、真実なんかじゃないし、あなただってわかっているはず――私には、そう思える。だって……」

「だって？」

彼女はためらってから、言った。「歩きましょう。寒いわ」

二人は、再び歩きだした。

初めはせかせかと歩きたがっていたスーザンだったが、少しするとペースを落とした。コリンは横に並んで歩きながら、彼女が口を開くのを待った。

「実を言うと、あなたと話したかったの」と、スーザンは切りだした。「いくつかのことについて」

「仕事のことかい？」

「それもあるわ。今は、やっぱり受けられない。それだと、周りから見たら――その――」

「自分がやりたかったら、周囲の目なんか気にすることはないじゃないか」

「本当にやりたいのかどうか、よくわからないの――今は」と、スーザンは言った。「最初にお話をいただいたときは、やりたいと思ったのよ。あなたが考えているような理由からではないけど。でも今は――もう、よそへ行きたいとは思っていないの。私のためにあんなトラブルになってしまったあとでこんなことを言って、気を悪くしないでね」

「たいしたことじゃないさ」

「実を言うと、もしかしたら、自分は間違っていたんじゃないかっていう気がし始めていて、もしそうだったとしたら……」スーザンの声は、ひどくきまり悪そうだった。「コリン、あなたは、私がキットから離れたいんだと思ったんでしょう？　キットとローラから」

「まあ、そうだな」

「私が本当に離れたかったのは、自分の家からなの。キットじゃないわ。どういうわけか、みんな、私がキットに恋をして、彼に振られたと思っているみたいよね。どうして、そんなふうに思ったのかしら。ずいぶん失礼な話だと思わない？」彼女は、小さく作り笑いをした。「実際はね、逆なの。私がキットを振ったのよ。つまり、彼に結婚を申し込まれたのに、私が断ったの」

何か言ってくれるのを期待するかのように、スーザンはそこで言葉を切ったが、コリンは黙ったままだった。

少し待ってから、スーザンが言った。「信じないの？」

「そんなことはないさ」と、コリンは答えた。

「だったら……？」

「何で、君がキットを拒絶したのかなって、考えていたんだ。それと、その出来事がどのくらい前のことで、どうして今、僕にその話をするんだろうってね」

「今夜、あなたが父とおかしな口論をしたからよ」すかさず、スーザンが言った。「まだ説明してくれていないけれど、どうやらあなたは、父が私のためにライナム家の人たちを恨んだと考えているんでしょう？　だから、そんなわけはないってことを教えてあげようと思って」

「本当に、そんなわけはないかい？」

スーザンは、不安げな視線をちらりとコリンに向けた。「どういう意味？」

「いや、ただ――ねえ、スーザン、君は、キットとの経緯を両親には話していないんじゃないのかい？　今の君の話からすると、確かにトムがライナム家の人たちに恨みを抱く理由はないと言えるかもしれないが、実際には、彼はそのことを知らないんだろう？」

スーザンが足を止めた。コリンは一、二歩進んだところで、彼女がついてきていないことに気づき、立ち止まって振り向いた。スーザンは、歩み寄るコリンを食い入るように見ていたようだったが、彼が覗き込むと顔を背けた。

「もちろん、知ってるわ」と、彼女は言った。

コリンは黙っている。

「知っているのよ」今度は、大きな声で言った。「だから――だからこそ、あなたが私に仕事を見つけてくれて、私がそれを受けるかもしれないと思ったときに、あんなに怒ったの。私がキットのことで傷ついていて、彼から離れることで気持ちが楽になるかもしれないと信じていたなら、止めようとはしなかったでしょう。でも、父さんは、私が離れたいと思っているのは自分なんだと気づいてしまったの。父さんは内心、どんなに自分が手に負えない人間で、みんなから嫌われているか嫌というほど自覚していて、そのことに心底、怯えているのよ。もしも母さんや私まで自分に背を向けたなんて思い込んだら、おかしくなってしまうに違いないわ」

「それは、わかるよ」と、コリンは言った。

「私が、もっと早くそのことに思い至っていれば。ここを離れることなんて、考えなければよかったのよ。あなたと父さんの口論は、私のせいだわ。本当にごめんなさい。私のために、すっかり迷惑をかけてしまったわね」

「たいしたことじゃないさ」コリンはまた、同じセリフを口にした。その目には、面白がるような輝きが宿っていた。「君は頭の回転が速いね、スーザン」

彼女の頭がぴくっと動いてコリンの顔を見たかと思うと、すぐに目を背け、彼の背後に広がる闇を無表情に見つめた。

「私の話を信じていないのね?」と、疲れた声で言う。「何らかの理由で、あなたは信じたくないんだわ」

「キットとのいきさつについては、信じるよ」と、コリンは言った。「だが、今になって、君はやはりキットを愛していると思っているんじゃないかい?」

スーザンが所在なさげに片足を動かし、荒れた路面を靴がこする音がした。

「よくわからないの」

「僕には、はっきりとわかるけどね」

「確かに、ローラのことはショックだった。筋違いに思えるかもしれないけど、彼女のことを知らされたときには、ものすごく頭にきたの。キットに結婚を申し込まれたときには、彼女の存在なんて知らなかったのに、一週間後には婚約したんですもの」

「女性なら、きっと誰だって怒ると思うよ。だけど、ローラにも少し同情するな」

スーザンは、これには答えなかった。

コリンは続けた。「彼女は、どの程度、事情を知っているんだろうね」

「キットが、ローラにどう話しているかは、わからないわ。当然、私は彼女に何も言っていないし。それはそうと、私がこれだけ自分の恋愛のことを正直に話したんだから、あなたがどうして今夜、父さんとあんな口論をしたのか、本当の理由を教えてくれてもいいんじゃない？　だって、あなたらしくないもの。あんなふうに家に上がり込んで責め立てたら、父さんが理性的になれるわけがないのは、知っているはずでしょう？」

「厳密に言うと、トムを理性的にしようとしたわけではないんだ」と、コリンは言った。

「じゃあ、どうしたかったの？」

コリンは、言い逃れの口実を考えるかのように、咳払《せき》いをした。

彼が口を開く前に、スーザンが叫んだ。「あなたは――あなたは、この私を怯えさせたかったのね！　ねえ、そうなんでしょう？　私がたった今したように、キットとのことを洗いざらい話させるのが目的だったのね！」

コリンは、首を横に振った。「でも、トムのことは怯えさせたかった。たとえ、僕が話した推理が間違っていたとしても、ファニーのパーティーで起きたことについて、彼は何か知っているんじゃないかと思ったんでね」

「そんなことない――絶対知らないわ」

「じゃあ、その話は、これくらいにしておかないか」

スーザンの声が、くたびれて意気消沈したトーンに戻った。「この件のことが、もっとちゃんとわかるといいんだけれど。私がキットとの結婚を拒んだせいなんじゃないかという思いが、どうしてもつきまとって離れないの。でも、それだと理屈が通らないわよね。私が断ったのは、実はファニーが原因なのよ。驚いたでしょう。私が彼女のことを大好きだって、知っているものね。ただね、ファニーがそばにいるかぎり、キットは自立しようとしないと思うの。それに、結婚するのなら、夫には私だけのものになってほしい。半分はほかの人のものだなんて、嫌だわ。だから、彼にそう言ったの」

「それで、ローラが彼の答えってことか。ファニーから自立していることを君に証明するためのね」

と、コリンは言った。

「そう思う?」

コリンは、急に笑いだした。その笑いには、酷薄な響きが感じられた。

「僕はね、スーザン、君が周囲の人から『かわいそうなスーザン』と言われるのを毎日耳にしなくて済むようにと思って、あの仕事を見つけてきたんだ。どうやら今度は、みんなが『かわいそうなローラ』と言うのを止めなきゃならなくなりそうだな」

スーザンが、はっと息をのんだ。そして、何も言わずに自宅のほうへ歩きだした。

コリンは、追いかけてもう一言何か言おうかと迷うように彼女の後ろ姿を見ていたが、やがてくるりと背を向けて、村への道を戻り始めた。

しばらくすると、彼は声に出して言った。「かわいそうなローラ?」

問いかけるような、試しに口にしてみて、それが妥当で説得力のある響きを持っているかどうか確かめるような言い方だった。

数分後、同じ口調で言った。「かわいそうなスーザン？……かわいそうなファニー？」

そして、再び笑った。

第十三章

コリンは、真っすぐ自宅へは帰らなかった。その前に、ライナム家に立ち寄ったのだ。ファニーが玄関のドアを開け、当然のことながら、彼を居間へ案内しようとした。すると、居間の中からバジルとクレア・フォーウッドの声が聞こえ、コリンはファニーの肩に手を置いて言った。

「ファニー、ちょっと二人きりで話せないか？　君に話したいことがあるんだ」

「だったら、事務所へ行きましょう」

ファニーは、バジルとともにマクリーン医師からサー・ピーターの死を知らされた小部屋へ、コリンを連れていった。

ファニーの顔からは、夕方会ったときの穏やかさが消えていた。罪の重荷を自分の肩からローラ・グリーンスレイドへ押しつける彼女の推理は、あまり順調に進んではいないようだ。しかも、疑念と落胆の中にあって、肩が落ち、丸々とした頬がくぼんで見えるほどなのにもかかわらず、憤りという新たな要素が加わって、いやに不機嫌そうだった。彼女の中で何らかの重圧が増していて、それが今にも爆発しそうな感じだ。

勢いよく椅子に座ると、苛立った目つきでコリンを睨んだ。「もう、こんなことはうんざり。もしできることなら、私がどうしたいかわかる？　荷物をまとめて出て行きたいわ。今すぐ。今夜のうちによ」

「で、戻ってこないわけ？」

「絶対にね！」

コリンは、笑いで応えた。

ファニーは机の上にあった煙草の箱を引っつかんで、いらいらと中を探った。しかし、空だとわかり、ゴミ箱に放り投げたが、狙いがそれて足元のカーペットの上に落ちた。

「もう、何なのよ！」と、彼女は声を荒らげた。「二度と、これまでと同じには戻らないんだわ」

「そんなことないさ。この古い村は、奇妙な毒殺事件なんかよりずっとひどいことを見てきているから、根底から揺らいだりはしないよ」

「でも、この私は、根底から揺らいだわ」と、ファニーがつぶやいた。「私は、二度と同じには戻れない」

「それは残念だな。僕は、今までの君が好きだったのに」

「ちょっと、あんた！」ファニーが、あざけるように言った。「あんたなんか、自分の生活さえ平穏無事なら、ほかのことなんてどうでもいいんでしょ」

コリンは机の隅に腰かけ、しっかりとした、それでいて用心深い目つきで彼女を見ていたが、その目からは、心の中まではわからなかった。

「確かに、そのとおりかもな」少し間を置いてから、彼は言った。

ファニーは、すねた子供のように、椅子の上でもぞもぞと動いた。

「ねえ、気を悪くしないでちょうだい。わかってるでしょう？　今回のことは、私の許容範囲を超えてしまってるの。ほんとに耐えられないのよ」

「それは、むしろ健全な徴候だと思うよ。不安が大きすぎて、すべての重荷を一人で背負えなくなってるんだからね。それでもやっぱり、君が僕について言ったことは、的を射ているよ。この平穏な生活を何としても守りたいという気持ちになっていることに、自分でも驚いているんだ。はっきり言って、僕はここの生活をとても気に入っていて、今のまま——というより、一週間前の状態に保つためなら、どんなことでもする覚悟だ」

「どういうこと？　どんなことでもって、何をする気？」

「そうだな、まずは、このぐうたらな脳みそを働かせることかな」

ファニーは小首を傾げ、しかめ面でコリンを見ていた。おそらく、彼がやって来てから初めて、その存在に注意を払ったのだろう。

「そう」ファニーは、ようやく口を開いた。「あなた、何かするつもりなのね」

「僕がやろうとしているのは、いわば『コリンに対する非道行為阻止運動』とでも言うか、もしくは……」と、そこで言葉を切って、がらりと真面目な口調に変わった。「いや、ファニー、君に隠し事をする理由はないな。正直に言うと、君と同じように、僕もこの状況が耐えられないんだ。僕はただ座って、自分が大事にしているものが壊れていくのを黙って見てきた。もう、我慢できない。だから、何か行動に出なければならないと思う」

「あなたが大事にしているもの……」ファニーは考え込んだ。「ここでの私たちのような暮らし？」

「ああ、そうさ」

「だけど、私たちって、みんな偽物じゃない？　本当にここの人間ではないでしょう。この地の人間と言えるのは、農家の人と、店をやってる人と、生まれてこのかたずっとこの村に住んでいる、変わり者の未婚女性だけだわ。私たちみたいなのは、田舎の服を着た郊外居住者にすぎないのよ」型崩れした自分のスラックスに、不満げにちらっと目をやった。「しかも、田舎の服としてもいまひとつだけどね」

「だから、どうだっていうんだ?」と、コリンは言った。「僕らは、ここが好きなんだ。互いのことだって好きじゃないか。それに、僕らのことをたいして気にもせずに、村は静かに営みを続けている。ごみごみした世界では、目まぐるしく周りに合わせていろいろとバランスを取り直さなきゃならないだろう? こんな申し分のない生活がほかにあるかい?」

「やけに真剣な口ぶりね」と、ファニーが言った。

「真剣そのものさ。だからこそ、自分が好きなものを守るために、他人に口出しするという新たな方針を打ち出したわけだよ。で、僕がなぜここへ来たかっていうとね、さっき、モーデュ家へ行ってきたんだ。君の話を聞いて、ちょっと彼らについて思いついたことがあったんで、試してみようと思ってね。おかげで、疑い半ばだったことを聞き出せた。確かだとは言えないんだが。実際のところ、今の段階では、まったく確信は持てていない……」

コリンは机から下り、窓のほうを向いた。小さな枠のついた小窓は、厚い壁の高い位置にあり、彼の自宅に面していた。家の窓の一つに明かりが灯っている。ジーンの書斎だ。

その明かりから目を離さずに、コリンは言葉を継いだ。「なあファニー、僕はここ数日ずっと、ある意味、この一件はすべて自分のせいなんじゃないかという気がしていたんだ。はっきりとした確信はないし、今夜までは、自分でも深刻に受け止めてなどいなかった。ここのところ、いくつか気にかかることがあって、その一つが、スーザンを手助けできるんじゃないかという思いだったんだが、どうも、それがかえってすべての心配事を混乱させる事態を招いたようだ……。まあ、その点は、僕だけの問題だけどね。ただ、やはりサー・ピーターへの殺意など存在しなかったように思えて仕方がない。手口がずさんすぎる。失敗する確率が高いと思うんだ。誰かを殺す手段としては、あまりに不確実だ。そして夕方パブで、君に恥をかかせて名誉を傷つけるためにローラ・グリーンスレイドがやったという君の推理を聞いて、別の考えがひらめいた。そんな悪意を君に抱く人間は、グリーンスレイド女史じゃない。きっと僕らの旧友であるトム・モーデュじゃないかって……」彼はファニーに目をやった。どういうわけか、彼女は話をまったく聞いていないような顔で、ぼんやりと天井を見上げている。

「ファニー」と、呼びかけてみた。

「大丈夫よ」という答えが返ってきた。「トム・モーデュでしょ。ちゃんと聞いてるわ。何かトラブルが起きると、かわいそうに、みんな真っ先にトムのことを思い浮かべるのね。私だって、彼のことはずいぶん考えてみたけど、それについて一切口にしなかったのは、彼がやたらみんなから悪く言われて罪を着せられやすい人だからよ。私には、どうしてもあの人が私にそんなことをするとは思えないの」

「そうかい？　まあ、君ならそうかもな」コリンは、窓に視線を戻した。「最近の様子からすると、もし君に害を及ぼされたとあの変人の頭が思い込んだとしたら、何としても借りを返そうとするように、僕には思える。そして、それをミニーが知ったとすれば、君を守ろうとする一方で、夫の愚行が招く結果から彼自身を守ろうと必死になったとしても、少しもおかしくない。二人を天秤にかけたら、やはり夫のほうが勝つだろう。そこで、本題だ。パブで話したことを覚えているかい？　僕は、トムが君の客の具合を悪くするためにロブスター・パイにヒ素を入れ、そのあとでミニーがやって来て、ひどい味のするその何とかっていう――」

「フェニルチオ尿素よ」と、ファニーが口を挟んだ。「紙に名前を書いて覚えたの」

「だが、本当にその物質だったかどうか、まだわからないんだよね？」と、コリンは言った。「現時点では、みんなにロブスターを食べさせないようにするための、何らかの不快な成分としておこう。そうしたら、サー・ピーター・ポールターの味覚に欠陥があったために、ほとんどのパイを一人で食べてしまった。が、ミニーはそれを止めることができなかった、というより、あえて見て見ぬふりをしたんだ」

「嘘よ！」と、ファニーが大きな声を出した。いきなり数インチ後ろにのけぞった拍子に、椅子が床をこする音がした。「そんなの、全然信じられないわ」

「今は、僕もそうだ。というのも……」自分の胸だけに収めていることでもありそうに、コリンは口ごもった。ファニーはそんな彼を、新たな不安をかき立てられた疑念のまなざしで見つめていた。コリンは続けた。「僕は今夜、ショック療法を試しにあそこへ赴いたんだが、曲がりなりにも首尾よくいったとは言えない。とりあえずトムを怯えさせることはできたけれど、彼は自分が周囲の人たちの中に生む敵意に絶えず怯えているから、それ自体はたいして意味がないんだ。もちろんミニーは、すかさずトムの味方をしたし、もし僕が思いついた推理に少しでも正しい点があるとすれば、今頃はもう自分たちを弁護する話をでっち上げているだろう」

「ぜひ、そうあってほしいわ！」と、ファニーは真剣な顔で言った。

コリンは再び彼女に目を移したが、今度は、彼の表情に笑みはなかった。

「これは、計画殺人なんだ」聞いたことのない、とがった声だった。

「違う」と、ファニーが応えた。「もし、あなたの言ったとおりなら、そうじゃないわ。彼らは誰も殺そうとは思ってなかったんだから、これは殺意なき殺人よ」

「人が死ぬのを止めようともせずに、黙って見ていたんじゃなければね」

「何てこと！」ファニーは取り乱して、髪をかきむしった。「実際は、そうじゃなかったはずよ、コリン！」

「ああ、きっと違うだろうな。さっきも言ったが、今夜の僕の訪問は、たいした効果はなかった。ただ、そのあとでスーザンが追いかけてきて、キットとのことを話してくれたんだ。なあファニー、君は、キットがスーザンにひどい仕打ちをしたとは思わなかったかい？　みんなあの二人が結婚すると思っていたのに、突然ローラを出現させるなんてさ」

ファニーは頷きはしたものの、身構えたように額に皺を寄せた。自分を除けば、彼女にとって、キットに対する批判が何よりも腹が立つのだった。

「スーザンの話によればね」と、コリンは続けた。「ローラの存在が明らかになる以前に、彼女のほうからキットとの結婚を断ったそうなんだ。ということは、それをトムが知っていたとすれば、君に対して恨みを抱くはずがないから、ロブスターにヒ素を混入する理由もないということになる」

「そうだったのね！」ファニーの疲れた目が、急に興味をそそられたように輝いた。「スーザンがキットを振ったなんて！　私たちみんな、とんだ間抜けだったたってこと？」

「その点を君に確かめたかったんだ。本当にそうだったのかな？」

ファニーは、少し考えていた。

「あなたは、信じてないのね？」と、しばらくして言った。「どうして？」

「信じていないかどうか、よくわからない。実のところ、信じてはいるんだと思う。ただ引っかかっているのは、スーザンの拒絶が永久的なものではなかったんじゃないかということなんだ。もしかしたら、彼女は……」そこで、いったん口をつぐんだ。「まあ、君には言っておいたほうがよさそうだ。この件について君がどう考えているか、正直なところが知りたいからね。僕は、キットが君から離れられるように、スーザンがプレッシャーを与えようとしたんじゃないかと思う。彼女が言っていたよ。君のことは大好きだが、今のキットよりも自立した夫が欲しいってね」

ファニーの目がやや細まり、頬が暗赤色に染まった。

「スーザンがそう言ったの？　あのスーザンが？」

「うん、そうだ——こう言っちゃ何だが、若い女性なら、みんなそう言うと思うよ。君を傷つけようと思って、この話を持ち出したわけではないんだ。つまり、その——」

「私にこっそり教えてくれようと思ったわけ？」ファニーが、自嘲気味に言った。

「それもある。だが、いちばんは、君がその話を事実だと思うかどうか知りたかったんだ」

ファニーがさらに数インチ動いて、椅子が再び床をこすった。背もたれに寄りかかって頭の後ろで手を組み、天井に視線を戻した。が、今度はぼんやりではなく、しきりに何かを考えている目だった。口にくわえた煙草の煙が、頭上の黒い梁《はり》に向かって立ち上り、ふんわりと輪を作っていた。

「そうね、本当かもしれないわ。でも、トムとミニーがそのことを知っていたとは思えない。キットの婚約を知って、ミニーはひどい動揺を隠そうともしなかったもの」

　コリンは頷いた。「僕も同感だ」

「ミニーが知らないとすれば、トムも知らないはず。スーザンは、ミニーには打ち明けても、トムには話さないでしょう。そのうえでミニーが自分の胸にしまっておくことはあるかもしれないけど、その逆は考えられないわね」

「となると、スーザンは何かを恐れて、両親に関して嘘をついたことになる」

「いいえ」と、ファニーが打ち消した。「そんなはずない……まさか……そんな……」その声が弱まっていく。ぼんやりとした表情に戻り、コリンから目をそらして、サー・ピーター・ポールターの死以来そうだったように、人にはわかってもらえない自分だけの思いで頭がいっぱいの様子だ。

「万が一そうだったとしても、だからといって、それが重大な意味を持つとはかぎらないだろう？」

　ファニーは答えなかった。

「あるいは、スーザンは理由もないのに怯えただけかもしれない。繊細な人には、往々にしてあることだ。そうなると、気は進まないけれど、君のことをよく知る誰かが、キッチンに入り込んでロブスターに毒を入れ、哀れなサー・ピーターを故意に殺害した可能性に立ち戻らなければならない」

「あなたが挙げたいろいろな説を聞いたあとでは、それはむしろ歓迎できる推理だわ」

「だけど、そんなことをするのって、あまりにずさんで不合理だと思うんだ。一見、巧妙そうでいて、実際はひどくばかげている」

「それに、私たちの誰も、サー・ピーターとは知り合いでも何でも――」と、そこまで言って、ふいにファニーは口をつぐんだ。コリンは気づかないふりをしているようだったが、その表情から、自分が言おうとしたことを彼が完全に予測したのではないかと、ファニーは思った。心に浮かんだことを黙っておくのが、ファニーはとにかく苦手だ。そして、クレア・フォーウッドが彼女らしくもなく、サー・ピーターとしきりに会いたがっていたことが、ここ数日彼女の頭から離れないでいた。ファニーは咳払いをして言った。「ローラだけは、彼を知ってるって言ってたけど」

「ローラね」コリンが、その名を繰り返した。「ローラっていうのは、得体が知れない人物だよな。彼女は、本当に君が思うようなひどい女なんだろうか」

「ちょっと、やめて！　彼女の話はしたくない。あんなに一生懸命よくしてあげようとしたのに、私が自分を殺そうとしたと思ってるような人よ。さあ、そろそろあっちへ行って、みんなと飲みましょうよ」

「いや、やめておこう。ジーンは、僕がモーデュ家に行ったのを知っていて、どうなったか心配しているだろうから、家に帰ることにするよ」

「じゃあ、ジーンに全部話すのね？」

「ああ」

「この件に関して、彼女はどう考えてるの？」

「わからない」

ファニーは、のっそりと重い腰を上げた。いつか彼女がなるであろう老婆の姿を見るようだった。

「とにかく、来てくれてありがとう、コリン」と、彼女は言った。「何がありがたいのか、よくわからないけど。何だか前より不安にさせられるようなことばかり聞いた気もするわ」

玄関まで見送り、彼が出て行ったあとでドアを閉めると、掛け金に手を置いたまま顔をしかめてしきりに何かを考えているふうだったが、やがて、居間へと戻っていった。

彼女が居間をあとにしたときには、バジル、キット、クレアの三人がいたのだが、今は、キットだけになっていた。背の低い肘掛け椅子に沈み込んで、家具のセールの広告が掲載されている地元新聞のページを広げている。だが、その姿を見たとたん、ファニーには、彼が実際には新聞を読んでなどいないことがわかった。コリンとこっそり何を話していたのか聞きたくて、じりじりしながら待っていたことを悟られまいとしているのだ。

「バジルは？」と、ファニーは尋ねた。

「仕事があると言って、部屋へ行った。クレアは、横になっているんじゃないかな」

ファニーは暖炉の近くに座って、足首に体をすり寄せてきた猫のマーティンを撫でた。マーティンが満足げに喉を鳴らす音が、静かな部屋に唐突に響き渡った。

窓枠に置かれた鉢からヒヤシンスの香りが室内に漂い、そのそばには、フレームに入ったローラの大きな写真が飾られている。腰を下ろしたファニーの顔は険しく、それでいて、どこか寂しげで悲痛な面持ちにも見えた。

数分間、姉も弟も口を開かなかった。やがて、まだ新聞を顔の前に広げたままのキットが、つぶやくように訊いた。「コリンの用は、何だったんだい？」

ファニーは答えなかった。できるだけ火の暖かさに近づこうとするかのように、椅子に座って身を乗り出していた。

キットは質問を繰り返すことはしなかったが、ついたて代わりの新聞の陰で、大きな顎が突き出て、一瞬、唇が動いた。それから、新聞を横に置いて立ち上がり、無言で暖炉を背に立ちはだかった。がっしりした体、血色のよい顔、当惑したブルーの目、そのどれもが、自棄《やけ》気味な不満を訴えていた。

ファニーは、そのことにほとんど気づいていなかった。彼女の頭は、自分自身の自棄っぱちと不満でいっぱいだったのだ。少し前に出かけたときの、安らいだ気持ちを思い出す。あのときは、ほかの人が何と言って慰めてくれても、どうにも拭い去ることのできなかった罪悪感という重荷を、正当にローラ・グリーンスレイドの肩に移し替えられたと思ったのに。やっと得られたその安らぎを、コリンに打ち壊されてしまった。初めは、彼女の推理に賛同しなかったことによって、次には、言いようのないほどそら恐ろしい新たな可能性を提示したことによって。おかげで頭が混乱し、コリンに対してどうしようもなく憤りを覚えたものの、自分に比べて彼の洞察のほうが明快であることは、彼女の目にも明らかだった。

身を固くして立っているキットの傍らで暖炉の火を見つめながら、一、二度、ファニーはもどかしそうに深いため息をついた。その手は、心地よさげにくつろいでいる猫の体を無意識に撫で続けている。

ようやく口を開いたときには、コリンの意見にいくらか歩み寄ろうとする態度が感じられた。彼女は、困惑した声でぽつりと言った。

「私がわからないのは、どうしてみんな、私のことを独占欲が強くて嫉妬深いと思うのかってことよ。純粋に手助けしたくてしようとすることが、ほかの人の目には、あなたをつなぎ止めるための行為に映るなんて。どうにも理解できない――ローラが、そう思うのはわかるわ。でも、スーザンが――スーザンみたいな子が――」

「スーザンがどうしたんだ？」間髪入れずに、キットが尋ねた。

「彼女は、私を嫌ってるんですって」

「何をばかな！」

「いいえ、そうなの。私が嫌いだから、義妹になるのを嫌がったんだそうよ。そうなんでしょう？ねえ、キット？」初めて、直接キットに向かって話しかけた。

キットの顔が上気したが、口調は幾分落ち着きを取り戻した。「いや、違う。そうじゃない」

「でも、あんたが求婚したのに、私のせいで断られたんじゃないの？」

「確かに、僕のプロポーズを彼女は断った」

「私のせい？」と、ファニーがしつこく訊く。

「違う。彼女が僕を必要としていなかったからさ。しごく正当な理由だろう？　説明するまでもない」

「そんなの嘘。スーザンは、あなたを愛してるわ」と、ファニーは言った。

「ばかを言うな！」キットの顔が、ますます上気した。

「あんただって、ずっと彼女が好きだったじゃない。私は、そう思ってた。スーザンに仕返しするためにローラと婚約しただけなんでしょ？　そんなの、自殺に等しいばかげた行為だわ。全部、私のせいね——私の独占欲が強くて、嫉妬深いばっかりに」

「いい加減にしろ！」と、キットが怒鳴りつけた。「ローラと婚約したのは、彼女に恋をして、向こうも僕を好きになってくれたからだ。スーザンは僕を愛していないし、これまで一度だって好いてくれたことはなかったんだよ。それは、誰よりも自分がよくわかっている。そうだろう？」

「あんたは、わかってないわ」

「わかってるさ。みんながそれを理解して放っておいてくれたら——スーザンのことも、ローラのこともそっとしておいてくれたら、自然とすべてうまくいくんだ」

「ローラが、私に殺されかけたって、クレアだけじゃなく警察に訴えるとしても?」

「勝手な想像は、やめてくれよ」

「私はただ、彼女とあなたのためになればと、できるだけのことをしようとしただけなのに、それが私の嫉妬と独占欲の強さのせいだって言われたら——」

「勘弁してくれ!」キットが叫んだ。「コリンのやつに、いったい何を吹き込まれたんだ。僕が一度だって、姉さんのことをそんなふうに言ったことがあるかい? これまでしてもらったことに心から感謝してるし、姉さんのもとを離れようとしたことだってないだろう?」

「そうすべきだったのかもしれないわね」と、ファニーは言った。「私から離れようとしていたなら、スーザンだってあんたと結婚しただろうし、あんな浅はかで小心者の、悪意に満ちたロンドン女なんかと関わり合いになることもなかったのに。そうしたら、こんなひどいことだって起きなかったでしょうよ。まったく、何で私のもとを去らなかったのよ」

キットが、ファニーに一歩詰め寄った。「それが、姉さんの望みなのか? だったら、今すぐ出て行ってやるさ」

「ばかなことを言わないで」

「だって、そうしてほしいんだろう? ローラのことで、姉さんは僕に嫌気が差したんだ。婚約の話をしたときから、ずっとわかってた」

「そんなことないわ。ローラのことを疎ましく思うようになったのは、彼女が私に殺されかけたと思ってるって聞いたからよ」

「クレアがそう言っただけだろう?」

「私は、クレアを百パーセント信じてるわ! 明日、彼女が来たら訊いてみるさ」

「ローラの言い分も聞かなくちゃな。明日、彼女が来たら訊いてみるさ」

「明日?」ファニーの声がうわずった。「警察の聴取は、明後日よね」

「二人とも、少し一緒にいる時間がほしいと思ったんだ」

「私が毒を盛ろうとしたって主張してる相手と、ここで顔を突き合わせろって言うの?」

「そんなわけないだろう! もう〈ワゴナーズ〉に部屋を取ってあるよ」

「彼女が、ここへ来たくないのよね。今度は、私に本当に殺されるかもしれないから。そうなんでしょう?」

くるりと背を向けてドアへ向かいながら、キットが言った。「そう思いたいなら、思えばいいさ」

ファニーの目に、ふいに涙があふれた。「あんたは――あんたは、あんな女を愛してるって言うんだね。そんなの、あり得ない」

「それってさあ」キットの声に、わざとらしい冷淡さが加わった。「姉さんが本物の恋愛をしたことがないように聞こえるぜ。僕がローラと愛し合っていることを、そろそろ受け入れたほうがいいと思うよ。つまり、僕は彼女の味方だってことだ」

「だったら――だったら――」暖炉の火に懸命に目を凝らし、何とかキットに涙を見られないようにすることはできたのだが、声を偽るのは難しかった。「だったら、出て行けばいいじゃない。都合がついたら、すぐにでもね。そして、ローラがこの家に来て、私が出すものを飲み食いできるようになるまで、帰ってこなければいいんだわ」

「わかった」と、キットは言った。「それが姉さんの望みなら、いいだろう。今すぐ出て行くよ」

「ばか言わないで。朝になってから――」

「今、出て行くんだ」

「キット！」

だが、すでにキットは居間を出て、大股で廊下を歩いていた。そのまま家を出て、たたきつけるようにドアを閉めた。

ファニーはじっと座っていた。涙が頬をとめどなく伝い、でっぷりとした体は、わなわなと震え始めていた。しばらくの間、キットはすぐに戻ってくるに違いないと自分に言い聞かせた。着替えを持っていかなかったし、おそらく所持金もほとんどないだろう。コートだって着て出なかったではないか。

しかし本当は、そう思いながらもわかっていた。その場に座ったままキットが戻ってくる足音を待っていても、無駄だということを。

第十四章

目指すともなく、キットは〈ワゴナーズ〉に向かって歩いた。

無性に腹が立っていた。ほかの人が思うより遥かに頻繁に腹を立てることのあるキットは、怒ると深酒をする癖があった。飲むといつも怒りが消えて、少なくとも一、二時間は、自分を取り巻く世界を心から楽しめる気がし、肉体的には、ほとんど二日酔いを感じなかった。ただし、精神面では、長く続く暗い鬱《うつ》状態に陥ってしまう。だが、そうなることは酒を飲んでいる最中からわかっていて、そういう精神状態を恐れながらも、来るなら来てみろと自身の恐怖心をけしかけるかのように心の中で虚勢を張って、なりを潜めた怒りを抱えながら待ち構えるのだった。

今宵、〈ワゴナーズ〉の入り口の前でぱたりと足を止め、踵を返して足早に立ち去ったのは、そのことを考えたせいではなかった。単に、店に入ろうとしたとき、知っている顔ばかりが並んでいるだろうと思い至ったからだ。今夜は、知らない人間に囲まれて飲みたい気分だった。キットの中で、自分でもまだ理解できていない何かが起きていて、その何かと折り合いをつける間、見ず知らずの人たちしかいないところで一人になる時間がどうしても必要だった。

小さなおんぼろの愛車を停めてあるガレージに行って車を出し、ガソリンが空に近いことに気づいてガソリンスタンドで給油してから、翌朝ローラと駅で待ち合わせている数マイル離れた隣町まで行ったときには、あいにく、すでに閉店時間が迫っていた。

駅に隣接したホテルへ行き、ちっぽけで殺風景なバーで、どうにかわずかばかりの酒を引っかけてから、部屋を取った。

キットの怒りはなおいっそう強まり、苛立たしさばかりが募った。まったく眠れないというのは初めてのことで、ひどく恐ろしい体験だった。感情というものが、元来健康な自分の肉体にこれほどまでに影響を及ぼそうとは、とても信じられなかった。まるで、未知の病を発症したような気分だ。それが何だかわからないために、ややもすると、死の病に違いないと思い込んでしまいそうになる。

眠れないことに対する驚きと恐怖で徐々に頭がいっぱいになり、怒りをも忘れてしまった。なぜ、こんなささえない狭い部屋の寝心地の悪いベッドの上にいる羽目になったかも、今や家も仕事もない自らの立場さえも、どうでもよくなってきた。寝つかれない恐ろしさは、やがて疲れ果てた無気力さに姿を変え、一晩中つきまとって離れなかった。翌朝ベッドから起き出すと、水っぽい紅茶とまずいソーセージを口にし、すぐに駅までローラを迎えに行った。

ローラは、ひと目キットを見たとたん、彼の状態に気がついた。疲れているようには見えないし、顔色も悪くないのだが、どことなくぼんやりして生気が感じられなかったのだ。このことに、ローラは苛立ちを覚えた。キットのはつらつとした外見こそが、彼女にとっては最大の魅力だった。引き締まった健康そうな肌、鮮やかなブロンドの髪、活力に満ちた筋肉質の体が、彼女を惹きつけるのだ。それがあるから、たとえキットの人間性が自分が望んでいたよりややこしいことがわかってきた今も、彼を愛していると思えたし、自分のものにしたいと願うのだった。

キットは、極端に無口で気分にむらがあり、かなり疑い深いところがあることに、ローラは気づいていた。とはいえ、そうした性質のどれも気になるほどではなく、彼女が紹介する人々にも気づかれない程度のものだった。若々しい雰囲気と、ブロンドと、男らしいたくましさを維持してくれているかぎり、彼はきわめて魅力的な存在なのだ。

だが、生命の鼓動が弱まったように思えるキットを相手にする心の準備はできていなかった。だから、落ち着かない気分になり、自分の気持ちに確信が持てなくなってしまったのだった。

「どうしたの？」駅のホームを並んで歩き始めるや、ローラは尋ねた。「何なの、キット？　何があったの？」

「たいしたことじゃない」

「でも、何かあったのはわかるわ。この恐ろしい毒殺事件に関すること？」

「いや、何もない——特別なことは何もね」ファニーとの仲たがいをできるだけささいなことと考えるのが、今のキットにはとても重要に思えた。ローラと話しているときには、なおさらだ。「そりゃあもちろん、この状況に、みんな落ち込んではいるけどさ」と、その場を取り繕うように付け加えた。

「そうでしょうね」と、ローラは相づちを打ったが、心がこもってはいなかった。急に、冷淡な皮肉を含んだ口調になったのだ。

キットのまぶたが引きつった。車に着いて、ローラのスーツケースを後部座席に運び入れながら、彼は言った。「〈ワゴナーズ〉に、君の部屋を取っておいた。気に入ってもらえるといいけど。お世辞にも、豪華とは言えないいんだ」

「問題ないわ」ここへきてローラは、キットがキスどころか、自分に触れることさえしていない事実について考えを巡らしていた。彼の態度や、いつもはぴんと伸びているのに、今日は前かがみになっている分厚い肩、ややうなだれた頭、こちらを避けている視線は、間違いなく、自分にとって問題が起きていることを示している。

前の日の電話では、ライナム家に泊まるのは嫌だから、村の宿に部屋を取ってほしいという彼女の言葉を冷静に受け止めてはいたが、会った際に説明と話し合いが必要だろうと思っていたので、ある程度覚悟はしていた。しかし、もっと感情が高ぶった状態で説明することを想定していたのであって、こんな白けた、無気力な雰囲気は予想外だった。

車で移動する間、ローラもキットも、ほとんど口をきかなかった。ローラは、たっぷりと時間をかけて、自分の思いどおりの方向へキットを導こうとしていた。シガレットケースから煙草を一本出し、相手に勧めることもせずに火をつけて、生け垣に揺れる淡い緑のサンザシの葉を見ることに没頭しているかのように、彼から顔を背けて車窓の外を眺める。

今日は、クレア・フォーウッドと話した際に見せたパニックやヒステリーの徴候は少しも見られなかった。いつものとおり身だしなみはよく、黒髪は艶やかで、念入りな化粧を施している。動揺し、思案に暮れていることは、無表情な顔の硬さからかろうじて見て取れるだけで、煙草をもみ消したしぐさには、一瞬、粗野な雰囲気さえ覗いた。

黙りこくったままその姿を見たキットのまぶたが、再び引きつった。

キットがローラのために用意した〈ワゴナーズ〉の部屋は、彼の言うとおり、豪華とは言いがたかった。ゴミ箱が並ぶ小さな中庭に面した店の通用口から続く、狭くて急な階段を上りきったところにあり、部屋の中には、真鍮《しんちゅう》製のフレームのベッドと、水差しが置かれた大理石張りの洗面台が備わっていた。窓の前に鏡台があり、床にはてかてかした防水布が敷かれている。黒い小さな鉄製の暖炉を、ローラはとげとげしい目で見やった。中に白い紙でできた扇子が飾られていて、つまりは宿の女主人に火をつける意思がないことを物語っていた。

彼女は、努めて優しい声を作った。「清潔な部屋ね」

キットは、肩をすくめた。「ごめん。これが精いっぱいだったんだ」

「あら、いいのよ」優しげな声ですらすらと言う。「これ以上のものなんて、期待していなかったわ」

ベッドの端に腰かけ、毛皮の上着の襟元をかき寄せるように引っ張って、新たな煙草に火をつけた。

「昨日、電話で言ったことを説明してほしいんでしょうね」

キットは、ベッドの脚側にある真鍮の横棒を両手で握り締めた。

「別に。クレア・フォーウッドが夜やって来て、話は全部聞いた」

「ああ、クレア・フォーウッドね……。今になって、彼女のもとを訪ねたことを後悔しているわ」座っている位置をローラが少しずらすと、マットレスが軋んだ。「私に腹を立てているんでしょう？私の考えを全然理解していないんだわ」

「言葉を返すようだけど、ちゃんと理解しているよ」と、キットが言った。「それに、念のために言っておくと、僕は昨夜、ファニーとバジルの家を出たんだ」

ローラの瞳に何かがきらめいた。満足感だったかもしれないし、単なる驚きだったのかもしれない。どちらにしても、それはほんの一瞬できっぱりと消えた。

「じゃあ、私の意見に賛成してくれるのね」ローラは、平静な声で言った。

「そうじゃない」と、キットは否定した。

「言ってることがわからないわ」

「姉さんが人殺しだとは、僕は思わない」

「それはね」と、思慮深げに言う。「法律の問題よ。ある人を殺そうと思って、誤って別の人を殺してしまったら、それは故殺にしかならないって言うの？　私は、違うと思う」

真鍮の横棒をつかむキットの手に力が入り、ベッドを揺らした。

「僕が言いたいのは」難しい思考を説明するのに慣れていない人間にありがちな、激高した語気で言い放った。「君の言い分はわかるが、間違っていると思うってことだ。姉さんは、君を殺そうとなんてしていない。ただ、そのフェニル何とかってやつの味を感じないっていう君の変わった体質のせいで、つまり、そういうくだらない偶然のせいで、姉さんが自分を殺そうとしたんだと思い込む君の気持ちは、理解できる。でも、それは間違いだ」

「だったら、なぜ家を出たの？」と、ローラが訊いた。

「姉さんもばかなことばかり言うから、いらいらしたのさ」

「私が、ばかだとでも……」

「それに、何といっても、僕は君と婚約しているんだからね。君の味方をするのは、当然だ」

「そう言ってくれて、うれしいわ」どこか、よそよそしい言い方だった。「私ね、あなたが味方をしてくれないんじゃないかと不安だったの」

キットは顔を赤らめた。「だが、君がこれ以上事態を悪くするようなことをしでかす前に、はっきりさせておかなきゃならないことがある――」

「事態を悪くするですって？」ローラが口を挟んだ。

「クレア・フォーウッドを訪ねて、姉さんの不利になる話をするみたいなことさ。警察に行って、その推理を話すとかね。まさか、警察に行ったりしていないだろうな」

答える前にローラは煙草を一服吸い、煙を吐き出してから、静かに言った。「行ってないわ」

「じゃあ、行かないでくれ。そんなことをしたら、僕はまた姉さんとバジルのもとへ帰らなくちゃいけなくなる。そうはさせたくないだろう？」

「どうして、あなたが戻らなくてはいけないわけ？」

「だって、考えてもみろよ。婚約者が姉を殺人者呼ばわりしたとたんに僕が出て行くなんて、人からどう思われるか。そんなこと、できるわけがないじゃないか」

「もし、私が正しかったら？」

「言ったはずだ。君は間違っている」

ローラは立ち上がり、清潔感はあるが、寒くて気の滅入る部屋の中を歩きまわって灰皿を探したが、見つからず、鏡台に置いてあった白とピンクの陶器の梳《す》き毛入れに灰を落とした。

「私が警察に行かなかったら？」

「そうしたら――そうしたら僕は、君に感謝するよ」

「家には戻らないの？」

「ああ」

「一緒にロンドンに来てくれる？」

「それは、まあ――都合がついたら、できるだけ早くそうするつもりだ」

「つまり、聴取が終わったらってことね」

「いや、僕がいなくなっても、姉さんがちゃんとやっていけると確信が持てたらってことさ」

ローラは、極度の苛立ちを隠さず、両手を投げ出すように大きく振り下ろした。「あなたって人がわからないわ。ファニーから独立する決心をしたと言っておきながら、彼女があなたなしでやっていけることがわかるまで、そばで様子を見るだなんて。そんな調子じゃ、いつまでたってもファニーから独り立ちできないわよ。彼女には、それがお見通しなんだわ」

「違う――君にはわからないんだ」と、キットは弁解した。「まず、昨夜、僕に出て行くように言ったのは、姉さんのほうだ。そういや、まだ言ってなかったね」

「ええ、聞いてないわ。けど、だからって何も変わらない。だって、彼女は本当にあなたが出て行くなんて、これっぽっちも思ってはいなかったはずだもの。でも、それなら、私が考えていたより、あなたが出て行くのは簡単だということになるわね」

「そういうことじゃないんだ。姉さんは、自分の言っていることがわかってなかったんだと思うから。それに、問題は僕が姉さんのために仕事をしていることだ。アンティーク・ショップを実質的に運営しているのはこの僕だから、突然いなくなったら、姉さんは店を閉めるしかなくなってしまう」

「いいじゃないの。彼女もバジルも、お金なんて必要としていないでしょう」

「そうだけど、姉さんには、何かが必要なんだ。興味の持てる、自分だけの何かがね。昔、まだ所帯じみて田舎くさくなる前の、舞台に立っていた頃の彼女を知らないだろう。つまり、バジルと結婚する前の姉さんだ。あの頃の姉さんは、今とは全然違った。ほっそりした体つきで、生き生きしていて、いつも何かをやっていた。でも今は、骨董の商売がなかったら、何もすることがなくて、おかしくなってしまうだろう。僕にはわかる。僕のせいでそうなってしまうなんて、とても耐えられない。だから、近くにいなくちゃならないんだ。仕方ないんだよ、ローラ。姉さんが何とか立ち直って、僕の代わりになる人間を見つけるのを見届けるまでは」

「あの人は、わざとそうしないようにするわ！」

「そんなことはないさ。僕が本気だということがわかればね」

「仮定の話ばっかり！」ローラは、怒りに満ちた笑いを発して言った。「そうやって、ファニーにしがみついて、逆にあなたのほうが自分に言い聞かせてきたのよ。彼女は、自分がいなければやっていけないんだってね。あなたを見ていたら、夫のチャールズを思い出してきたわ。彼には母親がいたの。気の優しい、かわいらしい年寄り――ええ、そう――息子のために何もしようとはしない人だった。それどころか、食い物にしたのよ。私は、何とか彼を母親から切り離して、少しでも活力と野心を吹き込もうと頑張ったわ。野心のない男なんて、我慢できないもの。だけど、彼の望みは、母親のそばにひっついて、お前は本当に素晴らしい、お前の嫁はそのよさがわかっていないって言ってもらうことだった。そうして、母親がいかに孤独で、自分が面倒を見なければ、どんなに打ちひしがれることになるかを、私に力説し続けたわ。くだらない戯言よ。おかげで、命を落とす羽目になってしまった。せっかくの休暇を、私と赤ちゃんとではなく、母親と過ごすと言い張らなかったら、爆撃された家に一緒にいることもなかったのに」

ローラが話している間、キットは驚きを募らせて見つめていた。

「僕はずっと」と、キットが口を開いた。「ずっと、君が心から夫を愛していたと思っていた。君に、そう思わされてきたんだ。でも、そうじゃなかった。君は、彼を憎んでいたんだね」

「憎んでなんかいない、愛していたわ！」と、ローラは叫んだ。「死んでいなかったら、憎むようになっていたかもしれない。けど、初めは愛していたの。とてもハンサムで、頭がよくて、きっとひとかどの人物になれる人だと思った。つまり、彼にはその才能があると信じたのよ。二人ともまだ若くて、結婚するには早すぎるくらいだったけど、心底、彼を信頼していた。でもそれは、母親を知る前のこと。しばらくたったら、私は――」

「ローラ！」キットがいきなり大声を上げて、ローラの言葉を遮った。「僕は、ひとかどの人物になろうなんて思っていない。それは知ってるよな？」

途中で遮られたために思考の筋道を失ったかのように、ローラは呆然とした顔でキットを見た。それから、急に表情を和らげ、彼に歩み寄った。

「それは、これからの話でしょう？　あなたは、まだ自分のことがわかっていないのよ」

「よくわかってるさ」と、キットは答えた。「僕には、何の才能もない。間違っても、野心家ではないんだ」

「答えを出すのは、まだ早いわ。ファニーから離れたら、どうなるかわからないわよ」

「いいや、何も変わらない。働いて、僕ら二人が暮らしていくだけの金は稼ぐつもりだが、それ以上は期待しないでくれ」

「あなた、私のことを見くびっていない？　あなたのために私にできることは、たくさんあるのよ。チャールズと結婚したときのような、無知な小娘ではないの。影響力を発揮できる場所は、いくらでもあるわ。知り合いが大勢いるんだから」

「サー・ピーター・ポールターのように、だろ」

ローラが身を硬くした。瞬間的に、その目が怒りに燃えたように見えた。だが、キットの言い方は、ごくさりげなく、悪意のある含みは何もなかった。

同じ調子で、彼は続けた。「ああいう人たちは、僕には何の役にも立たないんだよ、ローラ。君が望むことは何でもするつもりだ。すべてが解決したら、ロンドンへ行って仕事を見つける――もちろん、君が警察へ行って、ファニーにまつわるばかげた推理を披露しなければだけど――ただし、僕に過剰な期待はしないでほしい。わかってくれるかい？」

キットの言葉を反芻《はんすう》するかのように佇《たたず》んでいたローラは、腕を伸ばして彼の首に抱きついた。

「キット」と、顔を近づけて言う。「ねえ、キット。私たち、ばかなことをしているんじゃない？」

「だけど、ちゃんとわかってくれたのかい――？」

「もちろん、わかったわ。でも、やっぱり私たちは愚かよ。助け合わなければいけないときに、もう少しで喧嘩するところだったんですもの。こんなことはもうやめにして、お互い優しくなりましょう」

キットは、彼女の頬に軽くキスをしただけで、体を離した。

「わかった。君は、どうしたい？」

一瞬、ローラは気を悪くしたようだったが、すぐにきびきびと言った。「散歩に行きましょうよ。今朝は、いいお天気だもの。その前に、宿の女主人のところへ行って、暖炉の火を燃やしてくれるように言ってちょうだい。その間に、荷物を解いて靴を履き替えるから」

「わかった」ほっとしたような顔で、キットがもう一度言った。

そして、部屋を出て女主人のトーレス夫人を捜しに行った。

夫人は、バーで数人の早い客の相手をしており、キットが入っていったときには、彼女も客も一斉に早口でしゃべっていたようだったのに、彼の姿を見るや、急に黙り込んだ。それから、興奮した口ぶりで再びがやがやとしゃべりだし、祝福ムードが漂うなか、誰かがキットの背中をたたいた。

バー内を支配するのに慣れたトーレス夫人の声が、ほかの声を押さえて耳に届いた。

「とうとう捕まったね、レイヴンさん。これで、みんな安心できるってもんだ。あんたの姉さんとライナムさんのために、私らは本当に喜んでいるんだよ。私がそう言ってたって、伝えておいてちょうだいな。かわいそうに、二人とも大変な目に遭って、いったい何が起きたんだろうって心を痛めていただろうからね。もし私の宿で、何か変なものを口にして誰かが病気になって、そればかりか命を落としたなんてことがあったら、私だってそうなるだろうよ。でも、もう心配要らない。ちょうど、あんたが入ってきたとき、みんなで喜んでいたところだったんだよ」

キットは、そこにいる人たちの顔を順番に見まわした。誰もが彼に向かって頷き、どの赤ら顔も満面の笑みを浮かべている。

「ああ、そうなんだ」と、金物屋のフレッド・デイヴィンが言った。いつもより早い時間なのに、店を放ったらかしにして、明らかにお祝いに駆けつけたのだった。

「ということは、ポールターの死に関して、誰かが逮捕されたのかい?」と、キットが言った。

「そのとおり」間髪入れずに、数人が答えた。

トーレス夫人が続けた。「彼の世話をしていた二人さ。ポールターさんも、かわいそうにね。二人は、遺書に自分たちへの何がしかの取り分が書かれているのを知ってて、ライナム夫妻に罪をなすりつけようとしたんだって。私は、ずっとそうじゃないかと思ってたよ。そう言ってたよね、ねえ、デイヴィンさん? あいつらは地元の人間じゃないからねって言ったんだ。素性だって、わかりゃしない。そのうちに、あの二人が逮捕されるだろうよって。ね、私、そう言ったよね?」

フレッド・デイヴィンは頷いた。「庭の小屋で、ヒ素が見つかったんだ。床にこぼれていたらしい。ずいぶん不注意だよな。きっと気がつかなかったんだろう」

「でも、フェニルチオ尿素は？」と、キットは尋ねた。

「何だって？」

キットは赤面した。「何でもない。ちょっと、誰かが思いついた考えだったんだが、もうどうでもいいんだ。僕は、考えてもいなかった」そう言いながらも彼は取り乱していて、もし横にだらりと下げた、その大きくてたくましい手を人が見たなら、震えていることに気がついただろう。

トーレス夫人にローラの部屋の暖炉のことを頼むのも忘れ、キットはくるりと向きを変えて階段を駆け上がった。

ローラを見たら言おうと思っていた言葉は、彼女の顔を見たとたんに引っ込んでしまった。ローラは、窓辺のレースのカーテンの傍らにじっと立ち、外を覗いていた。その顔に、強い興奮が見て取れた。目は輝き、口元が歪んで、唇をきっと結んだ奇妙な笑みが浮かんでいる。

「早く来て！」と、大きな声で言った。「早く――ねえ、キット、あれは誰？」

キットは、横に並んで窓の外を見た。

目の前の通りを、買い物かごを腕に下げて、帽子をかぶっていないほっそりとした人影が歩いていた。ゆったりとしたグレーのコートのボタンを首元まで締めている。その質素さからか、あるいは着ている人間の人柄からか、何となく修道女のような雰囲気をたたえている。

「今、彼女と一緒に男の人がいたんだけど、煙草屋に入っていったの。あの人、誰なの？　知ってる？」

「ジーン・グレゴリーだよ」と、キットは答えた。「なぜだい?」

「ジーン・グレゴリー?」

「グレゴリー夫人さ。僕らの隣人だよ。何で?　顔見知りなのか?」

ローラは笑いだした。いやに高ぶった、はしゃいだ笑いだった。「グレゴリー夫人って、あなたたちの隣に住んでいる大金持ちの女性でしょう?」と、大きな声を上げた。「彼女って、お金持ちなのよね?　そうよ、裕福なんだわ!」

「だと思うけど」キットは、居心地の悪そうな、当惑した様子だ。「まあ、かなり裕福だろうね」ローラの笑いがますます激しくなるので、キットは不安に駆られて繰り返した。「なぜだい、ローラ?いったいどうしたんだ?」

「別に」と、彼女は言った。「何でもないわ。さあ、散歩に出かけましょう」

第十五章

半ば意識がもうろうとした状態で、キットの足音がしないかと、いまだ諦めきれないでいたファニーが、家の前の私道に続いて石敷きの廊下に響く足音を耳にしたのは、その日の午後五時半くらいのことだった。

居間のドアの前で、その足音は止まった。ファニーは、身じろぎしなかった。キットは自室にある荷物を取りに戻っただけで、自分と顔を合わせるのは嫌かもしれない。だとしたら、彼に会いたいと思う気持ちを、誰にも悟られないようにしよう。

自分の顔を見ることはできないので、足音が遠ざからないでいたしばらくの間、その決心をうまく実行できていると信じるしかなかった。足音が再び動くのではないかと全神経を集中していたため、部屋の中の会話がやんで、全員が自分を見つめていることに気づかなかった。

居間には、バジル、クレア、コリンがいた。お茶を飲み終え、サー・ピーターの使用人が逮捕されたことに、いくらかほっとした雰囲気で語らっていたところだった。大げさに喜ぶのは適切でないとは思うものの、ようやく雲が晴れたことに、どうしても安堵の色は隠せなかった。

といっても、安堵の気持ちを大っぴらに表さなかったのは、節度をわきまえているからばかりではない。ファニーは殺人よりもキットのほうに頭がいっていたし、コリンは、逮捕の知らせにさして興味がなさそうで、その話題に飽きてしまったか、自分だけで何かを考えている風情だった。

ついにドアが開いて、キットが入ってきた。疲れて、気後れし、自分が何をしに来たのかわからないといった顔をしている。

「もう聞いたんだろう?」と、口ごもりながら言った。

ファニーは、そっけなく頷いて訊いた。「どこへ行ってたの?」

「映画館さ」

「映画館ですって? 一昼夜も?」

「いや、今日の午後だよ。昨夜は駅のホテルに泊まった」昨夜の恐怖感が、声ににじんだ。

「で、ローラはどこ?」と、ファニーが尋ねた。「ポールターさんの殺害容疑で二人の人間が逮捕されてもまだ、私が彼女に毒を盛ろうとした疑いを捨てられないでいるわけ?」

「彼女は、休んでいるんだ」と、キットは言い訳がましく言った。

「あなたこそ、休んだほうがいいんじゃないの?」

「僕は大丈夫さ」キットは、部屋の中に入ってきて、椅子に腰を下ろした。

バジルが立ち上がった。「飲み物が要るだろう?」

「ちょっと待って」と、ファニーが言った。「キット、あなた、どうするつもり? ここにとどまるために来たの? それとも、話し合うため? ただ荷物を取りに来ただけなの?」

キットが答える前に、コリンが立ち上がった。

「僕は帰るよ」

「もう少し残って、何か飲んだらいいじゃないか」と、バジルが勧めた。

コリンは微笑んで首を振り、ドアに向かった。

「じゃあね」と言って、彼は出て行った。

ファニーは、クレアも機転を利かせて少しの間、席を外してくれればいいのにと思ったが、クレアは動こうとしなかった。ほかのみんなが席を立って部屋を出て行って、他人との接触という大きなプレッシャーから解放される一人の時間をくれることを願っているかのように、疲れ果てた顔で暖炉のすぐそばに座っている。

「それで?」コリンがドアを閉めていなくなると、ファニーはキットに返答を促した。

「話があって来た。今回の件が片付いたら、ロンドンへ行く。ローラの望みなんだ。そうするって約束した」

「だったら、今すぐ行ったらどうなの?」と、ファニーが冷淡に言った。

「その――姉さんが僕の仕事を肩代わりしてくれる人を見つけるまで、待とうかなと思って」

「そりゃ、どうも。でも、それには及ばないわ。あんたが別の仕事を見つけたら、すぐにでも店を閉めようかと思ってたところだったのよ」

「キットはね」グラスにウイスキーを注ぎながら、バジルが穏やかに言った。「ここを出て行くことで、君が自分に毒を盛ろうとしたというローラの説をうっかり支持することになるのが心配なんだよ。ところで、キット、ローラはその推理を警察に話したのか?」

「いいや。話すつもりはない」

「それがいいでしょうよ」と、ファニーが言った。「もう犯人は捕まったんだからね」

バジルが持ってきたグラスを、キットはありがたく受け取った。

「それが彼女の条件だったんだな?」と、バジルが言った。「黙っている代わりに、ロンドンへ行こうって言ったんだろう」

キットはウイスキーを飲み込み、それには答えなかった。

「まあ、心配するな。おそらく、お前にとっても、それが最善の道だ」

「そういうことだと思ってたわ」と、ファニーは皮肉たっぷりに言った。「彼女は、自分の告発なんか信じちゃいなかったのよ。キットにプレッシャーをかける手段にすぎなかったんだわ。本当にそう思ってたんなら、お休みになる代わりに、今頃はここへ来て荒唐無稽な疑いについて謝ってるはずよ。ねえ、キット、あの人は謝りに来るの? それとも、悲劇の主人公のままでいるつもり?」

キットは、鋭い目つきで暖炉の火を睨んだ。

「ローラは——彼女は、ロブスターの苦い味のことが解明されていないって言ってる」

クレアが、冷ややかな疲れきった声を発した。「確かに、そのとおりだわ」

夫に向かって、ファニーが横柄に注文した。「私にも飲み物をちょうだい」

クレアは続けた。「じきに警察がその点を解明して教えてくれるとは思うけど、もし、そうじゃないとしたら……」

「わかってる」と、バジルが言った。「行きすぎとも思える偶然が、引っかかっているんだろう? 同じ部屋にいた二人の人間がフェニルチオ尿素の味を感じなくて、そのうちの片方に関して知っている人間が、少なくとも一人はその場にいた——そして、苦いロブスター……。そうなると、ヒ素そのものは事件に関係ないことになってしまう。そして、逮捕された二人も、犯行に関わっているとは思えなくなる」

「まあ、偶然というのは、確かに起きるものだけれど」と、クレアは言った。「あの刑事さんも、そう言っていたわ」

「そりゃあ、起きるわよ」と、ファニーが言った。「そんなの、しょっちゅうだわ。思いがけない場所で、知り合いに会うことはあるでしょう？　私なんか、ロンドンへ行って、知った人にばったり会わない日のほうが珍しいわ。それに、苦い味のことだって、簡単に説明がつく。私の料理に何か問題があったのよ。最初から、ずっとそう言ってるじゃない。おかしくも何ともないわ。何でもないときだって、思ってるのと全然違う味になることがあるのに、あの日は、ことさら緊張状態で混乱してたんだから。でも、ヒ素は話が別。うちの食品棚に、ヒ素なんて置いてない」

「だったら、何も心配は要らないな」と、バジルは言った。「ローラが、じきにその考えに賛同してくれるといいんだが」

この言葉に、キットは無理に笑みを浮かべようとしているように見えた。

「もちろん、賛同するさ」と、自信なさそうに言う。

キットの曖昧な返事を、和解したがっている証拠だと捉えたファニーは、すぐさま勢い込んで応じた。「そうだ、いいことを思いついた。ローラは、クレアには一目置いてるわよね？　それなら、今すぐクレアが会いに行ったらいいんじゃないかしら。犯人が逮捕されたんだから、クレアが話せば納得するかもしれない。そうなったら、私たち全員にとって喜ばしいでしょ。あらためて、ささやかなキットの婚約祝いを――」

「やめてくれよ！」と、キットが怒鳴った。

「そうだわ、それがいい。そしてまた、みんな仲良しになるの」ファニーは、いっそう熱心に言葉を続けた。「ロンドンに発つまで、キットはこの家に戻ってくればいい。そうよ、まさに名案だわ！クレアなら大丈夫。私は無理だけど。ローラが何かばかなことを言ったら、かっとなりそうだし、彼女は私に対しては身構えているでしょうから、そもそも話をさせてもらえないかもしれないしね。でも、クレアのことは信用してるから、きっと耳を貸すに違いないわ」

「まあ、そんな、どうしましょう」クレアは、誰にもその場から引き離されないよう拒絶するかのように、椅子に沈み込んで肘掛けをつかんだ。「私は、とても疲れているの。本当に、たまらなく疲れているのよ」

「だけど、クレア、ローラが分別を取り戻してくれたら、みんなの気持ちが軽くなるのよ」と、ファニー。「あなただって、そう。他人を疑って、憂うつな気分になることもなくなるわ。それって、精神を消耗するものね」

「私は、誰のことも疑ってなんかいないわ。まったく、これっぽっちもよ。私の心はほとんど真っ白な状態で、ほんの少し人類愛に染まっているだけなの。お願いだから、放っておいて」

「だめよ」ファニーは、あくまで譲らない。「こんな名案、ほかにないわ。今から行って、何とかローラを説得してここへ連れてきてちょうだい。できるだけ恥をかかせないようにして、うまくあの愚かな態度をやめさせることができたら、彼女だって喜んで来るはずよ」

「バジルに行ってもらえばいいじゃない」と、クレアは提案した。「こういうことは、男性のほうがいいでしょう。少なくとも、バジルは向いているわ」

「いいえ、あなたが適任よ。何しろ、ローラに好印象を持たれてるんだから」

さらに押し問答が続いたが、自分のアイデアにすっかり夢中になったファニーは、ますます活気づき、疲れきっているクレアには、とても太刀打ちできる状況ではなかった。しまいには、それ以上議論を続けるより、諦めてローラに会いに行くほうが楽だと思うようになった。自分の部屋から、キットにコートを取ってきてもらい、〈ワゴナーズ〉まで一緒に行くというバジルの申し出に首を振って、クレアは、夕暮れの冷たい空気の中に一人で出て行った。

彼女が出かけると、ファニーがキットに言った。「さあ、これで本当に少し元気が出てきたわね。クレアなら、うまくやってくれるわ。頭のいい人ですもの」

キットは、首を振った。「僕は、無理だと思う」

「どうしてよ?」

彼は肩をすくめた。「そんな気がするだけだよ。ちょっと荷物をまとめてくる」と言って、ドアに向かった。「ところで」部屋を出る前に、彼が尋ねた。「ジーン・グレゴリーの資産って、どこから出たものか知ってるかい?」

ファニーは、驚いてキットを見つめた。「ちょっと、何なの? どうして、そんなこと訊くの?」

「わからない」キットは、不安げな声で言った。「ローラが、窓からジーンのことを見かけて、知りたがったんだ。何となく——何となくだけど、彼女の口ぶりから、どこかでジーンに会ったことがあるんじゃないかと思ってね。確信はないけどさ」

「そうね、私の知るかぎり、昔ながらの方法で手に入れたのよ。つまり、両親の遺産を相続したってこと」

「確かなのかい?」

「そう言われてみれば、直接確かめたことはないわね。そういうことって、訊きづらいでしょ?」

「そうだね」キットは、深いため息をついて出て行った。

ファニーは、反射的にバジルに向き直った。「ねえ、いったいどういうこと?」

「見当もつかないな」

「何だか、気に入らないわ」

「そうだな。僕も同感だ」バジルは暖炉に近づいて、立ったまま火を見つめた。いつも無邪気で屈託なく見える、きらきらしたその目が、今は懸念で曇っていた。「クレアを、ローラに会いに行かせないほうがよかったんじゃないかな」

「なぜ?」

「本人が嫌がっていたじゃないか」

「あら、クレアはもともと、どこにも行きたがらない人だわ。神経症よ!」

「神経症の人には、かなり気を遣って接してあげなければだめだよ。そうじゃないと、あとで君に八つ当たりをしたり、自分自身を追い込んだりしかねない。僕には、クレアが限界点ぎりぎりのように見えた。それに、忘れてはいけないことがある」

「何?」

「まだ僕らは、彼女がなぜ、サー・ピーターに会いたがっていたかを突き止めていない」

椅子の背にもたれかかり、暖炉の炎がちらちらと照らしている、むっつりとしたバジルの細面を見上げていたファニーの眉が、驚きでつり上がった。「それはそうだけど、私、そんなことあまり気にしてなかったわ。あなたは、ずっと考えてたの?」

「断続的にだがね」

「で、何か考えついた？」

「いや、確かなことは何も」

「たぶん、私たちが心配するようなことではないと思うわ。キットとローラの問題に比べたら、どうってことないわよ。ねえバジル、あれ、どういう意味だと思う？　あの二人、どうなるのかしら？」

「結婚するんだろう」

「私ね、どうもそんな気がしないのよ。きっとあなたは、私がそうなってほしくないからだって言うでしょうけど。何だか、結婚しないような気がして仕方ないの。愛のない二人が、結婚なんかするかしら」

「じゃあ、君は二人が愛し合っていないと思うのかい？」

「ええ、そうよ」

バジルは暖炉に背を向け、暖炉上部の横桁に肩を預けて、瞑想《めいそう》するような目つきでファニーを見た。

「もし、本当に君の言うとおりだとしても、驚かないだろうね」

「キットがローラを愛していないのは、確かよ」と、ファニーは続けた。「スーザンとの間に何があったかがわかった今、何もかも合点がいくわ。スーザンに対しては絶対の自信があったのに振られてしまったものだから、その気になれば彼女以上の女性と付き合えるんだってことを、自分にもスーザンにも証明するために、ローラと婚約したのよ。そんな恐ろしくばかなことをする男になったのは、多分に私のせいね。私にべったりするのを許しておいたせいで、あの子の自信を損なわせてしまったんだわ。だから、スーザンのことで傷ついたとき、何か思いきったことをしなければならなくなってしまった。あなたには、そのことがずっとわかってたんでしょう？」

「まあね」

「どうして言ってくれなかったの？」

「僕が言ったって、君は聞く耳を持たなかったと思うよ」

ファニーは、しばらく考えてから、何度か頷いた。「ええ、そうね。わかるわ。私って、わからず屋ですものね。聞きたくないことを言われると、強引に自分の意見を押し通してしまうの」

「というより、それが原因で僕らが喧嘩になっていたかもしれない。僕は――僕には、そんなのは耐えられなかっただろうからね」

ファニーは、信じられないといった訝しげなまなざしで夫を見た。彼の口ぶりからすると、二人の間に深刻な口論が起きても破滅的な事態に発展せずに済むくらいに、妻が自分を愛しているかどうか、内心では自信がなかったように聞こえる。ファニーには、思い当たる節があった。バジルは、穏やかで一途《いちず》な愛を自分に注いでくれる一方で、ファニーの愛情が彼ではなく義弟に向けられていると思っているのではないかと感じることが、これまでにも時折あったのだ。

そしておそらく、そのとおりだったと、ファニーは思った。最近になって、キットが彼女の過保護な愛を疎んじているのを感じ、自分が何をしたというのだろうと、あれこれ自問自答するようになるまでは。

そうなってからは、バジルに対して、以前とは違う感情が芽生えてきていた。前よりずっと彼を意識するようになり、自分が夫を信頼し、頼っていることに気がついたのだ。

「心配しなくても、そんなことにはならなかったのに」と、彼女は言った。

「そのときになってみないと、わからないからね」

「そうね——だけど、きっと喧嘩になんかならなかったと思うわ。私は、議論好きじゃないでしょう？　人と争うことはしないの。トム・モーデュとだって、ぶつからないでいるくらいだから」

「君は、大事に面倒を見ている相手としか喧嘩しないタイプの人間だよな」

「だったら、何も心配することはないじゃない。でしょ？」

「ただし、そういう喧嘩は、時として根深いものになるんだ。今の君とキットとのようにね。いつまで続ける気だい？」

「私の中では、もう終わってるわ」と、ファニーは答えた。「みんなが仲良しになれるようにって、クレアにローラを連れ戻しに行ってもらったのを忘れた？　ローラのことは好きじゃないし、キットを愛しているようには思えないのに、なぜあの子を必要とするのか理解できないけど、二人が結婚するっていうんなら、反対はしない。キットは彼女とロンドンへ行ってしまうようだから、今後の付き合いには、細心の注意を払うわ」

「ローラがキットを必要とする理由は、容易に理解できる気がする」と、バジルは言った。「彼女なりに、キットを愛しているんだと思う。あいつに魅力を感じていて、自分が一人前にしてやれると信じているんじゃないかな。それに、見た目は美しくても、彼女はそれほど魅力的な女性ではない。自分でも、そのことに気づいているんだろう。しかも三十路前後で、子供もいる」

「近頃は、女の人が三十歳で結婚するのなんて普通よ」ファニーがバジルと再婚したのは、もっと年がいってからだったので、それとなく自己弁護をするように言った。「それに、一人や二人子供がいる女性の結婚だって、珍しくないわ」

「だが、たとえ正当な理由がなくたって、女性は先走って心配するものだろう」

「そうして、藁《わら》をもつかむってわけ？　まあ、私がローラみたいに仕事でそれなりに成功を収めていたら、キットは確かに藁に見えるでしょうね。しかも、相当に物足りない藁」

「それは、あいつが魅力的な男だということを、君が忘れているからだよ。ここ二、三年、その事実を垣間見る機会はたくさんあったはずなのにね」

「スーザンは、そうは思わなかったのね――」電話の音が、ファニーの言葉を遮った。「ミニーかも。また、何か泣き言を聞かされるのかしら。あなたが出て、私はいないって言ってよ。今は、モーデュ家の人間に関われる気分じゃないわ」

バジルは電話に歩み寄って、受話器を取った。

そのとき、ドアが開いて、クレアが部屋へ入ってきた。静かな足取りで、ファニーにもバジルにも視線を合わさず、真っすぐ暖炉のそばの椅子に近寄った。椅子を数インチ暖炉に近づけて、ぎくしゃくした様子で座ると、両手を火にかざし、目を見開いて、まばたきもせずに炎に見入った。顔色が異様に青ざめている。

呆気に取られて彼女を見るうち、嫌な予感がしたファニーは、強い調子で尋ねた。「いったい、どうしたの？」クレアの奇妙な様子に度肝を抜かれたために、バジルが電話に出ていることなど、すっかり忘れてしまっていた。

「ローラに会ったの」と、クレアが口を開いた。途中で声がかすれてしまい、言い直さなければならなかった。「ローラに会ったの――ここへは来ないんですって。やるだけやってみたけど、何を言っても無駄だったわ」

第十六章

キットが〈ワゴナーズ〉のローラの部屋をあとにした際、彼女は少し休みたいと言い、疲れているふりをした。だるそうにベッドに横たわって、靴を脱いで目を閉じ、あくびをしてみせたのだ。キットは、トーレス夫人に頼んでつけてもらった暖炉の頼りない火に石炭を足してから、静かに出て行った。

しばらくじっと横になって目を閉じていたが、庭を歩くキットの足音が聞こえたのを機に起き上がり、今しがた脱いだ靴を慌てて履いて、階下へ急いだ。

彼女は、トーレス夫人のもとへ行った。

「電話はありますか?」

「ええ、ありますとも。あの向こうですよ」と、トーレス夫人はまだ開けていないサルーン・バーの、片隅にあるドアを指差した。

ローラが行って開けてみると、それは暗い物置につながっていた。棚の上に電話があり、そばに電話帳が置かれている。物置の中は暗くて、目当ての電話番号を探せないので、電話帳を持っていったんバーのほうに出て明かりの下に立ち、ページをめくり始めた。トーレス夫人はその姿を確認してから、飲みかけだった紅茶を飲みにキッチンへ戻った。キット・レイヴンとあの若い恋人の間に、何かあったのだろうかと、彼女は思った。あの女性は、ずいぶん神経が高ぶっていて、妙な感じだ、と。

モーデュ家の電話が鳴り、ミニーが受話器を取った。

「ミス・モーデュはいらっしゃいます？」尊大な感じのする女性の声が言った。

聞き覚えのない声だったので、ミニーは、スーザンの仕事関係の人だろうと思った。

「ちょっとお待ちください。いると思いますから」

階段まで行って、二階に向かって呼んでみたが、返事がない。もう一度呼びかけてから、電話に戻った。

「すみません、いないようです」

「お母様ですか？」と、声の主が訊いた。

「はい、そうです」と、ミニーは答えた。

「ああ、モーデュ夫人、私はローラ・グリーンスレイドと申します。娘さんと、ぜひお話ししたいのです。とても重要なことで」

受話器を持つミニーの手が震えた。

「グリーンスレイドさん？」

「はい。娘さんは、すぐにお戻りになりますか？　どうしてもお話ししたいんですが」

「もうすぐ帰るはずです。いつも今時分には戻りますから。ライナムさんのお宅にいらっしゃるんですよね？　戻ったら、お電話させましょうか」

「いいえ、ライナムさんのお宅ではなくて、〈ワゴナーズ〉にいます。次の列車でロンドンに戻りたいので、数分後には出発しなければなりません。伝言をお願いできればありがたいのですが、よろしいでしょうか」声に、切迫した様子が感じられた。

ミニーの鼓動が速くなった。どんな伝言かを、何となく予感したのだった。

「ええ、もちろんです。紙と鉛筆を持ってきますから、少々お待ちください」

「いえ、その必要はありませんわ」せき立てるような興奮気味の口調で言った。「ただ――キットが私ではなく彼女を愛していることはわかっていて――それで、きっと彼女もキットを愛しているのだと思いますから、その――愛し合っている二人の邪魔はしたくないので、ロンドンに帰ります、と。お二人が幸せになることを祈っていますとお伝えください」

「でも、グリーンスレイドさん――ローラ――そうおっしゃられても――私、どうしたらいいか……」

相手よりなお興奮した声を出したミニーが言葉に詰まったとき、電話の向こうで笑い声のようなものが聞こえ、ぷっつりと切れた。

笑い声？　いや、そんなはずがないではないか。きっとすすり泣きに違いない。

「何てこと」混乱し、途方に暮れて、ミニーは立ち尽くした。「かわいそうに。こんなことしなくたって……こういうのを望んでいたわけじゃ……ああ、今頃どんなに悲しい思いをしているでしょう。かわいそうな人。本当に気の毒に」

「何を一人でぶつぶつ言ってるんだ」部屋に入ってきたトムが声をかけた。

ミニーは、ぼんやりとした視線を夫に漂わせた。禿げ上がった頭が視界の中で揺れ、彼に意識を集中できない。

「いったい、スーザンにどう伝えろっていうの？」と、大声を出した。「スーザンがどんな性格か、知っているでしょう？」

「いや、知らんな」と、トムは言った。「俺には、ほかのやつがどんな人間かなどわからん。とりわけスーザンはな」

「あの子は、プライドが高くて独立心が強いのよ。こんなことを知らされたら、二度と彼と口をきかなくなってしまうわ。ああ、トム、どうしたらいいのかしら？」

トム・モーデュは暖炉のそばに座って朝刊を手に取り、わざとらしくガサガサと音を立てて開いた。

「少し、静かにしてくれ」

「だって、トム、スーザンのことなのよ。グリーンスレイドって人からの電話だったの。キットのことは諦めて、ロンドンに戻るって言うの。彼とスーザンがお互いに思い合っているからですって。そのことを、スーザンに伝えてくれって」

トムは新聞を下ろし、不信感をあらわにした目で妻を見据えた。

「お前がそうなってほしいからって、話を作っているんだろう」

ミニーは、当惑しきったまなざしで夫の視線を受け止めた。「本当に、彼女はそう言ってすすり泣いていたのよ。胸が痛んだわ。それとも――それとも、ひょっとして、あれは笑い声だったのかしら？」

「どっちだっていいが、俺がお前なら、スーザンには伝えないね。もし、キットがあの子を必要としているなら、直接自分で頼みに来いってんだ。そしてまた、スーザンに断られりゃいい。あの子の話じゃ、前回はそうだったんだろう？　二日たっても心が決まらない若造なんぞ、ろくなもんじゃない。ましてや、のしをつけて、ほかの女から突っ返された男なんてな」トムは、再び新聞を広げた。「この俺は、いつだって自分の気持ちをちゃんとわかってる」

「そうね、あなた」と言いながらも、ミニーは上の空だ。「でも、あの子は、本当はキットのことが好きなのよ。私は——私、やっぱりあの子に話してみる……。伝えるって言ってしまったんだもの。それとも、ファニーに電話して相談したほうがいいかしら」

「やめろ!」と、トムが怒鳴りつけた。「あの女のアドバイスがなけりゃ、自分たち家族の問題も解決できないのか?」

「トム!」ミニーが、ショックを受けた声を出した。

トムは、新聞をしわくちゃに丸めた。「すまん。ファニーを悪く言うつもりじゃないんだ。ただ、お前が自分で判断せずに人にアドバイスを求めるのは、恵みを請うのと同じくらい情けないと思っただけだ。俺だったら、絶対に助言を求めたりはしない」

「そうね、あなた」

トムが、振り向いて耳を澄ました。

「スーザンが帰ってきた」

「あの子に伝えてみるわ。そうしたら、あの子自身が自分で判断するでしょう。それが、いちばんいいんじゃない?」

自分の分別に満足するように、ミニーはボサボサ頭を揺らして頷いた。

二人の耳に、スーザンが窓の下の壁に自転車を立てかけて、家の中へ入ってくる音が聞こえた。スーザンがまだ狭い玄関にいて、手袋を脱いで冷えた指に息を吹きかけているところへ、母の呼ぶ声がした。面倒くさそうに無視をして返事をしないでいると、ミニーが飛んできた。

「ついさっき、電話でお前に伝言があったんだよ」と、勢い込んで言う。「ローラ・グリーンスレイドからね」

スーザンは思わず眉をひそめた。小さな四角い顔は冷たい風でこわばったように見え、何かを一心に考える目をしている。彼女はふだんから、両親から距離を置くのに慣れていて、二人の会話も、自分への話も、半分上の空で聞き流すことが多かった。そして今、ワンテンポ遅れて、何か興味深い言葉を聞いた気がしてきた。そう思った瞬間、今しがた耳にした名前に思いがけず心を突き刺されたように感じて、さらに顔をしかめ、一瞬、父親にそっくりな表情になった。

「今、何て言ったの？」トムを彷彿《ほうふつ》とさせる口調で、鋭く訊いた。

ミニーは、しどろもどろに、ローラのメッセージを伝えた。

それを聞くスーザンの目に、ひどく気遣わしげな色が浮かんだ。何も言わずに両手を見つめていたかと思うと、静かにゆっくりと再び手袋をはめ始め、古くてよれよれの手袋なのに、じっと視線を注いだまま、注意深く丁寧に指に沿って伸ばした。そして突然、母親の首に抱きついて頬にキスをし、慌てて家を飛び出すと、自転車を手にして小道まで庭の私道を押していき、村の方角へと走りだしたのだった。

ローラがロンドン行きの列車に乗る前にどうしても会わなければと思い、初めのうちは必死にペダルを漕いだ。会って何を言えばいいのかは、わからない。実のところ、何か言うより、いきなりローラの顔をひっぱたいてやるほうが簡単だろうと思った。自分の気持ちを言葉にするくらいなら、そのほうがずっといい。トム・モーデュの娘としての経験からすると、言葉というのは、あとあとまで残る混乱を招く、きわめて当てにならないものだ。何気ないところから始まって、しだいに力と残酷さを増していき、しまいには、影響が及ぶ範囲にあるものをすべて破壊する。彼女は、ローラを破滅させたいなどとは思っていなかった。傷つける気だってない。自分はただ……

ただ、どうしたいのだろう？　キットを必要としているのか、そうでないのか？

ペダルを漕ぐ足が、少しずつ重くなった。ローラよりも、キットに思いが移っていく。言うまでもなく、彼女はキットを愛していた。自分とローラに対する扱いに、荒々しく愚かしい感情をかき立てられたにもかかわらず、彼のことを深く愛しているのだった。そして、ようやくそんな自らの本心に気づき、自分が粗野な愚か者以下のように思えて、ここ二週間というもの、激しく落ち込んでいた。彼を取り戻せるなどとは、夢にも考えなかった。ファニーのパーティーで顔を合わせて、ローラとの婚約で少しもキットが幸せそうでないことがわかってもなお、彼を止めることはできないと思った。トム・モーデュのそばで育った彼女は、いったん男が不合理なことをしようと心を決めたなら、どんなことをしても、そこから救い出すことはできないと思い込んでいたのだった。

ところが今、ローラは、彼を自分に返してよこそうとしている。

スーザンは、まだローラと会ったことがない。写真で顔を見て、ファニーから話を聞いただけだ。電話での驚くべきメッセージにしても、母を介して受け取ったので、声も知らない。正確には何と言ったのか、また、どんな口調で言ったのかもわからなかった。母は、彼女がとても興奮していたようだったと言ったが、母親が客観的な報告のできる人だとは思えなかったし、実は悪意に満ちたからかいなのではないかという疑念が、頭から離れなかった。ペダルを漕ぐスピードをさらに緩めながら、ふと、コリン・グレゴリーが勧めてくれた仕事のことを考えた。あの仕事は、まだ空きがあるだろうか。

村の通りで、ジーン・グレゴリーを見かけた。

ジーンは、〈ワゴナーズ〉の前に立って通りをキョロキョロと見まわしていた。誰かに見られていないか確かめているように、スーザンには見えた。

そんな印象を持つのは、奇妙なことだった。ジーン・グレゴリーほど、そういう行為が似合わない人はいないと言っていい。彼女くらい、こそこそする必要のない人生を送っている人間は、そうはいない。それなのに、スーザンがブレーキをかけて自転車を下り、押しながらジーンのほうへ近づいていくと、自分の姿を見て彼女がぎょっとし、苛立ちの混じった当惑顔になった気がしたのだった。

スーザンは、すぐに話しかけた。「ローラ・グリーンスレイドに会いに来たのよ」

「あなたが？」妙に強調したその言い方は、まるで本当は「あなたも？」と言おうとしたように聞こえた。

それで、ついスーザンは尋ねた。「じゃあ、あなたも彼女に会いに？」

「あ、いえ、そうじゃないわ」と、ジーンは言った。「ええと、私は――実は、〈ワゴナーズ〉にコリンがいないか見に行くところだったの」

スーザンは、自分のことで頭がいっぱいだったので、なぜジーンが嘘をつくのか問いただすことはしなかった。嘘をついているのは、明らかだった。いくらおとなしくて厳格だといっても、〈ワゴナーズ〉に入るところを見られないように、あれほどこそこそ辺りを見まわすなんて、おかしな話だ。壁に自転車を立てかけて、スーザンはサルーン・バーのドアを押し開け、あとに続くかどうかは、ジーンに任せた。

ジーンは少しの間、動かないでいたが、やがて肩をすくめ、気が進まずにためらうような様子で、スーザンのあとから店に入った。

スーザンは、トーレス夫人に、グリーンスレイドさんはどこにいるかと尋ねているところだった。店内にいたのは金物屋のフレッド・デイヴィンだけで、バーの定位置に一パイントジョッキを前にして座っていた。彼がジーンに挨拶をしたので、あとから入ってくる音が聞こえなかったスーザンは、初めて彼女がそこにいることに気づいたのだった。ちらっと振り向いてみて、ジーンが顔面蒼白なのに驚いた。外の暗がりではわからなかったが、顔がひどくやつれて青ざめており、きっと気分が悪いのに違いないと、スーザンは思った。もしそうなら、通りでの変わった行動にも説明がつく。急に倒れそうになって、慌てて誰か助けてくれそうな人を探していたのかもしれない。

「ジーン、大丈夫?」と、スーザンは心配して訊いてみた。

ジーンの目は、熱に浮かされたような光をたたえているが、瞳は虚ろだった。

「ええ、私は何ともないわ」と、まるでその質問に驚いたといった調子で答えた。「トーレスさん、主人を見ませんでした?」

「いいえ、朝から見てませんよ」

「だったら――だったら、座って待たせていただいてもよろしいかしら? ここで待ち合わせていますので」

「もちろんですとも。おかけになって、楽にしてらしてくださいな」トーレス夫人は、スーザンのほうへ向き直った。「彼女は、部屋にいると思いますよ、モーデュさん。出て行くなんて、私は一言も聞いちゃいないけどね。レイヴンさんには念を押しといたけど、あの部屋は確かにあんまり広くないんで、お気に召さなかったのかもね。レイヴンさんには、ちゃんと言ったんですよ。『部屋は広くないですよ』ってね。『それでもよければ、こっちは歓迎だけど、たとえその人が気に入らなかったとしても、文句はなしですよ』って、ちゃんと言っといたのに――」

「ありがとう」と言って、スーザンはドアを抜けて、階段を上っていった。

とても立ち上がれそうにないといった感じで椅子に体を沈めているジーンは、孤独な雰囲気をまとい、自分の中に閉じこもって、完全に場違いに見えた。よほど寒いのか、わずかに震えている。

それを見たフレッド・デイヴィンが声をかけた。「もっと暖炉のそばに来たらどうかね、グレゴリーさん」

ジーンは、彼のほうへ頭を向けかけた。

と、そのとき、二階で悲鳴が上がった。

サルーン・バーにいた三人のうち、ジーンが真っ先に動いた。まるで、その声を待ち構えていたかのようだった。トーレス夫人は、まだ胸に片手を当てていたし、フレッド・デイヴィンは、店の中で悲鳴が起きるなんてあまりに突拍子もないことだから、聞き違いだと思っているような不思議そうな顔で辺りを見まわしていたというのに、ジーンはいち早くスーザンが姿を消したドアに走り寄り、勢いよく開けると、階段を駆け上がり始めたのだ。

だが、ジーンが三段目に足を掛けたとき、驚きと恐怖で真っ青になったスーザンが、転がるように下りてきた。ジーンにぶつかりそうになって、とっさに彼女の肩につかまり、もう少しでジーンまで転んでしまうところだった。

「行ってはだめ――行かないで！」と、スーザンは叫んだ。「恐ろしい状況なの！」

ジーンは、彼女の体を引き離した。戸惑った優柔不断な態度は消え去り、震えは止まっていた。スーザンの怯えきった目を鋭い目つきで捉え、再び階段を上ろうとした。

　スーザンが、その腕をつかんだ。

「だめ――あそこに入ってはいけないわ、ジーン！」と、泣きじゃくる。「彼女が――彼女が死んでるの！」

「ローラ・グリーンスレイドなの？」と、ジーンが言った。

　そのときにはもう、トーレス夫人とフレッド・デイヴィンも、階段下の狭い廊下に駆けつけていた。彼らの耳に、スーザンの言葉が聞こえた。「そうよ。背中からナイフの柄が突き出ていて、血まみれなの――彼女、殺されたのよ、ジーン！」

　ジーンは、スーザンの手を振りほどいて二階へ上がった。

　フレッド・デイヴィンが、自分が上がっていくから戻ってこいと呼びかけた。

「私は看護婦です」と、ジーンは厳粛に言った。「こういう場面は、前にも見ています」

　ジーンを追って、フレッド・デイヴィンもすぐあとからローラの部屋に飛び込んだ。

　彼が入ってみると、ジーンはその場に佇み、ぴかぴかに磨かれたリノリウムの床に手足を投げ出してうつ伏せに倒れているローラ・グリーンスレイドを見下ろしていた。ローラの黒髪はほどけ、頭の周りに垂れ下がっていた。両手は、何かをつかもうと伸ばしているように見える。角製のナイフの柄が肩甲骨の間に突き出し、ツイードジャケットの大きなパッチが、たっぷりと血を吸い込んでいた。暖炉の中では、彼女が注文した火が勢いよく燃えている。

　フレッドが立ち尽くしていると、ジーンが今にもナイフの柄に触れようとするかのように身を屈めた。

「何も触ってはいけないよ、グレゴリーさん」と、彼は注意した。

「ええ、もちろんです」と、ジーンは言ったが、それでも屈んだまま、乱れた髪の隙間から少しだけ見えるローラの顔を覗き込んでいた。そして、ゆっくりと体を伸ばすと、ドアのほうへ向かった。

「警察に通報しないと」と、彼女は言った。

「しかし、誰がこんなことを?」まるでジーンが教えてくれるとでも思っているかのように、フレッドがつぶやいた。「レイヴンさんではないぞ。彼は、そんなことをする人じゃない」

「ええ」

ジーンは部屋を出て、階下へ行った。

バーでは、トーレス夫人がスーザンと自分用にブランデーを用意していた。要るかと尋ねもせず、ジーンとフレッド・デイヴィンにも注ぐ。トーレス夫人がジーンの前にグラスを押しやると、彼女はわずかに首を横に振った。

「いいから、飲みなさいよ」と、トーレス夫人は、あくまで勧めた。「私だったら、お金をくれると言われたって、あんたみたいに上がってはいかなかっただろうね。モーデュさんの話を聞いたら、なおさらだ。飲んだほうがいいよ」

ジーンは、また首を振って、スーザンに目をやった。

「死んでいたわ」と、ジーンは言った。「確かよ」

「わかってるわ。私——私、見たもの」と、スーザンが言った。

「彼女に触ったの?」

「いいえ、その——触ってはいないと思うわ」スーザンは、放心状態のようだった。「でも、あんなに血だらけで……母さんに電話しなくちゃ」と、辺りを見まわす。「トーレスさん、電話はどこ?」

困ったことがあると真っ先に母親に告げようとする、子供のような言い方だった。

「あそこの物置の中ですよ」トーレス夫人は、前にローラに言ったのと同じことを言った。

フレッド・デイヴィンは、すでにブランデーを飲み干していた。

「今から警察に行くよ、トーレスさん。あんたらが、女性だけでここに残るのが心細くなければな。嫌なら、隣のクローフットさんを呼んでくるが」

「いいえ、私らは大丈夫さ、デイヴィンさん。ありがとう。ただし、あんまり遅くならないでおくれね」トーレス夫人は気丈に言って、再びブランデーのボトルに手を伸ばした。「気の毒にね。何てひどいことをするんだろう! かわいそうなレイヴンさんに、いったい誰が知らせりゃいいんだい?」

「私がやるわ」スーザンがつぶやいて、電話のほうへ向かった。「ライナム夫妻のお宅に電話します。そうすれば、彼らが伝えてくれるでしょう。それに、母にも電話しなければ……」

物置に入っていくと、スイッチを見つけてほの暗い明かりをつけ、ドアを閉めて受話器を取り上げた。

まず自分の家へ電話し、それからライナム家にかけた。簡潔かつ冷静に、母とバジルに順に事情を説明して受話器を置いたとき、床に落ちていた白いものに目が留まった。何気なく、スーザンはしゃがんで拾い上げてみた。

それは、チャールズ・グリーンスレイド夫人宛ての封筒だった。古い封筒で、ハンドバッグかポケットにしばらく入れられていたのか、かなりしわくちゃになっている。中には何も入っていなかったが、隅に鉛筆で電話番号が二つ書かれていた。どちらも、スーザンには見覚えのあるものだった。一つはモーデュ家の、もう一つはグレゴリー家の番号だったからだ。

スーザンは、物置の中で逡巡した。二つの番号から見て、ローラが自分だけでなくジーンに電話をかけたのは確かなようだ。だとすると、ローラがジーンに会いに来てくれるよう頼んだか、ローラが言ったことのせいで、ジーン自身が会いに来ようと思ったということになる。ローラに会うつもりだったから、人に見られないように〈ワゴナーズ〉の前で辺りをうかがっていたのだ。

あるいは、と考えて、急に胸がどきどきしてきた。自分が自転車でやって来たとき、ジーンはすでにローラに会ったあとではなかったのか？　ひょっとして彼女は、店から出てきたところだったのでは？

ポケットに封筒をねじ込み、ジーン本人に見せて説明してもらうまでは、誰にも見せまいと決めた。物置の明かりを消すと、バーに足を踏みだして店内を見まわし、彼女を捜した。

しかし、ジーンの姿は、忽然《こつぜん》と消えてしまっていた。

第十七章

バジルは、スーザンと話したあとで受話器を置き、物思わしげにクレアを見た。彼女は体を硬くして椅子の端に腰かけ、暖炉に両手をかざしていた。

「クレア」と、彼は優しく話しかけた。「本当は何があったんだ？」

クレアは俯《うつむ》き加減で、顔がよく見えなかった。「何のこと？」

「君がローラに会いに行ったとき、何があった？」

「私が訪ねたとき、彼女は――」

「生きていたのか、それとも死んでいたのか？」

ファニーが、あっと叫んだ。金縁の古い鏡に映ったときのように、その顔は青ざめて歪んでいた。

「死んでいいたですって？」

「スーザンが、そう言っていた。〈ワゴナーズ〉の部屋で、背中を刺されていたんだそうだ。彼女が発見したらしい」

「私が行ったときには、生きていたわ」クレアが虚ろな顔で言った。「あなたたちが仲良くしたがっていることを話して、一緒に来てくれって説得したけれど、彼女は拒否したの。それがすべてよ」

バジルは、ドアへ向かった。

ファニーが、すかさず尋ねた。「どこへ行くの？」

「キットを捜しに行く」と言い残して、バジルは出て行った。

ファニーは、現実をまだ受け入れられずに、ぼんやりと彼の姿を見送った。それから、クレアに向き直った。その顔に怒りが差していた。

「クレア、あなた、本当のことを話してないでしょ。最初から、本当のことを言ってないんだわ。今のあなたを見れば、嘘をついてるのは一目瞭然よ。何があったの？　本当は、何が起きたのよ？」

クレアは答えなかった。固まって座ったまま、じっと考え込んでいるふうだった。

「クレア！」ファニーが大声を出した。

とっさにしかめたクレアの顔は、執筆を中断されたときと同じ表情だった。ほかの人間が部屋の中にいるという事実を、消し去ってしまいたいという顔だ。

ファニーは、重い足取りで部屋を横切って、クレアの前に立ちふさがった。

「クレア、あそこで何を見たのか、真実を話してちょうだい」

どこか上の空で、クレアが答えた。「もちろん、死んでいたわ」

「もちろん？　じゃあ、何で、生きていたなんて言ったの？　あなた、いったい、どうしちゃったのよ？」

「ええ、そう、彼女は死んでいたわ」話しながら考えているような口調だった。「行ってみたら、死んでいたのよ。死体を発見して、気が動転したわ。人生で、これほどのショックを受けたことはないと思う。巻き込まれたくなくて、そっと部屋を出たの。でも、嘘をついていることが一目瞭然だと言うんなら、死体を見つけたのを正直に認めるほうがよさそうね。そう——死んでいたわ」まるで、その言葉を繰り返して、どう響くか確認するかのようだった。

ファニーの体に、悪寒が走った。手に、足に、そして背筋にも。その悪寒が頭のてっぺんに到達し、脳に染み渡っていくような感覚に陥った。

「まだ、嘘をついてるでしょ」

「いいえ、真実を話しているわ」

「だったら——あなたが、どうかしちゃったのね」

「ええ、そのとおりよ。とんでもないショックを受けたんだもの」

階段に足音がして、ファニーは、キットとバジルが一緒に下りてくるのに気づいた。ドアまで行ってみたが、キットは横をすり抜けて出て行ってしまった。彼女に一瞥《いちべつ》をくれたが、足を止めることはしなかった。バジルは、ファニーの肩に手を置いて、居間の中へと導いた。

「あの子と一緒に行かなくてよかったの？」と、ファニーは訊いた。

「あいつが、一人で行きたいって言ったんだ」

クレアは、まだ暖炉のそばの同じ場所に座っていた。バジルは、彼女に目をやり、物問いたげにファニーを見た。

「ローラは死んでたって言ってるわ」と、ファニーは言った。

「当然だろうな」と、バジル。

「当然よね」と、クレアが繰り返した。

「でも、だったら——」と、ファニーは言いかけて、バジルが微かに頭を左右に振ったのを見て口をつぐんだ。

彼は部屋の真ん中に立ち、険しい顔で床を見つめて、これからどうすべきか考えているようだった。ファニーが口を開こうとすると、再び首を振った。クレアも、じっと座ったままだ。まるで部屋の中の三人にとって、ローラの死は何の感想も必要ないもののように、ファニーには感じられた。とうとう、彼女は沈黙に耐えられなくなった。

「あなたたち、いったい、どうしちゃったの？」と、彼女は大声を出した。「何をしてるのよ？」

「それぞれのやり方で、二人とも考えをまとめようとしているんだ。できるだけ早くね」と、バジルが答えた。

「警察が来る前にってこと？」

「それは、たぶんクレアの問題だな。僕のは——僕の問題は、もう少し難解だ」

「どういうことか、わからないわ」と、ファニーは言った。

「ローラが、僕らの毒殺事件の真の標的だったということが明らかになったわけだから、問題は……」

玄関をたたく音がして、バジルは言葉を切った。

「もう警察が来たのかしら？」ファニーが、不安そうにクレアを見た。

「僕が見てこよう」と、バジルは言ったが、クレアは身じろぎもせず、ノックが聞こえた様子すら見せなかった。

少しして、バジルは警察ではなく、コリン・グレゴリーを伴って戻ってきた。部屋に入りながら、バジルは事の次第をコリンに話していた。ファニーは、バジル一人に任せておけずに途中で割って入って、夫が話したばかりの内容をほとんど同じ言葉で説明した。クレアは、コリンのほうを見ようともしないで、身を硬くして暖炉と向き合ったままだ。

彼女のこの様子が必要以上に奇妙に映ったのか、それともほかに何か考えていることがあるのか、バジルとファニーが説明する間、コリンはクレアから視線を外すことができないようだった。話を聞き終わると、しばらく黙り込んでいたが、やがて、何と言っていいかわからないというふうに、途方にくれたしぐさを見せた。

そして、ようやく口を開いた。「ところで、僕が帰ったあと、ジーンはここへ来なかったよね？」

「いいえ、来てないわ」と、ファニーが言った。

コリンは、小声で何かをつぶやき、ドアのほうへ引き返そうとした。

「どうして？」と、慌ててファニーが声をかけた。「どうかしたの、コリン？」

「別に。何でもないよ。ジーンがここにいるかもしれないと、ちょっと思っただけさ。ここじゃないとすると――」

そのとき、再びドアがノックされた。

またもや、ファニーが大声で言った。「今度こそ、警察よ！」

しかし、現れたのは、モーデュ夫妻だった。

ふだんとは違い、今日はミニーがトムの前に立って入ってきた。彼女は、何らかの強い感情に支配されているようだった。痩せこけて弛んだ体に力が入って引き締まり、いつもより数インチ背が高くなったように感じられる。その目が、怒りに燃えていた。

「ああ、よかった」と、コリンを見るなり、ミニーは言った。「あなたを捜してたのよ！」

ずっと妻の背後に隠れていたいのだと言わんばかりに後ろに立ったままのトムは、妙に小さく、おどおどして見えた。

「ファニー、こいつはミニーの提案なんだ」と、彼は言った。「俺は、面倒を起こす気なんかないかな」

ミニーは、険しい顔で周囲を見まわした。「コリンの家に行ったら、ここへ向かったって言われたの。このほうが、むしろ好都合だわ。公平な立会人の前で、言いたいことが言えるから」

「何だい、ミニー？」コリンは静かに言った。だが、まだ急いでジーンを捜しに行こうとしているのか、ドアのほうへじりじりと近寄っていく。

ミニーは、まるで命懸けで嵐の海へ飛び込んで泳ぎだそうとするかのように、深く息を吸った。が、そのとたん、いつものおとなしい、しどろもどろしたしゃべり方に戻ってしまった。「あのね、コリン、スーザンから事情を聞いてすぐに思ったの。私には、しなくてはならないことがあるって。あなたに会うことよ。だって、あなたがこの事件のことを知ったら、またすぐに首を突っ込んできて口出しするにきまってるもの。どうしてか知らないけど、ここ一、二週間、あなたは、私たち家族の問題に干渉してばかりだったでしょう」ミニーの声が、少しだけ大きくなってきた。徐々に怒りが戻ってきたのだ。だが、コリンに面と向かうと、自分で思っていたほどの怒りを維持するのが難しいようだった。「はっきり言っておくけど」と、彼女は言葉を続けた。「警察へ行って、あなたのお得意の意味ありげな口ぶりで、スーザンがローラに会いに行ったのはおかしいなんて告げ口することは、私が絶対にさせない。スーザンが会いに行った理由を私の口から警察にきちんと説明するまで、ファニーとバジルに、あなたを引き留めておいてもらうわ」

「娘が自分で話せるとは思わないのかい？」と、コリンが訊いた。

声は相変わらず穏やかだったが、表情には、さっきまでより動揺が見られた。話しながらも、ミニーのほうではなく、部屋に何人か入ってきたことにまったく興味を示さずに暖炉のそばでじっと固まっているクレアを見たままだ。だが、コリンの目に浮かんだ不安が、ミニーの言葉によるものなのか、クレアの沈黙のせいなのかは、わからなかった。

ミニーが続けた。「あなたに干渉されないでいられれば、スーザンは大丈夫でしょう。でも、うちへやって来てトムを脅すようなことをされたあとでは、あなたが次に何をしでかすか、気が気じゃないのよ」

「僕は、君らを脅してなんかいないよ、ミニー。確かめたいことがあって行ったんだ。ただ、それだけさ」

「脅したわよ」ミニーは、あくまで言い張った。「あなたは、トムと私を脅した。私たちがサー・ピーター・ポールターを殺したっていう見事な作り話をでっち上げてね。そして、もし、これ以上ライナム夫妻を傷つけるようなことが起きたなら、その話を警察にするって言ったじゃない」

「君がここへ来たのは、それが理由なのか?」と、コリンが訊いた。「さらに事件が起きたから、僕が警察に話しに行くと思ったのかい?」

トムは、バジルが作ってやった酒を飲み干したところだった。

「俺は、怖くなんかないぞ」と、彼は言った。「これっぽっちだって、恐れてなんぞいない。こんな話し合いをしようってのは、ミニーが言いだしたことだ。俺は、必要なときには、腹の内を正直にぶちまけるのに賛成だが、いつだって、できるだけトラブルは避けたいと思っている。それは、お前らだってみんな知ってるはずだ」

「もちろんだよ、トム」と、コリンが言った。「あんたは、村いちばんの平和主義者さ。僕が脅したように感じたのなら、すまなかった。今も言ったとおり、ちょっとした情報が欲しかっただけなんだ。どうも、やり方がまずかったようだ」

「ああ、恥知らずにもほどがある」と、トム。

「おかげで、僕らが考えていたのとは逆で、スーザンがキットを振ったのだとわかった。つまり、あんたには、ライナム家に恨みを抱く動機がないということだ。そこで、サー・ピーターの死に関する僕の仮説の一つは崩れた。だが、事前にそれを検証しなければならなかったんだ。もう一つの仮説に絞り込む前にね」

「しなければならなかった、だと？　本当にそうだったか？」トムの声には、いつもの激しやすい甲高さが戻っていた。自分の推理が崩れたとコリンが認めたことで、かんしゃくにブレーキをかけていた恐怖感から、解放されたかのようだった。「お前には、義務ってやつがわかっちゃいないらしいな。いいか、真実を教えてやろう。俺は何でも面と向かって言う主義だ。真実はな、お前は何もしなくてよかったんだよ。警察は、有能で賢いんだ。つまり、お前が俺たち家族の問題に首を突っ込む必要性なんぞ、どこにもなかったのさ」

「そうよ、有能で賢いんだから」トムが発した言葉を、ミニーが誇らしげに繰り返した。「もう一つ言わせてもらうと、トムと私は、一日中、二人で家にいたの。スーザンからの電話を受けるまでね。だから、私たちのどちらかが、あの哀れな女性の死に関わっているなんて言おうとしたって無駄よ。スーザンだって……」

「そうだ」と、コリンが言った。「僕らがもめる前に、スーザンのことはどうなってる？」

「あの子がグリーンスレイドさんに会いに行ったのは、彼女が電話をしてきたからよ。キットは本当はスーザンを愛していて、スーザンもキットを愛していると思うって。愛し合っている二人の間に割り込みたくはないから、彼のことは諦めてロンドンに戻るって言ったの」

「ロ、ロ、ローラが、そう言ったの？」ファニーが、信じられないという声を上げた。「あ、あ、あのローラが？」

ミニーは、重々しく頷いた。「この私に、そう言ったの。スーザンは留守だったから、伝えてほしいって頼まれたのよ。彼女、とてもすてきな女性だったんじゃないかしら。親しく知り合う機会があったらよかったと思うわ。とはいっても、当然スーザンは、電話でのそんなやり取りで済ますようなことではないと感じたから、自転車に跳び乗って、彼女に会いに行ったの。そして、死んでいる――殺されている彼女を発見してしまったのよ！」

「ミニー、あなた、ローラと直接話したの？」ファニーが考え込みながら訊いた。

「彼女が話すのを聞いたのは、それが初めだったのよね？」

「そうよ。一字一句覚えているわ」

「ええ、残念ながら」

「だったら」と、ファニーは興奮気味に言った。「少なくとも、一つわかったことがあるわ。一つだけね。ローラを殺したのは、女よ」

トムとミニーは顔を見合わせ、トムのほうが言った。「ファニー、何でそんなことがわかる？」

「声よ。電話の女性の声。ミニーと話したのは、明らかにローラじゃないわ。ローラが、そんなことを言うはずないもの。絶対にね。人だって物だって、自分から諦めるような人じゃない。そんな話はでたらめよ。ミニーに電話してローラだと名乗った人間は、実際はローラじゃなくて、彼女を殺した犯人だったの。スーザンになら、容易に疑いを向けられると考えて、現場におびき寄せようとしたのよ。そして、その計画どおりに事が運んだ……」自信ありげに早口でまくしたてていた言葉が、ふいに止まった。ファニーは、怯えた目で部屋を素早く見まわした。誰の顔にも視線が留まらないよう気をつけて。特に、暖炉のそばで、体をこわばらせて沈黙を守っている姿に。それから、バジルのほうを向いて、その腕にしがみつき、小声で言った。「でも、どうして？……いいえ、そんなはずない。動機がないもの」

コリンが言った。「動機ならあるよ、ファニー」

ファニーは、目を見張って彼を見つめた。

コリンは、ひどく疲れて落胆したようなため息をついた。そして、まだローラの写真が置いてある窓に歩み寄り、しばし、その美しい虚ろな顔を黙って見下ろした。

「動機は、ちゃんとある」と、低い声で言った。「だが、その点は、少しあとまわしにしよう。まずは、フェニルチオ尿素の件からだ」

部屋の中が、驚きでざわめいた。コリンの口調ががらりと変わったことに、誰もが不意を突かれたかのようだった。ことにバジルは、はっとした表情を見せ、今起ころうとしていることがとうてい信じられないというように、痩せた浅黒い顔に並々ならぬ好奇心を浮かべている。

コリンは、写真のフレームに沿って指の爪を這わせながら、淡々と続けた。

「ロブスターの奇妙な苦い味と、ある種の苦さを感じない二人の人間がいたことが、この事件をややこしくしたんだ。この件では、フェニルチオ尿素という言葉が何度も登場した。それによってみんな、グリーンスレイド女史かサー・ピーターのどちらかがフェニルチオ尿素の味を感じない事実を知る誰かが、ロブスター・パイにそれをたくさん振りかけて馬一頭を殺せるほどのヒ素を混入すれば、標的は何の疑いも持たずに食べ、一方、ほかの人間はそんなひどい味のするものに手はつけないと、もくろんだのだと考えた。さて……」もったいぶったように、やや言葉を引き延ばした。「確かに、その可能性も否定できないとは思う。そういう方法での殺害を考える人間もいないとは言いきれない。だが、九九パーセント、成功の見込みはないと言っても過言ではないだろう。計画がうまくいかないケースを考えてみれば、わかるはずだ。まず、今回の件がまさにそうだったが、フェニルチオ尿素の味を感じない人間が、ほかにもいるかもしれない。そうなると、ターゲット以外の人間まで死ぬことになる。必ずしも、犯人がそのことに心を痛めたと言っているわけじゃないが……」

「ちょっと、いいかい?」と、バジルが口を挟んだ。「それは、きわめて確率が低いと言えないか?確率がゼロではないから、今度のように実際に起きてしまうことはあるわけだが、犯人は、そんなことは起こらないと踏んでいたんじゃないかな」

コリンの声が、冷笑的な色を帯びた。「それは、科学の分野で統計を扱うのに慣れている人間の言い分だな。現実的な僕に言わせれば、犯人は大量殺人につながる危険性のことを考えていたと思うね。ところが、その手口だと、犯人からすれば、もっと大きなリスクを冒すことになる。つまり、毒入りロブスターを誰も食べないというリスクだ。もし、周りの人間がこぞって変な味がすると言いだしたら、たとえその味がわからないターゲットだって、心配になって手をつけないかもしれない。だから、もう承知だと思うが、犯人はそんな方法を取ったんじゃないと、僕は確信している。実を言うと、ロブスターには、フェニルチオ尿素もヒ素も、入ってはいなかったと思う」

部屋の中がざわざわした。ほとんど驚愕と言ってもいい疑いのざわめきだったが、同時に、ちらほらと賛同の声も交じっていた。

ミニーが言った。「それにしても、なぜ、さっきからあなたは、あの二人のうちどちらが殺されるはずだったかわからないような言い方をしているの？」

「わかっているのかい？」と、コリンが逆に尋ねた。

「もちろんよ。哀れなグリーンスレイドさんだわ。彼――あるいは、ファニーの言うように彼女かもしれないけど、とにかくこの邪悪な犯人は、一度目で失敗したものだから、今日の午後、そもそもの目的をやり遂げたのよ」

「それは違うと思うな」と、コリンが言った。「僕は、そうは思わない。だが、まさに僕らにそう思わせるのが狙いだったんだ」

彼はいったん言葉を切り、写真に背を向けて、全員を見まわした。

誰も何も言いださないので、注意深く言葉を選びながら続けた。「ローラの殺害は、フェニルチオ尿素の味がわからないという特異体質と同じで、犯人の最大の目くらましだ。彼女は、あくまでも被害者として出しゃばろうとしたために死ぬことになった。ローラが自ら好都合な状況をつくり上げてくれたから、犯人はそれに乗っかって殺しさえすればよかったのさ。そうすれば、サー・ピーター・ポールターの殺害があたかも間違いであったかのように見えて、真の手口と狙いが暴かれることはない」

長いことじっとしていたクレア・フォーウッドが、わずかに動いた。頭を上げ、真っすぐに、だが虚を突かれた驚きのまなざしを、コリンに注いだのだ。

次のコリンの言葉は、彼女に向かって発せられたものだった。穏やかな優しい口調で、彼は言った。

「そうですよね、フォーウッドさん。ロブスターに、ヒ素なんか入っていなかった。あなたが、旧友たちに害を及ぼす危険を冒すはずがない。あなたはキッチンへ行き、ロブスターに、何か苦いものを加えた。サー・ピーターが、一定の物質の味がわからないことを知っていたからだ。もし、ほかの人が敬遠したパイを彼がいくつかでも食べたなら、本当に毒が入っていたのがカクテルだとは、誰も気がつかないだろうと考えたんだ。僕は現場にいなかったが、あなたがあの晩、サー・ピーターとかなり話し込んでいたことは、複数の人間が証言している。だから、いともたやすく実行できたんじゃないか？　フェニルチオ尿素なんていう風変わりで七面倒くさいものなんかより、遥かに単純で現実的な手口だ」

固まっていたクレアが、よろよろと立ち上がった。コリンに向けられた目つきは、一人の男というより、自分に詰め寄ってくる警官隊を見ているようだった。顔からは血の気が失せて、頭蓋骨が浮き彫りになるほど皮膚が収縮してしまったかのように、広い額も、小さなとがった顎も、すべてが突き出して見える。

騒がしいクラスの生徒たちを鎮まらせるときのベテラン教師を思わせる、低いがはっきりとした、突き刺すような声で彼女は言った。「人間なんて、大嫌いよ！」

そして、いきなり気を失って、その場に崩れ落ちたのだった。

第十八章

ファニーは、クレアに駆け寄って傍らにひざまずいたものの、急にどうしていいかわからなくなってしまった。今、正気づかせることが、果たして賢明で親切なことなのか迷ったのだ。

コリンの顔は、引きつっていた。自分の行為がもたらした結果が、予想以上に深刻なものだったことを思い知ったらしかった。

「似ている」と、彼はつぶやいた。「みんな、似ていることに気づかないか?」

バジルが言った。「ああ、こうして見ると、確かに。額、眉……彼にそっくりだ。よく気づいたな、コリン。ひょっとして、ほかにも何か知っているのか?」

「いや。ただ、サー・ピーターが死んだあと、新聞の写真を見たとたんに、似ていることに気がついたんだ。フォーウッド女史の写真とよく似ているってね」

「私は、気がつかなかった」と、ファニーが言った。「似てるなんて、まったく思わなかったわ」

「君は、彼女とあまりに近しいからね」と、コリンが言う。

「つまり」ファニーの声が震えた。「クレアは、彼と血がつながってるってこと?」

「たぶん、父娘だと思う。思い出してごらんよ、ファニー。クレアが自分の家族以外には関心を示さず、家族のことしか小説に書かないって言ったのは、君だろう? その点からすれば、もし、彼女が驚くほどの強い興味を示す相手がいるとすれば、それは何らかの形で家族と関係のある人間だということは、容易に推測できた。そこへきて、この相似だ」

「だったら、なぜ、彼女が父親を殺さなければならないっていうの？」と、ミニーが強い口調で訊いた。

「それは、いずれわかるさ」と、コリンは答えた。「実の父親だと信じて愛していた人が味わった屈辱に対する報復かもしれないし、サー・ピーターが自分を顧みなかったことへの憎しみかもしれない。いずれにしても、まともな動機を探ったところで無駄だろう」

「彼は、クレアが娘だって知っていたと思う？」と、ファニーが尋ねた。

「さあな」と、コリン。

「知ってたとしたら、本当に彼女を顧みなかったってことよね」

「状況を考えれば、それが最善の方法だったんじゃないのかな。彼にも、アリス・フォーウッドにも、それぞれに家族がいるんだから」

クレアの頭が微かに動き、唇が一言、二言、聞き取れない言葉を言いかけたが、目は開かなかった。

「クレアを寝室に運んで、ベッドに寝かせましょうよ」と、ファニーが提案した。「バジルに、マクリーン先生へ電話してもらえばいいわ。それとも――それとも、コリンに直接、先生を呼びに行ってもらったほうがいいかしら」

コリンは、沈みきった浮かない顔でファニーを見た。今、この瞬間、自分がこの家にいることに彼女が耐えられないでいると、はっきり気がついたといった表情だった。

「わかったよ、ファニー。僕が行こう」と、彼は言った。

「でも、サー・ピーターの使用人のことは？」ミニーが大声を出した。「今日の午後、二人が逮捕されたって聞いたわ」

「だとしたら」ドアへ向かいながら、コリンが言った。「彼らには、ローラの殺害時に完璧なアリバイがあるってことだ」

彼は、廊下を抜け、小さな庭に出た。ほの暗く照らされた村の通りは、やけに賑やかだった。〈ワゴナーズ〉の前に数台の車が停まり、夜のこの時間にしては多すぎる人数が、周辺に三々五々立っている。コリンが門まで来たとき、背後のドアが再び開いて、ファニーが顔を出した。

「コリン、私――私、悪気はなくて……」

「いいんだ。今、君が僕に対してどういう気持ちでいるか、よくわかるよ」

「そういうわけじゃないんだけど。ただ――あまりにもショックが大きくて。クレアは、私の昔からの大切な友達なのよ。確かに風変わりで付き合いにくいところはあるけど、誰よりも高く評価してる人なの」

「そうだろうね」

「だから、いまだに、あなたの言ったことが半信半疑で」

「じゃあ、結局は僕が間違っていたってことになるかもな」

「かもね」ファニーの口ぶりには、自信が感じられなかった。「だけど、これまでと同じには戻らないのよね？」

コリンは、彼女の肩に手を置いた。

「とにかく待つことだ」

「待ったって、どうにもならないわ」と、ファニーはやりきれない様子で応えた。

「そのうちに、すべて忘れ去られる日が来るさ」

「いいえ、二度と同じには戻らないのよ」

「そんなことはない！」激高したその声に、ファニーは目を丸くした。「こんな素晴らしい暮らしを台無しにしてはいけないんだ。すべてを水に流さなくては」そう言いながら、コリンはわが家の明かりを見上げた。

ジーンの小さな書斎の窓に、明かりがついていた。

「ジーンが家にいる」コリンは門を出て、自宅のほうへ歩きだした。

「コリン――マクリーン先生を呼びに行くんじゃないの？」と、ファニーが声をかけた。

すると回れ右をして、彼は反対方向へ向かい始めた。

「すまない。ちょっと、考え事をしていた」

ファニーは、しばらく後ろ姿を見送ってから、家の中に入った。

すでに、バジルとトムがクレアを抱えて二階の寝室に運び終えていた。ベッドに横たわる彼女の傍らでミニーが部屋の中を忙しく動きまわって、クレアの服を緩めたり、ヒーターをつけたり、カーテンを閉めたりしていた。

ファニーはベッドの足元に立ち、枕の上の青白い小さな顔を見下ろした。あらためて見ると、サー・ピーターと似ているのがはっきりわかる。なぜ、自分はこれまでそのことに気づかなかったのだろうと、不思議な気がした。特徴的な額などは、そっくりだ。二人が、部屋の隅に並んで座っていた姿を思い出した。病に侵され、人生に疲れて、もはや生きることに無理にしがみつく気力が失せかけているのに、それでも強い関心があるように見せていた老人と、何年も前に人生からできるかぎり退きながらも、その好奇心旺盛な才気あふれた心で、人生のささやかな謎を洞察しようともがいている小柄な中年女性。老人は妻と息子たちを亡くし、夫も子供もいない女性は、両親と兄弟を亡くしている。もし、死によって分かたれなかったなら、血のつながったこの二人は、互いにどういう存在になっただろうか。

ファニーは、背筋がぞくっとした。クレアは、サー・ピーター・ポールターとの関係をいつから知っていたのだろう？　ファニーは、彼女の口から母親の愛人たちの話を何度も聞かされたことがあり、たいていは苦々しさよりも、むしろ感嘆するような口ぶりだったが、自分たちの父親がアーサー・フォーウッドである点を疑ったことは、一度もなさそうだった。クレアは、父親だと信じていたアーサーに深い愛情を抱いていたのだが、彼にとって、自分はさほど重要な存在ではなく、愛情のすべては弟たちに注がれていると感じていた。二人の弟のうち、片方は心から愛し、もう一人のことは嫌悪していたが、弟たちの性質によって引き起こされたそういう感情とは別にして、二人に対するどうしようもないジェラシーに苦しんでいたのだった。彼らは彼らで、自分たちのすてきな母親が明らかにクレアをひいきしていると感じ、同じように嫉妬していた。こうした関係性、嫉妬、怨み、抑圧された苦悩が、クレアのすべての作品のテーマだった。

そんななか彼女は、育ての父以上に自分へ愛情を注ぐことをしてくれなかった、もう一人の父親の存在を知ったのだ。

ふいに、ファニーは屈み込んで、萎《しぼ》んだ顔を覗き込んだ。クレアの意識が、実は、すでに戻っているのではないかという考えが浮かんだからだ。ミニーが部屋を出て行けば、目を開けるかもしれない。

「ミニー、下にブランデーがあるの。バジルが持ってくるって言ってたけど、何か用ができて来られないのかもしれないわ。ちょっと下へ行って、彼を探してきてくれる？　私はクレアについてるから」

ミニーは頷いて、足音を忍ばせて部屋を出て行った。

ドアが閉まったとたんに、クレアは目を開いて周囲を見まわし、ファニーしかいないことを確認すると、彼女を手招きした。

勢い込んだようなささやき声で耳打ちする。「聞いて、ファニー。助けてほしいの。私を手伝ってちょうだい。やってくれる？　ねえ、約束してくれる？」

クレアの瞳は、尋常ではない光を放っていた。意識は戻ったが、正常ではない。

「約束して！」と、必死に繰り返した。

「わかったわ、クレア」ファニーは、穏やかに言った。「私に何をしてほしいの？」

「みんなをしばらく私から遠ざけておいてほしいの。少し時間をちょうだい。ほんのちょっとでいいから。誰も部屋に入れないで」

「いいわ、やってみる」

「あなたもよ」と、クレアが言う。「あなたも出て行って。少しの間だけ、私一人にしてほしいの」

「でも、クレア――」

「お願い！」

階段で足音がした。ファニーには、それがバジルのものだとすぐにわかり、何よりも今この瞬間に、彼に入ってきてほしいと思った。

しかし、その足音を聞いたクレアは、苦悶《くもん》の表情で哀願した。「言うとおりにして、ファニー、お願い――私を一人にして！　ちょっとでいいから！」

ファニーはクレアのそばを離れ、そっとドアへ行って自分がやっと通れるくらい開けて出ると、後ろ手に閉めて廊下を進んだ。すると、クレアがベッドを跳び下りてドアに駆け寄り、鍵を閉める音が聞こえた。

バジルが階段を上りきると、そこには、壁に寄りかかって立つファニーがいた。がたがたと震えている。

バジルは、持っていたトレイを下ろして、妻を抱き締めた。震えが止まらずに、ファニーは夫にしがみついた。しばらくは口がきけないでいたが、閉まっているクレアの寝室のドアにバジルが目をやったとき、ようやく夫の耳元で何とか言葉を発することができた。「彼女を一人にしたの。頼まれたのよ。懇願されたの。私たち、古い友達ですもの。ほかにどうすればよかったっていうの？」

「どうもできないさ。仕方ないよ」

バジルの声は、不思議と平然としていた。夫の冷静さに、ファニーはショックを受けたようだった。自分の言っていることが理解されていないのではないかと思ったのだ。

「バジル、彼女を一人きりにしたのよ――わかってる？」

「ああ、かわいそうにな。クレアの気持ちはよくわかるよ。本当に人が嫌いなんだ。それに、今日一日、彼女が経験したことを思えば、一人になりたいと切望して当然だと思う」

「バジル――」

「クレアが自殺をするんじゃないかと考えているのなら、心配は要らない。彼女は、生きてもっとたくさんの本を書きたいと願っているはずだから」

「でも、警察が来たら――」

「だってファニー、君は彼女が犯人だとは信じていないんだろう?」

ファニーは夫から体を離し、探るような目でその顔を見つめた。バジルは、いつもの穏やかで無邪気な目つきに戻って、驚いたような表情をしている。すると、彼がファニーを軽く揺さぶった。

「クレアは、絶対に人を殺したりはしない。君だって、わかっているはずだ。気を失ったのは、ここのところ、あまりにも大変な思いをしていたからだよ。彼女が本当に人が苦手だということを、忘れてはいけない。君のことでさえ、度が過ぎると嫌になってしまうんだ。もちろん、そうでないときは君を心から慕っているがね。そんな彼女が、何日も続けて他人と一緒にいなければならなかったうえに、死体を発見して、しかも殺人の容疑者にされたんだ。軽い神経衰弱に陥るのも無理はない。じきに、いつものも自分を取り戻すと思うよ」

「だけど、それなら」ファニーは、笑いだすか泣きだすかしたい気分になったが、どちらもしてはいけないような気がして、大きな声で言った。「いったい誰が、ポールターさんとローラを殺したの?」

「パーティーに参加しなかった誰かだ」と、バジルは答えた。

「どういうことか、わからないわ」

「フェニルチオ尿素のことを、考えてごらん」

「嫌よ」そんなことをしたら頭がおかしくなるとでもいうように、ファニーは叫んだ。「ごめんだわ――わからないって言ってるじゃない」

「さあ、下へ行こう」と、バジルが言った。「本人の望むとおり、クレアをしばらく一人で休ませてあげようじゃないか。君には、僕が思いついたことを説明してあげるよ。すべてを解明したというわけじゃないが、フェニルチオ尿素の件については、わかったと思う」

ブランデーの載ったトレイを拾い上げて、彼は階下へ向かった。

トムとミニーは、まだ居間にいて、そこへスーザンが加わっていた。慣れていないらしい、ぎこちないしぐさでトムが娘の肩に腕を回し、優しくたたきながら話しかけていた。「大丈夫だ、気にするな——家に帰ったら、母さんがベッドに寝かせてくれるからな。そうしたら、すぐに気分がよくなるさ」

スーザンは、寝かしつけてほしそうには、まったく見えなかった。ローラを発見した際の最悪のショックからはすでに立ち直り、四角い小さな顔は、沈んではいるものの、異常に青ざめた状態は脱け出していた。目に、警戒心が宿っている。

「ファニー、お願い。教えてほしいことがあるの」ファニーとバジルが居間に入ってくると、すかさず言った。「教えてくれな……?」

だが、部屋を見まわしたファニーが、話の腰を折った。「キットはどこ? スーザン、キットを見なかった?」

「警察よ。今頃、質問攻めに遭っているわ。それより、教えてくれない——?」

「すぐに戻ってくるの?」と、ファニーがたたみかける。

「わからないわ。お願い、ファニー、教えてほしいの。ジーンの資産はどうやって手に入れたものなのか、何か知らない?」

その質問に眉をひそめたファニーの傍らで、トムが「お前は、何を言うんだ!」と声を荒らげ、ミニーは「何てことを！」と言った。誰も、質問に答えようとはしない。

スーザンは、ひどくもどかしそうに手を握り締めた。

「お願いよ！」と叫ぶ。「誰か知らないの？」

「そういえば、午後、キットに同じことを訊かれたわ」と、ファニーが言った。「でも、なぜ知りたいのかは教えてくれなかった。スーザン、あなたには話したの？」

「ええ。それを、私が知っている事実と照らし合わせると、どうもおかしなことになるの。今朝、キットがローラを〈ワゴナーズ〉に案内したときに、たまたま彼女が窓からジーンを見かけたんですって。そうしたら、やけに興奮して、誰だか知りたがったらしいの。キットが、あれは隣に住んでいるジーン・グレゴリーだと教えると、ローラはますます興奮して、『彼女って、お金持ちなのよね？裕福なんだわ！』って言ったのよ。キットが言うには、ローラは午後もずっとジーンについて質問し続けたみたい。どの程度の金持ちなのかとか、グレゴリー夫妻の暮らしぶりとか——つまり、本当の大金持ちなのか、普通より多少裕福なくらいなのかってことをね。どうも、彼女はジーンに関して、何か重要なことを知っているふうだったんだけれど、キットには言おうとしなかったらしいの。午後中、とにかく様子が変で興奮気味だったから、彼は心配になって、実を言えば、怖いくらいだったって言ってたわ。そのうちに、一人になって休みたいから、キットに出て行ってくれって頼んだんですって」

ファニーは頷いた。「それで、あの子はうちに戻ってきたのね。私は、ジーンのお金のことは何も知らないけど、私たちより裕福なのは確かだって言ったのよ。それに、彼女がそのことに、やましさのようなものを感じてることもね。だけどそれは、ジーンが厳格で自分に厳しい人だからなんだって思ってたわ。お金の出所が怪しいからだなんて、考えたこともない。まさか――まさかローラは、そんなことを匂わせてたわけじゃないんでしょう？」

「さあ。彼女が何を考えていたのかは、わからないわ。キットも知らないみたい。ただ、キットを帰したあとのことは、だいたいわかったの。ローラは、すぐに二つの電話をかけたのよ。一つは私に。私が留守だったから、母さんが出て――」

「そのことは、もう話したわ」と、ミニーが言った。「ファニーもバジルも、全部知っているのよ」

「で、二つ目の電話は」と、スーザンは話を続けた。「ジーンにかけたんだと思う。そのことは、もう少しあとで話すわね。私への電話の件だけど――」と言って、きまり悪そうに笑った。「私は、とっさに自転車に跳び乗って、いったいどういうことなのかローラに訊きに行ったの。そうしたら、〈ワゴナーズ〉の前に、ジーンがいたわ。彼女は――そう、何て言ったらいいかしら。間違った印象を持たれると困るんだけど、立っている様子がとても変だったの。誰にも見られたくないといった感じ。私を見て、ひどく動揺したみたいだったわ。彼女もローラに会いに来たのかって尋ねたら、そうじゃなくて、コリンを探しているんだって答えたけれど、本当は、やっぱりローラに会いに行ったのよ！」

「どうしてわかるの？」と、ファニーが訊いた。「あとで、本人がそう言ったの？」

「いいえ。ジーンは私と一緒にお店に入ったあと、ローラの死体を見つけた私が悲鳴を上げて、ばかな子供みたいに振る舞っているときに、とても落ち着いて、てきぱきと動いていたわ。自分は看護婦だからとか何とか言っていたけど、それでも、ローラに会いに来たとは一言も言わなかった。でも、間違いない。私、これを見つけたの。電話のある物置に落ちていたのよ」

スーザンはコートのポケットに手を突っ込んで、モーデュ家とグレゴリー家の電話番号が書かれたローラ宛ての封筒を取り出した。

ファニーがそれを受け取り、バジルに手渡す。彼は考え込んだ様子で封筒を見てから、トムに回した。

「つまり君は」封筒を見たくてやきもきしているミニーをよそに、二つの電話番号以外の手がかりを見つけようとするかのようにトムが封筒をためつすがめつ眺めているそばで、バジルが言った。「ローラが君に電話をしたときか、あるいはその前に、ジーンに電話をかけて、会いに来てくれるように言ったと思っているんだね？」

「会いに来てくれと言ったわけではないかもしれないわ。私にだって、会いたいとは言わなかったもの。彼女が言った何かが、会いに行くべきだとジーンに思わせたんじゃないかしら」

「例えば、自分の知っている何らかの情報でジーンを脅して、金を要求したとか」

「バジル！」ミニーが、愕然《がくぜん》として叫んだ。「何て恐ろしいことを言うの！　ローラ・グリーンスレイドは、そんな人じゃなかったわ。すてきな女性だったのよ。直接話したから、わかるわ。寛大な心を持った、立派なお嬢さんだった」

「本当に彼女本人と話したのか、わからないわよ」と、ファニーが言った。

「スーザン」二人の言葉を無視し、バジルは真剣な面持ちで続けた。「殺害の状況について教えてくれないか。警察から、何か聞いたかい？」

「バジル、そんな酷なことを訊くもんじゃない」と、トムが言った。「この子がどんなに動揺しているか、わからないのか？」

が、動揺しているのかいないのか、スーザンは自分から、むしろ熱心に話を続けた。

「いつ、どうやって起きたか教えてくれたわ。警察は、ローラが電話をかけに下りている間に、誰かがこっそり階段を上って部屋に忍び込んだって考えているみたいなの。あの階段は、バーを通らなくても、ゴミ箱のある庭から上がれるでしょう？　そして、ローラの部屋のドアの陰に隠れて、戻ってきた彼女の頭を殴って意識を失わせたのね。それから――それから、ナイフで背中を刺したの。争った痕跡はなかったんですって。ローラは、叫び声も上げなかった。でも、バジル――ファニー――」

スーザンは二人の顔を交互に見た。頬にわずかに血が上った。「この話をしたのは、ジーンが殺人に関係があると思わせるためじゃないの。ただ――その、誰かに言わずにいられなかったのよ。自分では、どうしていいかわからなくて。その封筒を見つけて、誰かに見られる前にジーン本人に見せようと思ったんだけど、電話のある物置から出てきたら彼女の姿がなかったの。ローラがジーンに電話をしたという事実はとても重要に違いないと思ったけれど、警察に言うべきかどうか、私、どうしてもわからなくなってしまって。ねえ、どうしたらいい？　警察に言ったほうがいいのかしら、それとも何も言わないでおくべき？」

言い終えたとき、スーザンはファニーを見ていたのだが、ファニーは頭を軽く動かして、答えをバジルに委ねた。

スーザンが話している間、新たな懸念の表情を浮かべていたバジルは、急にいらいらと落ち着きのない様子になった。

「僕なら、すべて警察に話すよ」と、彼は言った。「何も問題はないと思う」

「そりゃあ、そうよ」と、ミニーが言った。「犯人が誰か、わかっているんですもの。コリンが言ってたじゃないの――」

「彼は、間違ってたのよ」コリンの推理など一瞬たりとも受け入れてはいないとばかりに、ファニーが小馬鹿にしたように口を挟んだ。「今、バジルが説明してくれるわ――フェニルチオ尿素についてね」

　バジルは、ドアに向かっているところだった。呼び止められて苛立ったようにも見えたが、いったん立ち止まった。

「ああ、そう、フェニルチオ尿素の件だったね」

「だが、そいつは関係ないんだろう?」と、トムが言った。

「もちろん、関係はあるさ」と、バジルは答えた。「偶然というものは得てして起きるものだが、今回の件は、そのレベルを超えている。つまり、フェニルチオ尿素の味がわからないという特異体質を持った二人の人間が、同じ場所に同時にいた可能性はまだいいとしても、二人のうちのどちらかに対して、ぞっとするほど苦い味の物質を用意したという状況下で、フェニルチオ尿素が関係ないというのは、あまりに不自然だろう」

「でも、だったら誰が……?」と、ミニーが言った。

「手口と動機を考えてみよう。特に、動機だ。要するに、ローラ・グリーンスレイドに毒を盛るのに、あれだけ不確実な手口を用いたのは、犯人が彼女と直接顔を合わせることのできない人間だったということだ。それしか考えられないいんじゃないか?　この犯人は、ローラと同じ部屋で、彼女のグラスや皿に毒を入れることができなかった。彼女に正体を気づかれてしまうからだ。だが、ローラの特異体質を知っていたから、ヒ素と、彼女以外の人を遠ざけるための例の苦い物質を、ロブスターに混入してみる価値はあると考えたんだろう。結局、そのもくろみは失敗に終わって、むごい殺人だけが残った。さあ、そこでだ、トム。君に喧嘩を売って、直前になってパーティーに来られない言い訳を作ったのは誰だった？」

とても信じられないという顔で、ファニーが叫んだ。「それって、コリンじゃない！」

トムは、ごくりと音をたてて息をのんだ。

「いや、ファニー、それは違う！」と、彼は言った。「そうじゃない。俺はその場にいたから、誰が喧嘩を売ったか、よくわかってる。公平に言えば、やつは懸命に口論を止めようとしていた」

「まさか、ジーンだったなんて言うんじゃないでしょうね！」

トムが「実際、そうだったんだ」と答えたとき、玄関のドアをノックする音が響いた。

ミニーが大声を張り上げた。「まあ、どうしましょう、きっと警察よ」

バジルは、急いで部屋を出た。

彼が玄関に行ったのだと思ったので、誰も動かないでいたのだが、すぐあとで、再びノックが聞こえた。ファニーは廊下に出て、バジルの姿を探した。すると、またも玄関がノックされたため、バジルの名を呼んでみた。が、返事はない。胸騒ぎを覚えながら、ファニーは玄関へ行き、警察の待つドアを開けたのだった。

第十九章

裏口から庭に出ようとしたとき、ファニーが自分を呼ぶ声が聞こえたが、バジルは応えなかった。ドアを開いたまま、ファニーが玄関に出る音を確認してから、そっとドアを閉めて庭に出て行き、グレゴリー家の庭とを隔てている垣根の隙間に向かった。夜の闇は濃く、二軒の家の隣り合った庭は、一つの庭のように見えた。芝生が始まるところに立っている木々さえ、暗い夜空を背にして、ほとんど見えなかった。

バジルは、いつもの習慣から、垣根の隙間を見つけて通り抜けた。グレゴリー家で唯一明かりがついていたのは、ジーンの書斎の窓だった。キッチンも、その隣のポーランド人夫婦が使っている居間も、真っ暗だ。きっと二人は、映画にでも出かけているのだろう。バジルは、不穏なものを感じて足を速めた。玄関に着くと、ベルも鳴らさず、ノックもせずに、ドアノブを回してみた。ドアには、鍵が掛かっていなかった。そっと開けて、暗い玄関に滑り込む。

家の中は、静まり返っていた。

しばしその場に立って耳を澄まし、迷った顔をしていたが、明かりをつけて叫んだ。「ジーン――コリン！」

答えはなかったが、頭上でゆっくりとした足音がしたかと思うと、ドアが開く音が聞こえた。階段の上に、コリンが現れた。

彼は、何も言わずに見下ろしていた。バジルがつけた明かりは玄関だけを照らしていたので、コリンの姿は陰になっていた。顔は見えないが、バジルは何となく奇妙な雰囲気を感じ、コリンが隠れたがっているのではないかと思った。あえて陰の濃い場所に立とうとしているようだ。

「やあ、バジル」と、コリンは静かに言った。

その声も、変だった。喉の奥から絞り出すかのように、妙にしわがれている。

「僕が来たのは――」

「君が来た理由は、わかっている」と、コリンが言った。「遅かれ早かれ、やって来るだろうと思っていた――君か、ほかの誰かがね。見せたいものがある」

しわがれているだけでなく、声に生気がなかった。

「いいだろう」と言って、バジルは階段を上がり始めた。

彼が上りきるのを待って、コリンはくるりと背を向け、先に立ってジーンの書斎に入っていく。

「ほら」戸口で立ち止まったバジルに、コリンが言った。「君は、間に合わなかったよ」

目の前の光景に、バジルは全身が凍りついたが、不思議と驚きはなかった。

「ああ」と応える。「遅かったようだな」

「いや、そうじゃないのかもな。何とも言えないさ」と、コリンが言った。

ほんの一瞬、バジルは部屋の光景から目を引きはがして、コリンの顔を見ることができた。そして、先ほどから感じていた奇妙さと、聞き慣れない声の正体を理解した。頬を幾筋もの涙が伝っており、目は真っ赤で、まぶたが腫れ上がっていたのだ。

「二人ともだよ」と、コリンは続けた。「彼女は、赤ん坊も連れていってしまった」

バジルは、言葉が出なかった。殺風景で堅苦しい雰囲気の小さな部屋を隅々まで覆ってしまったような恐ろしい光景に、ただ立ち尽くした。心臓が、スローモーションで脈を打っている気がした。

ジーンは、机の前の椅子に座っていた。机に突っ伏した状態で、吹っ飛んだ頭が、吸い取り紙器《ブロッター》の上に載っている。広がった血の一部が、吸い取り紙に染み込んでいた。片腕はだらりと床に向かってぶら下がり、指先から数インチ離れたところに、リボルバーが落ちている。もう一方の腕は、膝の上にいる赤ん坊の体に置かれていた。赤ん坊に乱暴された形跡はなく、見開かれた青いガラスの目を持つ、小さな白い蠟《ろう》人形のように見えた。

「どうやって……?」と、バジルは言いかけたが、あとが続かなかった。

「たぶん、自分の頭を撃つ前に、子供を窒息死させたんだろう」いまだ生気のないしわがれ声で、コリンが言った。「これが残してあった」

机の上に置かれていた一枚の紙を取り上げ、バジルに渡す。

紙には、ジーンのくっきりとした筆跡で、数行の文字が書かれていた。

「これは、私自身がしたことです。これ以上、耐えられませんでした。今日、ローラが電話をしてきて、金銭を要求されました。私は、彼女に会いに行きました。今の私には、これ以外の方法は見つかりません。ジーン」

バジルが読むのを、コリンは食い入るように見つめていた。読み終わって、バジルがおもむろに目を上げ、二人の視線がぶつかった。コリンの目に嘲笑めいた色が浮かんだ。

「下手くそな文章だろう?」

「ああ、確かに」と、バジルも同意した。

「どうにも曖昧なんだ。自分が殺人を犯したと、自白しているわけではない」

「そうだな」

「それでいて、そう取られることを半ば望んでいるようでもある」

「ああ」

「それがジーンなのさ。まったく彼女らしい。僕には、彼女が嘘をつくことに道義的に耐えられなくてこんなことをしたのか、自分の気持ちとは矛盾するが、殺人を罰しないままにするべきではないと決意したのか、どうしてもわからないんだ。僕には難しすぎる。そう思うだろう、バジル？　今、僕がどんなに困惑しているか理解できるかい？」

「いいや」と、バジルは答えた。

「ああ、それはね、ジーンと暮らしたことがないからだよ。僕は、そういうことに頭を悩ませるのが習慣になってしまっているんだ。ジーンが本当は何を考えているのかが、わからなくてね。だって、彼女自身がわかっていなかったんだから。彼女が与えられない答えを、僕はいつも見つけようとしていた。本当は僕を嫌っているのではないかと、常に不安だった」

「最後の瞬間までは、違ったはずだ」と、バジルは言った。「最後の最後に、彼女は君を嫌悪したんだと思う。でなければ、子供まで殺したりはしないだろう」

「そうか」よく考えてみる価値のある新たな見解に出合ったかのように、コリンは興味深げに言った。「確かに、君の言うとおりかもしれない。そうだ、最後に彼女は、僕を憎んだんだ。きっとジーンは――そう、彼女の性格から言って、ほかに考えられない――僕がすべて、彼女の財産のためにやったと思ったんだな」

「彼女の性格？」

「極度に自分に自信がないことさ。自分のことを本当に愛してくれる人間なんて、いないんじゃないかと考えていた」

「だが、実際、そのとおりだったんじゃないのか」

コリンの顔が、さっと曇った。涙に濡れた虚ろな顔に、激しい怒りが走った。

「言葉に気をつけろよ、バジル」

「つまり、ジーンに財産がなくて、君が今のような生活を与えられていなかったとしたら、彼女のために殺人を犯すまでに追い詰められたりはしなかっただろうってことだ。違うか？　君がもし、ジーンその人を愛していたとしたら……」

「だとしたら？」

「いや、僕が間違っているのかもしれない」バジルはため息をついた。「正直に言うと、殺人に関しては、よくわかっていないんだ」

「それで思い出した。君がここへ来てから、ずっと訊こうと思っていたんだ――いつ、僕が犯人だと思った？」

「難しい質問だな」と、バジルは言った。「ここへ来る数分前だと思う。もちろん、しばらくの間、疑いを持ってはいたが」

「それじゃあ、僕が殺人犯だと思ったその足で、のこのこやって来たわけだ」いつもの笑顔を作ろうと、コリンの唇が引き上がって歯が覗いたが、引きつった不自然な笑いになった。「それはまた、ずいぶんと度胸があるじゃないか」

バジルは、微かに頭を左右に振った。「僕に危害を加えたって、君には何の得にもならない。そうだろう？　君が、喜んで人を傷つける人間だなどと、僕は信じてはいないよ。それに君は、そうしてでも守りたいと思ったものを、すべて失ってしまった」

「ああ」と、コリンが言った。「まったくそのとおりさ。だったら、なぜここへ来た？」

「ジーンを救えるかもしれないと思ったんだ」つかの間、バジルの視線が、血の染み込んだブロッターの上の無残に撃ち砕かれた顔に注がれた。「防ぐことができたら、と――こういう事態になるのをね」

「そうしてくれればな――本当に、そうしてくれていればよかったのに！」コリンは、急に声を荒らげた。それから、また元の静かに尋ねる口調に戻った。「ジーンが真相を知ったことに、どうやって気づいたんだ？」

「スーザンの話を聞いてね。彼女は、〈ワゴナーズ〉の外でジーンに出くわしたんだ。そして、ローラがジーンに電話をかけたことも突き止めた。それに、ジーンを見かけたローラが異常に興奮して、彼女の財産についてキットにしつこく尋ねたことを、彼から聞かされたそうだ」

「なるほど、ローラらしいな」相変わらず静かな声だったが、その口調には、バジルがかつて聞いたことのない憎しみの感情がこもっていた。バジルが耳にしてきた、この愉快で気さくな隣人がこれまでに口にしたことすべてが、偽りの言葉だったのではないかと疑わせるような口調だった。

「その話を聞いて、僕が犯人だという事実にたどり着いたわけだ」と、コリンは続けた。「興味深いな。どうして、そうなったんだ？」

「本当に知りたいのか？　今ここで？」

「ああ、もちろんさ」

「さっきも言ったが、僕は君を、殺人の容疑者の一人だと考えていた。だが、君がローラ・グリーンスレイドとサー・ピーター・ポールターのどちらかを殺害する動機が見つからなかった。しかし、毒を盛った犯人が、パーティーに来られなかった誰か、つまり、殺されるはずだったのがどちらだったにしても、二人のうちのいずれかと直接顔を合わせることのできない人間だったのは、明らかだった。そうなると、僕らの習慣をよく知っていて、キッチンへ忍び込んで毒を入れられる人間は、君かジーン、あるいは、マクリーン医師ということになる」

「おい、おい！」心底驚いたといったように、コリンが声を上げた。「君は、あの人まで疑っていたのかい？」

「それほど真剣にではないさ。彼が呼ばれてパーティーに来られなくなった事故が、本当にたまたま起きたものだとわかったからな。一方、君がトムと口論したというのは、どこか奇妙で作為的な気がした」

「トムと口論するのに、作為なんて要らないさ」

「まあ、そうだろうな――だが、そのとき僕は、近頃、君の様子がおかしかったことに気がついたんだ。どうも、あまり君らしくない行動を取っていて、結局、それがトムとの諍《いさか》いを引き起こすことになった。そういうことが始まったのは、ファニーが君に、週末にローラが来ることを告げてからだ。スーザンの事情に驚くほどの関心を示すようになって、彼女に仕事を見つけてやるために、エセックスに住む友人に会いに行くことにしたのも、そのときだ。ヒ素とフェニルチオ尿素を調達したのは、その道中なんじゃないか？」

　コリンは頷いた。「どうやら、君のことを見くびっていたな。黙っているようでも、しっかり観察しているらしい」

「その後も、君の奇妙な行動は続いた。例の口論が、いい例だ。確かに、トムと口をききたくないから、パーティーに彼が来るなら自分たちは参加しないと決めたのは、ジーンのほうだった。だが、君が望んだのでなければ、そんなことは起きなかったと思う。君がその気になれば、ジーンをなだめることは、いくらでもできたはずだ。それにジーンは、彼女がトムに食ってかかったとき、君が笑ったと言っていた。その笑いにひどく動揺していたよ。理解できなかったんだな。だが、実際は、計画が予想以上に見事に運んだために、笑わずにいられなかったんだろう」

「そう。あのときは、自分をうまくコントロールできなくてね。ほかに、どんなミスを犯した？」

「だいたいにおいて、君は一連の事件に口を出しすぎた。不安の表れだろうがね。同時に、君のすることは、どれもトラブルを招くことを意図していたように思える。例えば、モーデュ家の面々を脅して、疑心暗鬼にさせようとしたのもそうだ。スーザンがいなかったら、君の思惑どおりになっていたことだろう。次には、スーザンから内々に聞いた話をファニーに打ち明けて、ファニーとキットの間にいざこざを生むことに成功した。ただ、必要以上に手が込んでいたし、やりすぎだったな。かわいそうなクレア・フォーウッドを罪に陥れようとしたあたりはね」

　コリンは、再び頷いた。

「そのとおりだ」と、コリンは言った。「僕は、追い詰められた気がしていた。だが、彼女についての話には本当のことも含まれていて、おかげで信憑性《しんぴょう》が生まれたよ」

「クレアがローラに会いに行ったことを、知っていたんだな?」

「ああ、そうだ。この目で見たのさ。庭にいたときに彼女が来るのが聞こえたんで、暗がりに隠れて、いなくなるまで待っていたんだ。あまりのショックに、彼女はまるで犯人のような振る舞いをしていた。何とか誰にも見られずにその場を逃げ出して、関わりにならずに済ませたいと考えたようだ。それで思いついたんだよ。よかったら、君からクレアに謝っておいてくれ。個人的な恨みはないんだ。彼女には、申し訳なかった」

「君の態度には、僕らの誰に対しても、個人的な感情が感じられなかったように思えてならない。愛も憎しみもね。ローラを除いては」

「いや、そんなふうには思ってほしくないな」と、コリンが言った。「僕は、君たちみんなが、とても好きだったよ。だが、いつローラと僕の関係に気づいたかを、まだ聞いてないぜ」

「さっき言ったよ。ここに来る直前さ。スーザンがみんなに、ローラから電話が来たことと、〈ワゴナーズ〉の店内にある電話のそばで封筒を見つけたことを教えてくれて、彼女からその封筒を見せられたときだ。チャールズ・グリーンスレイド夫人宛ての封筒には、モーデュ家と君の家の電話番号が走り書きしてあった」

「ローラは、スーザンに電話したのか——何の用だったんだ?」

「婚約を解消して、キットをスーザンに返すと言ったそうだ」

「へえ」と、コリンは言った。「なるほど」

「そう、今朝、通りにジーンといた君を見たローラは、このまま結婚に突き進むわけにいかないことを悟ったんだ。それが真相だったんじゃないか? 彼女が興奮してキットにジーンを指し示して、それが誰なのか知りたがったとき、直前にジーンと一緒にいたのは、君だったはずだ」

「そうだよ。二人で出かけたんだ。そして、僕は煙草を買いに店に入り、ジーンは、ほかの買い物をしに行った。ローラが、キットに彼女を指し示したのは、そのときだろう。あの日、外出したのは、まったく軽率だったよ。聴取の当日まで、彼女は来ないものと思っていたんだ。その日になったら、流感にかかったふりをして家で寝ているつもりだった」

「ローラは、夫がまだ生きていたばかりか、金持ちの女性と重婚していたことを知って、自分にとってかなり儲かる状況だと気づいたんだ。何しろ、君が気の毒なポールター老人の死を招いた張本人だとジーンに証明するのなんか、彼女には簡単だったからね」

「その件に関しては、本当にすまないと思っている。彼には、何の恨みもなかった。あんな方法でローラを殺そうとしたのは、愚かな思いつきだったとわかって、次は、しくじりようのないシンプルな方法にしようと決めたんだ。クレア・フォーウッドを犯人に仕立てようとしていたときに、その点は指摘したよな」

「ああ、君は、フェニルチオ尿素を使うなどという手口はばかげていて、現実にはあり得ないと言った」

またもや、コリンの唇に、引きつった不自然な笑いが浮かんだ。

「そのことを話に折り込むなんて、自分でも巧妙だと思ったよ」

「まったく、君は巧妙だった。最初からずっとね」と、バジルは言った。

「それにしても、なぜ、僕がチャールズ・グリーンスレイドだとわかったんだ?」

「そこだけは、なかなかわからなかった。あの封筒を見るまではね。封筒には、君の電話番号とC・

Gというイニシャルが書かれていた。C・G――コリン・グレゴリー、もしくはチャールズ・グリーンスレイド。そのとき、すべてがつながったんだ。だが、最初から、ローラが僕の生徒だったときにすでに結婚していたに違いないということは、わかっていた。キットが彼女のことを言いだした時点で、僕の覚えている名前と変わっていなかったからね。ローラは、興味深い実例だったから、記憶に焼きついていたんだ。おそらく、彼女はホモ接合劣性だ。実に興味深い。ともかく、結婚していたのだとすると、間違いなく夫は彼女の特異体質のことを知っていて、今でも覚えているはずだ。しかも、夫も学生だった可能性は高い。戦時中だったから、兵役免除の問題を考えれば、たぶん理系の学生だろう。で、君の専攻は、何だったんだい？」

「初めは、動物学の学位を取ろうと思った」と、コリンが答えた。「だが、諦めた。そういうことには関心がないと気づいたんだ。動物の生態やなんかを勉強するのが好きだったから、動物学者に向いていると思ったのが、大きな間違いだった。だが、もっと大きな過ちは、大学に入ったその週に、ローラと出会って恋に落ち、結婚したことだった。あいつは、わがままで狡猾な野心家で、頭の空っぽな女だった。僕に、あくせく働いて著名な人間になることを強要したのさ。二、三週間もしたら、僕は彼女を憎むようになっていた。だから、自分から免除を取り下げて、軍隊に逃げたんだ。そして――そして、ローラの大嫌いな母と休暇を過ごしていたときに、飛行爆弾が自宅に命中してしまった。たまたま僕は、直前に家を出ていたんだが、戻ってみると何もなくなっていた――跡形もなく、何もかもだ。その瞬間、自分の存在を消せると思った。偽名で再度入隊して、イタリアへ派遣された。ジーンと病院で出会ったのは、そのときだ……」

声がだんだん小さくなり、コリンは、机に突っ伏した死体にふらふらと近づいた。

死体を見下ろし、体半分バジルを振り向いて言った。「彼女の金が目当てじゃなかったんだ、バジル——誓って違う。ジーンが、心から僕によくしてくれたからだ。僕がずっと欲しかったものを、彼女はすべて与えてくれた」

突然、コリンは身を屈めて、ジーンの死体の指先から数インチの場所に落ちていたリボルバーを拾い上げた。

「さあ、バジル、出て行ってもらおう。警察にすべて話して、僕が銃を突きつけて追い出したと言ってくれ。そんなことは、したくないがね。僕は、君たちが好きだった——君とファニーのことが、とても好きだったよ。君には、何の恨みもない。だから、今すぐ出て行ってくれるだろう？」

ためらったのち、バジルは背を向けて部屋をあとにした。階段を下りて、庭へ出る。冷たい風が吹きつける暗闇の中で、彼はじっと立っていた。

一瞬おいて、銃声が響いた。

バジルは、ぶるっと大きく身震いした。そして、寒さと緊張で蒼白になった顔で、自分の家に向かって駆けだしたのだった。

訳者あとがき

著者エリザベス・フェラーズ（本名、モーナ・ドリス・マクタガート）は、一九〇七年九月六日、当時イギリス領だったビルマのラングーン（現ヤンゴン）で、スコットランド人の父と、アイルランド系ドイツ人の母との間に生まれた。最初はベルリンの学校に上がる予定だったが、イギリスとドイツの関係悪化を受けて、六歳のとき、イギリス、ハンプシャーの名門私立学校ペダレス・スクールに入学した。のちに彼女は、推理小説を書けるようになったのは、幼い頃、子守をしてくれた女性からドイツ語を教えてもらったおかげだと振り返っている。複雑なルールを持つドイツ語の文法と厳密な文構造が、犯罪小説のプロット構築に欠かせない下地となったというのである。

一九二五年、ロンドン大学に入学し、ジャーナリズムを専攻する。この経験が、彼女の代表的なシリーズ物とされる、ジャーナリスト探偵トビー・ダイクの物語に反映されたと思われる。一九三〇年代初め、最初の結婚をした時期に、本名のモーナ・マクタガートで二冊の小説を書いているが、推理小説を発表したのは、二人目の夫となる植物学者ロバート・ブラウンと出会った一九四〇年だった。第一作目は、フリーのジャーナリスト、トビー・ダイクと相棒ジョージを主人公にした『その死者の名は』原題 *Give a Corpse a Bad Name*。この作品が認められ、〈トビー・ダイク〉シリーズは、その後三年間で五冊出版された。

本書に見られるように、フェラーズの著作の大半は単独の作品だが、初期のトビー・ダイクのほか、後年、ヴァージニアとフェリックスのフリーア夫妻、リタイアした植物学者アンドリュー・バズネットといったシリーズ物も書いている。アメリカでは、売り込みに有利だとする出版社の意向で、E・X・フェラーズというペンネームで出版された。

その後、一九九五年三月三十日に亡くなるまで、五十年以上の長きにわたって執筆活動を続け、七十冊を超える長編小説と数編の短編作品を残している。

一九五三年、ジョン・クリーシーらとともに英国推理作家協会（CWA）の創設に加わり、一九七七年には会長に就任した。また、アガサ・クリスティが会長を務めたこともある、ディテクションクラブ（イギリス推理作家クラブ）にも名を連ねている。

彼女の作品は、アガサ・クリスティの流れを汲む、イギリスの正統派ミステリに位置づけられる。派手なアクションなどは登場しないが、プロットが入り組んでいて、謎を一つ一つ解明していくことに主眼が置かれており、本書『カクテルパーティー』原題 *Enough to Kill a Horse* にも、その特徴が遺憾なく発揮されている。

本書は、一九五五年に出版された長編小説である。ロンドン郊外の小さな村で、ごく平穏に仲良く暮らしていた人々が、ある日突然、殺人事件に遭遇する。日常の平和を破られ、否応なく事件に巻き込まれて動揺する登場人物たちが、それぞれに事件について考察する過程を追いながら、読者も彼らと一緒に推理を進めていくことになる。

物語は、誰か一人の視点ではなく、第三者の目で語られている。まるで登場人物の心の内を覗き見るかのように一人一人の思考に巧みに寄り添い、読者は、登場する人々全員が主人公のような錯覚にさえ陥る。それによって、容疑者や手口をはじめ事件の真相をめぐる可能性が、章を追うごとにさまざまに広がりを見せるのである。

フェラーズは、女性キャラクターを中心とした人物描写に優れており、評論家の間でも高く評価されている。本書も例外ではなく、登場人物が多いにもかかわらず、どの人物像も設定がしっかりしていて、描写が詳細だ。主要なキャストではない人でさえ、どんな風貌でどういう性格の人物なのか、読む者に具体的なイメージが伝わってくる。また、各人物の人間性だけでなく、お互いの人間関係が見事に描かれているのも、特筆すべき点である。親子、夫婦、男女、嫁姑といった、現代のわれわれも共感できる関係性が丁寧に描き出されており、単なる推理小説を超えた深みを、作品に与えている。

練り上げられたプロットは十分に読み応えがあり、最後の一ページまで、読者の興味を惹きつけて離さない。

自らも登場人物の一人になったつもりで、彼らとともに事件を推理し、淡々としたなかにエキサイティングな人間模様が散りばめられたフェラーズの世界を堪能していただけたなら、幸いである。

二〇一六年三月

友田　葉子

エリザベス・フェラーズ、ノン・シリーズ作品の受容と新しい代表作

横井　司（ミステリ評論家）

わが国にエリザベス・フェラーズの作品が初紹介されたのは一九五五（昭和三〇）年のこと。その年の九月に、早川書房から現在のハヤカワ・ミステリの217番として『私が見たと蠅は云う』*I, Said the Fly*（一九四五）が橋本福夫訳で刊行された。その解説「エリザベス・フェラース《ママ》について」で編集部Jこと田中潤司は「私の読み得たものから判断すると、いわゆる本格派に属する」といい「トビイ・ダイクというジャーナリストとその相棒のジョージという素人探偵のコンビの活躍する初期の作品などことにトリッキイである」が「本書は、そのようにトリックに重点をおいた作品でなく、淡々とした描写で、下町の安下宿に住む人間像を描きだし、童話的な雰囲気を醸し出すことに成功している」と紹介していた。裏表紙の内容紹介には「異色探偵小説の白眉！」とあり、いわゆる本格ものとしての興味から一歩引いた作品であるような雰囲気を漂わせていた。

この作品が当時、どのように受け取られたかは詳らかではないが、同作品がのちに改訳され、文庫化された際、その解説で三橋暁が「わたしを含めて、ハヤカワ・ミステリで本作をひもといた読者の多くが、本格ミステリとしてあまりぱっとした作品ではないと思い込んでいたフシがある」といい、その原因を「やや古色蒼然とした感のある旧訳」に求めて、以下のように書いている。

翻訳の良し悪しという問題ではなく、旧訳のやや暗く湿った感じの訳文を通すと、この『私が見たと蝿は言う』は、非常に陰鬱に映った記憶がある。これまで、この作品を本格ミステリとして捉える読者は非常に少なかったのも、この暗い印象のせいと言っても過言ではないと思う。陰鬱なサスペンス小説とまで思い込んでいる読者もいるくらいだ。(「解説」『私が見たと蝿は言う』ハヤカワ・ミステリ文庫、二〇〇四・四)

長野きよみによって改訳された文庫版では「ユーモアと機知、そして閃きに満ちた本格ミステリとしての、その大きな魅力」を取り戻したというのである。この再評価に否やはないが、実際に新訳で読んでみると、ユーモアや機知、閃きを過剰に持ち上げることには、それはそれで違和感を覚える。それらの要素がないというのではなく、それらの要素と相俟って、サスペンスやノスタルジックな雰囲気も作品の魅力となっているように感じられるからだ。

『私が見たと蝿は云う』に続いて、翌一九五六年に『間にあった殺人』*Murder in Time*(一九五三)が同じ橋本福夫訳でハヤカワ・ミステリから刊行された。解説の「フェラーズおぼえがき」で編集部Mこと松岡巌(都筑道夫)は「四〇年代以後のイギリスには、在来の本格探偵小説よりも、やや趣きの変つた本格作品が数多く生れて」おり、「解説者はそうしたグループの作品を、新本格派と名づけて」きたが、フェラーズもまた「新本格派に属する作家である」と紹介している。

ここで都筑のいう「新本格派」とは何かということは、『間にあった殺人』に先立って刊行されたC・H・B・キッチンの『伯母の死』(一九二九)の解説を読むとよく分かる。

都筑（署名は編集部M）はそこで「謎の骨組の露呈した本格ものの不自然さに、まつさきに耐えられなくなつたのは、おそらく作家自身」であり「探偵小説の《探偵》の部分に忠実であるか、《小説》の部分に忠実であるか、その点に悩んだあげく、現在イギリスでは《新本格派》とでも呼ばれるべき作家たちが生れている」といい、次のように述べている。

　謎解きの興味もある。推理もある。それでいて登場人物はアヤツリ人形ではない。小説としてだけ見ても、すぐれている。そういつた条件を満足させるためには、スケールの大きなトリックは使えない。どうしても地味になる。ましてや小説技術が進んでいるから、日本の読者にはひどく高級なものに見えるだろう。だが、イギリス新本格派の作品こそ、探偵小説を読みなれた読者も満足させ、すぐれた小説観賞《ママ》家をも満足させる、理想的な作品だと、解説者は思うのである。（「『伯母の死』の占める位置」『伯母の死』ハヤカワ・ミステリ、一九五六・九）

そこでは代表的な作家として、ニコラス・ブレイク、マイケル・イネス、エドマンド・クリスピン、シリル・ヘアー、アンドリュウ・ガーヴ、クリスチアナ・ブランドの名前があげられているが、エリザベス・フェラーズもそうした流れに棹さす作家として位置づけられていたのだった。

『間にあった殺人』の解説でも「解説者がイギリス現役中堅作家たちを、新本格派と呼ぶ所以は、在来のプロットに重点をおいた本格探偵小説とは違つて、小説としての水準を向上させることに努力しているからだ」といい、「探偵小説の水準がそれだけあがつているイギリスを、大変うらやましく思うのである」と書いているが、新本格派をアピールする背景には、この最後に書かれている羨望が存在していたことをうかがわせる。

こうした紹介のされ方をすると、フェラーズの作品が「探偵」の要素は小味で、「小説」の要素で堪能させる作品と思われかねない。大筋では間違ってはいないのだろうが、例えば当時も今も人気のあるアガサ・クリスティーの、ケレン味あふれる人気作などと比べると、読者に対してのアピール度は弱いといわざるを得ない。のちに山口雅也などの再評価によって復権し、現在では人気作家となっているクリスチアナ・ブランドの作品も、ケレン味を有していることを思えば、フェラーズにとって「新本格派」というレッテルは、有難迷惑であったといえなくもない。

例えば『間にあった殺人』は、かなりケレン味の強い、人工的なプロットを持つ作品である。スペインに旅立つ前にサリー州の屋敷に集められた、一癖も二癖もある人々の間で、ついに殺人事件が勃発するというプロットは、クリスティーの『そして誰もいなくなった』（一九三九）を連想させるようなところもある。『私が見たと蠅は云う』に比べれば、典型的なカントリーハウスものの本格ミステリのように感じられるだろう。「間にあった」殺人とはどういうことなのか、ツイストによって明らかになるあたりも気が利いており、「小説としての水準を向上させることに努力している」作品という解説からイメージされる、いわゆる文学趣味とも一線を画している。エキセントリックな人物が多数登場するあたり、イギリスの奇人変人小説の系譜を継いでいるという印象すら与えるくらいだ。

また、カバー裏の作品紹介には「怪異趣味にみちた傑作」と記されているが、いわゆるオカルト趣味的なものは微塵も感じさせないだけに、いかにも不可解な記述であった。

長々と書いてきたが、要するにわが国におけるフェラーズの紹介は、当初、こんな感じだったのである。

そうしたフェラーズ像が塗り替えられ、優れた本格ミステリの書き手として再評価されるきっかけとなったのが、一九九八年の九月に創元推理文庫の一冊として刊行された『猿来たりなば』*Don't Monkey with Murder*（一九四二）だった。同作品は、『私が見たと蠅は云う』の解説で田中潤司がふれていたトビー・ダイクとジョージのシリーズ第四作で、実に四十年以上経ってようやく「ことにトリッキイ」な初期作品が紹介されたのであった。中村有希による同訳は、その年の『週刊文春』海外ミステリーベスト10で堂々第三位に食い込み、多くの読者の関心を引いたのであった。続いて同じく創元推理文庫からトビー・ダイク&ジョージ・シリーズの第三作『自殺の殺人』*Death in Botanist's Bay*（一九四一）が翻訳され、同年の『IN☆POCKET』文庫翻訳ミステリー・ベスト10で評論家部門の第三位となる。以後、第二作『細工は流々』*Remove the Bodies*（一九四〇／翻訳一九九九年）、第一作『その死者の名は』*Give a Corpse a Bad Name*（一九四〇／翻訳二〇〇二年）、第五作『ひよこはなぜ道を渡る』*Your Neck in a Noose*（一九四二／翻訳二〇〇六年）と、シリーズのすべてが翻訳された他、ノン・シリーズ作品の『さまよえる未亡人たち』*The Wandering Widows*（一九六二／翻訳二〇〇〇年）も「中期の代表作」（同書のオビから）として紹介された。

　これらの翻訳がフェラーズのイメージを刷新したのは明らかだが、トビー・ダイク&ジョージ・シリーズに人気が集中したことで、今度はトリッキーなユーモア・ミステリ作家としてのイメージが定着してしまった。それは先に引いた『私が見たと蠅は言う』新訳版の解説を読めば明らかだろう。また、『さまよえる未亡人たち』以外の、ノン・シリーズ作品の紹介が途絶えてしまったことは、日本の読者にアピールするのがトリッキーな名探偵ものであることをよく示しているといえそうだ。『さまよえる未亡人たち』が支持を受けていれば、その後もフェラーズの作品が紹介され続けたと思うのだが、残念ながら『ひよこはなぜ道を渡る』を最後に、再びフェラーズの紹介は停滞してしまう。

次にフェラーズが訳されたのは、今はなき長崎出版の海外ミステリ Gem Collection の第四巻として『嘘は刻む』*The Lying Voices*（一九五四）で、二〇〇七年のことである。どんでん返しという点では、その時点で訳されていたノン・シリーズ中でも群を抜いている同書だったが、探偵小説研究会編著『２００８本格ミステリ・ベスト10』（原書房、二〇〇七）ですらトップテンに食い込むことができなかった。以後、フェラーズの長編紹介は途絶えてしまう。

ここに久しぶりに紹介されることとなった本書『カクテルパーティー』*Enough to Kill a Horse*（一九五五）は、ほぼ十年ぶりとなるフェラーズ作品の新訳なのである。


フェラーズのノン・シリーズ作品の特徴については、『さまよえる未亡人たち』に付された村上貴史の「解説」に詳しい。村上はそこで次のようなふたつの特徴をあげている（引用は創元推理文庫、二〇〇〇・九から）。

①「基本的につながりの薄い人間の集団のなかで事件が発生」し、「『他人という希薄な関係』のなかに、動機や手掛かりを巧みに隠していること」、「それぞれの人物が何らかの秘密を抱えており、なかには他人のふりをした秘密の人間関係などもあり、それらが読者の目を誤魔化すために実に有効に機能している」。
②「まず、素人たちが推理合戦を繰り広げた後に、警察が真相を見抜く（あるいは、見抜いていたことが判明する）というスタイル」をとっている。

この特徴のうち、①については、本書にはあてはまらない。『カクテルパーティー』の舞台はロンドンから観光客が訪れる郊外の小村で、事件関係者は、古くからの村の住人からすれば新参者だが、それなりに付き合いを重ねた顔見知りの間柄である。むしろそうした関係性が、様々なサスペンスを生むことに寄与している。その意味では、従来のノン・シリーズ系の作品とは違った魅力が楽しめるといえよう。ちなみに本書の前年に発表された『嘘は刻む』においても、「つながりの薄い人間の集団」の中で起きる事件というわけではなく、それなりに付き合いのある人間の間で事件が起き、それがサスペンスを高めていることを付け加えておこう。ただし、村上貴史の指摘する要素が皆無かといえばそうでもなく、そのため、意外な被害者というミステリ的興趣が加わることになった。『カクテルパーティー』においても、第一の殺人と第二の殺人のうち、犯人の真の目標はどちらか、ということがポイントとなり、最後まで読み手を混迷の淵へ追いやっておくことに成功している。しかもそれが、毒殺トリックの合理的な解釈によって明らかになるあたりの推理の冴えは圧巻である。『さまよえる未亡人たち』は、巧妙な手掛かり（伏線）の張り方に冴えが見られたが、推理の面白さという点では今ひとつだった。主人公があることに気づくことですべての謎が解けるという展開を見せているからであり、それは『嘘は刻む』の場合でも変らないといえよう。だが本書の場合、論理的な推理を重ねることで読者が真相に到達できるような書き方がされている。毒殺の方法がそのまま犯人を絞り込むことになるあたりは実にスマートだ。

すべての手掛かりが出揃うのは最後の最後（第十八章）だが、その一方で、その最後の最後までミスディレクションが仕掛けられている。それもあって、残り数十ページですべての真相が明らかになるとはとても思えないのだが、そういう心配は最終章（第十九章）で見事に裏切られるどころか、その真相の意外性に驚愕せずにはいられまい。

村上貴史が『さまよえる未亡人たち』の解説で述べていた、「複数の人物が探偵役としてそれぞれの推理を開陳する」という特徴は、本書『カクテルパーティー』においても見られる特徴である。同じことは三橋暁も『私が見たと蠅は言う』の解説で述べていたが、そこで三橋が「登場人物たちが思い思いに推理を繰り広げ、いくつもの異なった真相を披露する多重解決の面白さ」といっているのは、フェラーズの作品評としては、そぐわないようにも思われる。アントニイ・バークリーの『毒入りチョコレート事件』（一九二九）が祖形と目される、本格ミステリにおける多重解決ものというプロットは、ひとつの真相が語られた後に、それが新たな証拠によって乗り越えられるというスタイルを採っている。ひとつひとつの推理は、語られる時点では厳密な推理として遇される。しかしフェラーズ作品の場合、まずひとつには、登場人物が思い思いに勝手な疑惑ないし仮説を述べているだけで、厳密な推理を述べるという印象は薄い。したがって「いくつもの異なった真相」を披露しているようには見えない。それゆえに『私が見たと蠅は言う』は本格ミステリというよりサスペンス小説のような印象を与えるのだともいえる。『カクテルパーティー』の場合も、推理というには思いつきの域を越えないものが多い。だが、それよりも興味深いのは、誰かが推理を述べると、それをきっかけとして別の誰かが新しい推理を思いつくというふうに、いわば推理のリレーともいうべきものが描かれ、それがストーリーの展開と重ね合わさっている点だろう。それが本書に独得のグルーヴ感のようなものを付与しているように思う。

さらにいうなら、そうした推理は、必ずしも真相を解明するためになされるわけではないというところが、ミソであるようにも思われる。何を目的としているか、何を意図しているかというのは、真相にも関わってくるので詳述できないが、推理が持つ精神的な慰撫や攻撃性など、推理の諸相を駆使して物語を作り上げている技巧には、感服せざるを得ない。そして最後の真相が明らかになったあと、本書をもう一度読み直してみるならば、登場人物の推理に籠められた裏の意味や、ふと洩らした発言に籠められた心理の綾などを確認することができて、フェラーズの巧妙な書きっぷりに驚かされること請け合いである。一般的な述懐と思われた言葉から浮び上がる深淵には、愕然とせざるを得ないだろう。

愕然とせざるを得ないといえば、本書の結末は実に暗い。三橋暁が書いていた、ハヤカワ・ミステリ版『私が見たと蝿は云う』の印象ではないけれど、陰鬱というのは本書の結末のためにある言葉ではないだろうかとさえ思えてくる。フェラーズの作品は、恋愛のようなメロドラマを盛り込み、ハッピーエンドを導きながらも、それに止《とど》まらない要素を抱えているのだ。

『猿来たりなば』の解説で森英俊は、フェラーズの長編は、アガサ・クリスティーのミス・マープルもののような「ドメスティック・ミステリ」としての性格は見られても「事件が解決したあとでも秩序は元のとおりには回復されず、クリスティのように、すべてがめでたしめでたしとはならない」と書いている（引用は創元推理文庫、一九九八・九から）。「ドメスティック・ミステリ」という言葉は、今ならコージー・ミステリと置き換えられそうだが、ここで森がいう通り、フェラーズ作品はコージー・ミステリの舞台をセッティングしても、そこから逸脱するような要素がある。

『さまよえる未亡人たち』にしても、主人公とヒロインの恋愛が成就する一方で、その真相の陰鬱さに驚かされた。いや、真相の陰鬱さというより、犯人の生活空間が象徴する陰鬱さとでもいおうか。

陰鬱さというより、犯人の置かれていた孤独そのものが、読み手に衝撃を与えるというべきかもしれない。そうした孤独の哀しみは本書『カクテルパーティー』のラストにも満ちている。『カクテルパーティー』の場合、それに加えて、第二次世界大戦後に自信を喪失した男たちが女たちに支配されることを拒否するという物語がひとつのモチーフとして、事件の背景に通奏低音のように流れている。そうした葛藤をはらんだ関係というのは、ロス・マクドナルドのような、あるいはその夫人であるマーガレット・ミラーのようなアメリカの作家が、よく描いていたという印象がある。しかしそれは今日のイギリスの女性作家、たとえばミネット・ウォルターズのような作家にも引き継がれているように思える。その意味では『カクテルパーティー』は、コージー・ミステリのような顔をしながら、そのイメージを脱臼させるシリアスなテーマを先行的に描いた作品、極めて現代的な作品といえるかも知れない。

ロス・マクドナルドを連想させるのは、『カクテルパーティー』が運命悲劇のような様相を見せていることにも由来しているのかも知れない。別のいい方をすれば、偶然の要素をプロットやストーリーに上手く絡めているあたりが、運命悲劇めいた性格をもたらしている。それは、比較する例としては突飛かも知れないが、横溝正史の『獄門島』（一九四九）を連想させるところすらある。そして偶然の導入が、謎の構成に寄与しているあたりが秀逸であり、すべてが計画通りにいかないところ、そのために謎が深まると同時にクリアになるところなどは、都筑道夫のいわゆるモダーン・ディテクティヴ・ストーリイの好例であるともいえそうだ。

『間にあった殺人』の解説において、フェラーズを「在来のプロットに重点をおいた本格探偵小説とは違って、小説としての水準を向上させることに努力している」新本格派の一人として位置づけたのは都筑だったわけで、そのフェラーズの作品がモダーン・ディテクティヴ・ストーリイの好例であるのは当然なのかも知れない。前掲『伯母の死』の解説で都筑が述べた「謎解きの興味もある。推理もある。それでいて登場人物はアヤツリ人形ではない。小説としてだけ見ても、すぐれている」作品という言葉は、いわゆる黄金期本格の香りを残した『間にあった殺人』よりも『カクテルパーティー』にこそ、あてはまるのではないだろうか。本書は、フェラーズの「新本格派」としての真価を知らしめる好個の作品なのである。

フェラーズの長編は七十編を超えるため、その代表作を決めるのはなかなか難しい。わが国では従来、ノン・シリーズものの代表作として『私が見たと蠅は言う』があげられてきた。森英俊は『世界ミステリ作家事典［本格篇］』（国書刊行会、一九九八）で、フェラーズの作風を三期に分け、『嘘は刻む』を中期の（ノン・シリーズものの）代表作としてあげている。海外においては、ジュリアン・シモンズが『ブラッディ・マーダー』（一九七二／八五／九二）において、「才気煥発の文章家だが、犯罪者の心情を見守る目が温かすぎるし、また作風が穏健なこともあって、その才能を十全に発揮したとは言い難い」と評したうえで、本作品と *Hanged Man's House*（一九七四）を代表作としている（引用は宇野利泰訳、新潮社、二〇〇三から）。また、H・R・F・キーティングほかの「代表採点簿」（一九八二）でも本編があげられている（『EQ』八四・五）。他に、ジャック・バーザンとウェンデル・ハーティグ・テイラーの *A Catalouge of Crime*（一九七一／八九）はフェラーズの作品を十一編取り上げているが、その内の一作に『カクテルパーティー』も入っていることを付け加えておこう。

本書が呼び水となって、再びフェラーズの長編が続々と紹介され始めることを期待したい。

〔訳者〕
友田葉子（ともだ・ようこ）
非常勤講師として英語教育に携わりながら、2001年、『指先にふれた罪』（DHC）で出版翻訳家としてデビュー。その後も多彩な分野の翻訳を手がけ、『ショーペンハウアー　大切な教え』（イースト・プレス）、『革命！キューバ★ポスター集』（ブルース・インターアクションズ）、『「ローリング・ストーン」インタビュー選集　世界を変えた40人の言葉』（TOブックス）、『アホでマヌケなマイケル・ムーア』（白夜書房）をはじめ、多数の訳書・共訳書がある。津田塾大学英文学科卒業。

カクテルパーティー
——論創海外ミステリ 165

2016年2月25日　初版第1刷印刷
2016年2月29日　初版第1刷発行

著　者　エリザベス・フェラーズ
訳　者　友田葉子
装　画　佐久間真人
装　丁　宗利淳一
発行所　論 創 社
〒101-0051 東京都千代田区神田神保町2-23 北井ビル
電話 03-3264-5254 振替口座 00160-1-155266

印刷・製本　中央精版印刷
組版　フレックスアート

ISBN978-4-8460-1503-9